당신에게
보내는
도전장

あなたへの挑戦状

ANATA ENO CHOSENJO

Original Japanese edition published by KODANSHA LTD.
Korean translation rights arranged with KODANSHA LTD.
through JM Contents Agency Co.

당신에게
보내는
도전장

あなたへの挑戦状

아쓰카와 다쓰미 · 샤센도 유키 중편소설

김은모 · 문지원 옮김

블루홀6

이 책에는 당신에게 보내는 도전장이 실려 있습니다.
앞에서부터 차례대로 읽어주시기 바랍니다.

—동 시대 작가 중 제일 존경하는 작가는 누구인가?

그런 질문을 받으면 나는 주저 없이 샤센도 유키의 이름을 댄다.

단 한 줄로 사람의 마음에 꽂히는 그 문장. 뜨겁고 검게 타오르는 정념을 도려내어 눈앞에 들이대는 듯한 그 필력. 문학도, 호러도, 연애소설도, 각본도, 뭐든지 높은 수준으로 해낸다.

그렇기에 그런 그녀가 미스터리를 사랑한다는 그 사실만으로도 우리에게는 행복이다.

이번에 인연이 있어 샤센도 씨와 작품 겨루기를 진행하게 됐다. 장르는 물론 미스터리다.

상대를 존경하는 마음이 있어야 온 힘을 다해 경쟁할 수 있다.

그렇기에 샤센도 씨가 몹시 바쁜 걸 알면서도 이 기획을 제안했다. 따라서 이번 기획이 실현된 것을 가장 기뻐하는 사람은 바로 나다.

아쓰카와 다쓰미

동시대인으로 책을 좋아하고 서로 인연이 있으며 교류하는 사이.

타인이 샤센도 유키와 아쓰카와 다쓰미를 바라보는 관계다. 나는 아쓰카와 다쓰미의 소설을 좋아하고 그의 선명한 필치를, 치밀한 로직을, 장치된 카타르시스를 사랑한다. 물론 작가 본인도 매우 좋아한다. 다행히 사이가 좋다고 자부할 수 있는 사이기도 하다.

하지만 이런 사실을 백 년 후 사람들은 알지 못한다. 객관성이 드러나지 않는 관계는 과거의 것이 되어 잊힌다.

이 책은 근거다. 백 년 후, 혹은 그보다 더 먼 시대에 우리가 서로를 경애한 사실을 증명하는 근거다. 우리는 글로 써야 무언가를 남길 수 있는 소설가다. 그래서 나는 작품으로 겨루는 것을 받아들였다.

주제는 '당신에게 보내는 도전장'이다. 지금부터 중편소설 두 편이 시작된다. 독자 여러분께서 부디 '수수께끼'를 둘러싼 이 경쟁을 지켜봐주셨으면 한다.

샤센도 유키

일러두기
본문의 각주는 전부 독자의 이해를 돕기 위한 옮긴이 주입니다.

수조성의 살인

우오즈미 에이타 : 피해자

우오즈미 사바에 : 에이타의 아내

가이 가쓰오 : 에이타의 이웃

가이 아유미 : 가쓰오의 아내

하마야마 히사히데 : 수조성의 주인 겸 관리인

??? : 명탐정

미즈타 경감

가와무라 형사

〈수조성 평면도〉

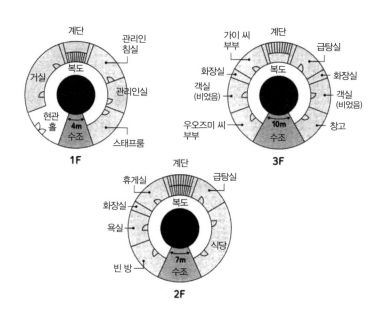

1F
- 계단
- 관리인 침실
- 관리인실
- 스태프룸
- 현관 홀
- 거실
- 복도
- 수조
- 4m

3F
- 가이 씨 부부
- 계단
- 급탕실
- 화장실
- 화장실
- 객실 (비었음)
- 객실 (비었음)
- 우오즈미 씨 부부
- 창고
- 복도
- 수조
- 10m

2F
- 계단
- 휴게실
- 급탕실
- 화장실
- 욕실
- 식당
- 빈 방
- 복도
- 수조
- 7m

여기서는 이 작품의 명탐정을 소개하겠다.

이 장면에서는 완전히 침울해진 모습을 보이지만,

마지막에는 어려운 사건을 멋지게 해결로 이끈다.

각 장의 첫머리에 배치한 글에 거짓말이 없다는 건,

작가가 보증한다.

나도 이대로 어딘가로 데려가 줘.

아침, 평소보다 15분 일찍 직장 근처 역에 도착했다. 일을 열심히 하는 직장인이라서가 아니다. 플랫폼의 벤치에 앉아 멍 때리는 시간을 가지고 싶기 때문이다.

언제부터인가 출근하기가 귀찮아졌다. 역을 나서려고 하면 다리가 무거워진다. 도저히 움직일 마음이 안 든다. 어느덧 내게는 이 15분이 절실히 필요하다는 걸 깨달았다.

그 15분 사이에 회송 열차가 꼭 한 대 출발한다.

열차는 노선의 종착역인 이 역에서 차량에 가득한 승객을 현실로 토해낸 후, 부드러운 불빛을 전부 끈다. 어둠에 휩싸인 열차를 나는 벤치에 앉아 들여다보았다.

마음이 차분해졌다.

사람들은 이 역에서 모두 내려야 하고 다음 역으로는 갈 수 없다. 하지만 이 열차는 내가 끔찍히도 싫어하는 이 역을 떠나 다음 역으로 향한다. 거기는 무미건조한 열차 창고일지도 모르고, 다른 승객을 태우고 또 운행하기 위해 새로운 일터로 향할 뿐인지도 모른다. 그래도 이 역을 벗어날 수 있다는 사실 하나만으로 나는 그 열차를 타고 싶어 죽을 지경이었다.

어두운 회송 열차의 창문에 내 얼굴이 비친다.

―수조성을 보았을 때 내 머릿속에 떠오른 건 이 회송 열차였다.

그 성은 쇼난 지방의 바다에 가까운 숲속에 있다.

얼핏 보면 아무 특색도 없는 원통형 건물 같다. 회색 콘크리트 벽 군데군데 네모난 창문을 냈을 뿐이라 마치 아무 멋대가리도 없는 교도소 같은 분위기다.

하지만 정면에서 보면 인상이 싹 달라진다.

원통형 건물을 잘라낸 것처럼 거대한 수조가 자리를 잡고 있다.

깔끔한 사각형은 아니다. 아랫변이 짧고 윗변이 긴 사다리꼴 모양의 유리 수조가 약 10미터, 2층 부분의 천장까지 이어진다. 그러므로 건물 밖에서 올려다보면 마치 하늘을 향해 물이 퍼져나가는 듯한 몽상에 잠길 수 있다.

―거대한 물덩어리를 바라보면서, 그 속에 몸을 담그고 있으면 정말로 마음이 차분해진다.

사람들 사이에 끼지 못하는 소외감, 배척당하는 고독, 질책당하는 공포. 그러한 감정에서 완전히 해방되어 그저 물과 나만 이 세상에 존재하는 듯한 기분을 맛볼 수 있다.

그러므로…….

이 성에서 그렇게나 잔인한 범행을 저지르려는 인간을…… 나는 용서할 수 없었다.

�֍ 1

여기에서는 부부 한 쌍이 등장한다.

이 네 명 가운데 피해자, 그리고 범인도 있다.

얼핏 보기에는 아무것도 아닌 장면에도,

이미 단서가 배치돼 있다.

잔물결이 밀려와서 가이 가쓰오의 머리를 삼켰다. 그의 모습은 한순간 바닷속으로 사라졌다가 바로 물 위로 고개를 내밀었다. 그가 이쪽을 향해 손을 크게 흔들었다.

아유미는 쓴웃음을 지으며 손을 흔들어주었다.

아유미는 모래밭에 세운 파라솔 밑의 비치 체어에 앉아 서머주스*를 마시며 더위를 식히는 중이었다. 오늘은 바람

---

* 여름밀감의 즙과 알갱이를 넣어서 만든 주스.

이 불어서 그나마 낫다. 그래도 어쨌거나 햇빛이 너무 따갑다. 가쓰오의 넘치는 활력에는 감탄이 나올 따름이지만, 아유미는 여기서 느긋이 경치를 바라보는 게 성미에 맞았다.

옆 의자에서는 피부가 뽀얀 우오즈미 에이타가 얼굴에 수건을 덮은 채 자고 있다. 인도어파라 더위에 맥을 못 추겠는 모양이다. 얼굴을 가린 채 의자를 뒤로 젖힌 모습이, 마치 미용실에서 머리를 감겨주기를 기다리는 손님 같아서 아유미는 우스웠다.

에이타가 으으음, 하고 목소리를 흘리더니 얼굴에 덮은 수건을 치우고 눈을 깜박였다.

"깼어?"

아유미가 농담조로 말을 걸자 "음……사바에?" 하고 에이타는 물었다. 사바에는 에이타의 아내다. 잠에 취해서 착각한 듯하다.

"아니, 아니. 나야. 아유미."

"아아, 죄송해요."

에이타는 미안한 듯 고개를 움츠렸다.

"앗, 사바에는 어디 갔는지 아세요?"

아유미는 속으로 씁쓸하게 웃었다. 이웃사촌으로 왕래하

며 우오즈미 사바에와 친해진 지는 오래됐지만, 사바에의 남편인 에이타와는 여전히 데면데면한 구석이 있다.

"밥 사러 휴게소에 갔어. 뭘 사 올지 물어봤지만, 에이타 씨는 자고 있었으니까 아마 적당히 알아서 사 오겠지."

"그랬군요."

어디까지나 데면데면한 태도를 유지하며 에이타는 말했다.

"저기, 봐봐. 내 남편, 저기까지 수영하러 갔어."

에이타는 하얀 얼굴을 바다로 돌리더니 눈을 가늘게 뜨고 시선을 모았다.

가쓰오는 멀리서도 자기 이야기를 한다는 걸 알아차렸는지 또 손을 크게 흔들었다. 덕분에 에이타도 가쓰오를 찾아낸 모양이다.

"괜찮을까요? 꽤 멀리까지 나갔는데요."

"고등학교 때 수영부였다고 얼마나 자랑하는지 몰라. 훈련이 혹독해서 지바 앞바다를 빙 돌아서 헤엄친 적도 있다나. 저런 식으로 지금도 자기가 쌩쌩하다는 걸 과시하는 거지."

에이타는 웃었다.

"에이타 씨도 수영 좀 하고 오지 그래?"

"저요?"

"그럼 에이타 씨 말고 또 누가 있어?"

아유미는 약간 발끈했다.

"이제 충분히 쉬었겠다, 물에 들어가면 기분 좋잖아."

"어, 그게, 저는……."

에이타는 고개를 숙였다. 시원치 못한 대답이었다.

"기껏 해수욕하러 왔는걸."

아유미는 어떻게 해서든 에이타를 바다로 보낼 생각은 아니었다. 그저 에이타의 어두운 태도를 보고, 그가 이번 여행을 재미없어할까 봐 걱정됐을 뿐이다. 이번 여행은 아유미가 계획한 게 아니다. 오히려 사바에가 앞장섰다. 아유미 스스로도, 자기한테 무슨 책임이 있는 것도 아닌데 너무 신경을 많이 쓰는 게 아닌가 싶었다.

"……수영을 못 해요."

아유미는 대놓고 안도했다.

"아아, 그거라면 나도 마찬가지야. 남편은 수영부 출신이라 저렇게 쭉쭉 나아가지만. 그래도 몸을 조금 적시는 정도는 괜찮잖아?"

"아니요, 전혀 안 돼요."

에이타는 쓴웃음을 지었다.

"무섭거든요."

"뭐?"

아유미의 표정이 굳자 에이타는 약간 거북한 표정으로 설명했다.

"다섯 살 많은 누나가 있었어요. 남을 잘 돌봐주는 성격이고 마음씨도 착했는데 어렸던 저는 '간섭이 심해서 짜증 나는 누나' 정도로만 여겼죠. 제가 초등학생 시절……시골에 있는 친할머니댁에 놀러 갔을 때였어요. 강에 물놀이를 하러 갔다가 물살에 휩쓸렸죠. 그래서……."

에이타가 몸을 부르르 떨었다. 얼굴도 창백하니 당시 상황을 구체적으로 떠올리고 있는 게 틀림없었다. 아유미는 에이타의 등에 살짝 손을 얹고 천천히 문질러주었다. 깊은 생각 없이 그저 뭔가 해야 할 것 같아서 나온 행동이었다.

에이타는 고개를 획획 내젓고 말을 이었다.

"……아무튼 저는 물에 빠졌어요. 강을 떠내려가면서 이대로 죽는구나 싶었죠. 그때 누나가 저를 구하려고 뛰어들어서……."

"저런……."

아유미는 에이타가 자기 누나를 과거형으로 표현했던 게 생각났다.

"그 후로는 전혀 안 돼요. 물을 보면 두려움이 앞서서, 수영은 도저히……."

에이타가 바다에 도착하자마자 수건으로 눈을 가리고 잠을 청한 이유를 알 것 같았다.

"그럼 오늘 많이 힘들겠네?"

아유미는 유유히 수영하고 있는 남편을 보자 밉살스러운 기분이 들었다.

"지금이라도 돌아가는 편이 좋지……."

"어어, 아니요……여기서 경치를 바라보는 것 정도는 괜찮으니까요."

말은 그렇게 했지만 에이타의 안색은 여전히 안 좋았다.

아유미는 갑자기 에이타가 불쌍해졌다. 사바에가 바다에 가고 싶다며 계획을 세우고, 이웃집 부부까지 같이 간다고 하자 거절할 수 없었던 것이 분명하다. 그것도 모자라 에이타는 운전까지 맡았다.

"밥 왔어."

그때 사바에가 양손에 플라스틱 팩을 들고 돌아왔다.

"왜 그래, 여보? 안색이 안 좋은데."

"어, 아무것도 아니야."

에이타는 등을 문질러주던 아유미의 손을 억지로 떨쳐내

듯 부리나케 몸을 일으키며 손을 내저었다.

"더워서 일사병이 오려고 그러나. 그냥 컨디션이 좀 별로
네."

"기껏 여행까지 와서 쓰러지지 마. 아이스박스에 음료수
있으니까 알아서 좀 마셔."

"응, 미안해……."

"당신은 볶음우동이면 되지?"

"물론이지."

에이타는 그렇게 말하며 사바에가 들고 있던 플라스틱
팩을 받아 척척 식사 준비를 시작했다.

아유미는 문득 생각했다—에이타는 누나가 물에 빠져
죽었다는 이야기를 아내에게 한 적이 있을까?

이렇게 상태가 안 좋은 남편을 보고도 태평하고 둔감하
게 행동하는 사바에의 모습을 보면 아마 그 이야기를 못 들
은 게 아닐까. 그러니 남편의 마음은 배려하지 않고 바다로
여행을 가자고 제안한 것 아닐까.

아유미는 자리에서 천천히 일어났다. 그러고는 바다 멀
리까지 나가서 작은 점 같아 보이는 가쓰오에게 돌아오라
고 크게 손짓했다.

문득 옆을 돌아보니 에이타가 가만히 바다를 바라보고

있었다.

　서글픔과 괴로움이 뒤섞인 그 눈빛을 보자 에이타가 몹시 고독한 사람으로 느껴졌다.

❋ **2**

여기서 이 작품의 진행자 역할을 맡은,
형사 2인조에게 배턴을 넘기자.
그들은 어디까지나 진행을 도울 뿐,
범인은 아니다.

오전 4시 50분, 게스트하우스 '아쿠아리움'에서 119로 신고가 들어왔다. 소방차와 동시에 구급대도 요청했다.

신고자는 게스트하우스의 주인 하마야마 히사히데다. 어제 체크인한 부부 두 쌍이 머무르는 3층의 한 방에서 작은 화재가 발생했다고 한다.

하지만 출동한 소방대원은 화재 흔적을 전혀 찾을 수 없었다.

당혹스러워하는 숙박객들과 함께, 그들은 시체 한 구를

발견했다.

오전 5시 32분, 가나가와 현경의 미즈타 경감이 현장에 도착했다.

차에서 내리자 숨 막힐 듯한 더위가 몸에 들러붙었다. 미즈타는 불쾌한 듯 끙, 하고 앓는 소리를 냈다.

"그나저나 대체 어떻게 된 걸까요, 미즈타 경감님."

미즈타의 파트너인 가와무라 형사가 고개를 갸우뚱하며 말했다.

"피해자는 칼에 찔려 죽었답니다. 저는 분명 불이 나서 타 죽었을 줄 알았는데……."

"뭐, 일단 현장부터 살펴봐야겠지."

미즈타 경감도 숲속에 있는 게스트하우스에 관한 소문은 들은 적이 있다. 물론 벽면에 박힌 그 거대한 수조에서 비롯된 소문이다. 특이한 겉모습과 분위기 때문에 지역 주민들은 '수조성'이라고 부른다. SNS에 올릴 사진을 찍고 싶어 하는 젊은이들에게 인기가 많아서, 숙박비가 비싼데도 예약이 꽉꽉 찬다고 한다. 얼마 전 미즈타의 딸도 가고 싶다고 조른 적이 있어 그는 언짢은 표정으로 성을 쳐다보았다.

게스트하우스 1층에는 현관 홀과 관리인실, 스태프 룸 등이 있고, 식당과 객실은 전부 2층과 3층에 있다. 손님인 가이 씨 부부와 우오즈미 씨 부부는 전부 3층에 숙박 중이었다.

계단을 올라 3층에 다다르자 가와무라가 들뜬 표정으로 말했다.

"경감님, 일단 이 게스트하우스의 매력 포인트를 보고 가시죠. 이쪽입니다, 따라오세요."

가와무라는 그렇게 말하고 계단실을 나서서 원형 복도를 오른쪽으로 걸어갔다. 미즈타는 부하의 태도에 어이없어하면서도 그를 따라갔다.

그리고 그것을 보자마자 눈이 휘둥그레졌다.

"뭐야, 이건?"

"놀라셨습니까, 경감님."

가와무라가 씨익 웃었다.

"이게 바로 이 게스트하우스 최고의 매력 포인트라는군요."

미즈타도 이 게스트하우스가 거대한 수조를 영업에 활용한다는 건 알고 있었지만 그 구조까지는 몰랐다.

지금 미즈타의 눈앞에는 수조 윗부분의 광경이 펼쳐져

있었다.

복도 벽에는 오렌지색 벽지를 발라놓았지만, 수조가 있는 부분은 거대한 유리창이다. 지금은 비가 좍좍 뿌려서 바깥 경치가 시원치 않지만 맑을 때는 아주 예쁜 경치를 감상할 수 있으리라.

하지만 미즈타가 놀란 건 그 때문이 아니었다.

"덮개가 없잖아."

덮개고 뭐고 없이 복도가 끝나는 지점에 무릎 높이의 난간을 설치해놓은 게 전부다. 난간을 간단히 넘어갈 수 있어서 위험하기 짝이 없다.

"거대한 수영장이로군."

"그렇습니다. 2층 높이니까 깊이가 한 10미터는 되지만요. 발이 닿지 않아서 수영은 금지입니다. 이 게스트하우스의 규약으로도 6세 이하의 어린아이는 숙박이 금지돼 있고요. 혹시 난간을 넘어서 빠지기라도 하면 큰일 나니까 그렇겠죠."

"그나저나 이 커다란 창문은? 대체 무슨 의미가 있는 거야. 무엇보다 이렇게 수면이 드러나 있으면 여름에는 문제가 많겠는데."

"뭐, 염소 같은 걸로 소독은 하는 모양이고, 벌레 대책도 있는가 봅니다. 그리고 이 커다란 창문으로 석양이 비쳐들 때 수면에 장미꽃을 잔뜩 뿌려놓고 사진을 찍으면 근사한 사진이 나온다고 평판이 자자해요."

"장미꽃을 뿌리다니 그런 건 비용이 얼마나 들어?"

"어, 뭐, 꽤……."

"……이봐, 제법 잘 알잖아."

"그거야 뭐."

가와무라는 멋쩍게 뺨을 긁적였다. 그때 가와무라가 최근에 소개팅 앱으로 만난 여자와 사귄다는 이야기를 들었던 게 떠올랐다.

미즈타는 괜히 심술이 나서 콧방귀를 끼었다.

거대 수조라는 이름의 수영장 맞은편에 제복 경찰관들이 모여 있었다.

"시체는 건너편에서 발견된 듯하군. 우리도 가자."

"네, 복도를 빙 돌아서 가면 수조를 건너지 않고 갈 수 있습니다."

가와무라는 그렇게 말하며 주머니에서 민트향 젤을 꺼내 코 밑에 발랐다. 시체 냄새에 익숙해지기 전까지 그러라고 미즈타가 가르쳐준 방법이다.

원형 복도를 나아가자 방화 셔터가 어중간하게 내려온

상태였다.

"셔터가 내려왔었나? 소방서 신고는 잘못 들어온 거고, 불은 나지 않았다고 들었는데."

"네. 숙박객들이 뭉게뭉게 피어오르는 연기를 보고 불이 났다고 착각했답니다. 이 셔터는 전동식이라 연기를 감지하면 자동으로 내려오는 듯하고요. 그래서 더더욱 불이 났다고 착각한 거겠죠."

"그렇군."

미즈타는 고개를 끄덕였다.

"수고가 많군."

시체 옆에 쪼그려 앉아 있던 남자가 일어서서 미즈타에게 말을 붙였다. 동그란 안경을 끼고 몸이 통통한 이 법의관의 이름은 야마다다.

"시체는?"

"여기 계셔."

야마다는 무신경한 눈으로 시체를 바라보았다.

"숯덩이가 되지 않아서 어느 정도는 보기 편할 거야."

수조 난간 바로 앞에 남자가 한 명 쓰러져 있었다.

시체 옆에 흥건하게 고인 핏물 속에는 큼직한 칼이 떨어져 있었다(그림①).

그림❶ 현장 주변 평면도

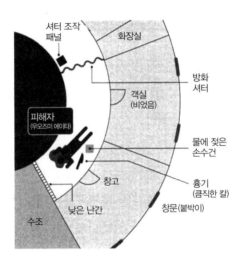

셔터 조작 패널
화장실
방화 셔터
객실 (비었음)
피해자 (우오즈미 에이타)
물에 젖은 손수건
흉기 (큼직한 칼)
창문(붙박이)
창고
낮은 난간
수조

"우오즈미 에이타. 29세, 남성. 외상은 복부에 자상이 하나, 옆머리에 타격을 받은 흔적도 있고. 사인은 과다출혈에 의한 실혈사야. 칼을 뽑은 탓이겠지."

"흉기는 그 칼이 틀림없나?"

"부검을 해봐야 정식으로 소견을 밝힐 수 있겠지만, 칼등 부분의 톱날 모양 돌기가 상처의 형태와 일치해. 상처 단면이 갈기갈기 찢겼거든."

"상세한 내용은 됐어."

미즈타가 손을 내젓자 야마다는 약간 짓궂게 웃었다. 이 녀석은 시체 앞에서만 웃는 게 아닐까, 미즈타는 반쯤 진심으로 그렇게 생각했다.

"사망 추정 시각은 어젯밤 11시부터 오늘 오전 2시 사이야. 시체 경직 상태와 시반*으로 추정한 거고, 부검해서 위장의 내용물을 조사하면 좀 더 정확하게 나오겠지."

"뭐, 지금은 그 정도면 충분해."

"저기, 정말로 그 시간 맞습니까?"

가와무라가 물었다.

---

* 사람이 죽은 후 피부에 생기는 반점. 혈관 속의 혈액이 시체의 아래쪽으로 내려가서 생기는 현상이다.

"그건 무슨 소리야?"

"그게, 사망 추정 시각이 오전 2시까지라면서요. 그런데 화재 신고는 오전 4시 50분에 들어왔어요. 간격이 너무 깁니다. 살인과 화재가 전혀 다른 타이밍에 발생했다는 걸까요? 두 사건이 따로 일어났다……?"

야마다는 무표정한 얼굴로 가와무라의 지적을 들었다.

"그걸 조사하는 게 자네들 일이겠지."

야마다는 고개를 저었다.

"뭐, 사망 추정 시각은 보증할게. 이렇게 싱싱한 시체를 보고 잘못 판단했다면 법의관을 때려치우고 의사질이나 하는 게 나을 거야."

야마다가 의사를 어떻게 생각하는지는 모른다. 다만 미즈타는 수술대에 오른 환자의 몸을 즐겁게 베고 가르는 야마다의 모습이 떠올라 진저리를 쳤다.

"어쨌든 시간 관계를 확실히 할 필요가 있겠군."

미즈타는 말했다.

"주인에게 이야기를 들어보자."

❊ 3

관리인 겸 주인의 진술 청취가 시작된다.

1장에서 언급했듯이 그는 범인이 아니지만,

범인이 아니라고 해서,

비밀이 없다고는 할 수 없다.

게스트하우스의 주인 하마야마 히사히데는 50대 초반 남자다. 희끗희끗 센 머리가 인상적이고, 아까부터 계속 눈동자가 흔들린다. 도저히 이런 별난 건물을 운용할 것 같은 사람으로는 보이지 않는다.

하마야마가 미즈타와 가와무라를 맞이한 곳은 1층에 있는 관리인실이었다.

"어제부터 손님 네 분이 머무르고 계십니다. 가이 님과 우오즈미 님, 둘 다 부부세요. 20대 후반의 아주 예의 바른 손님이라 이런 짓을 할 사람으로는 도저히 안 보였는데……."

하마야마는 마치 취조실에서 신문이라도 당하는 것처럼 진땀을 줄줄 흘렸고, 손수건으로 이마를 몇 번이나 닦았다. 가와무라는 쓴웃음을 지으며 다정하게 말했다.

"하마야마 씨, 어디까지나 경위를 확인하기 위해 이야기를 듣는 거니까 진정하고 천천히 말씀해보세요."

싹싹한 훈남 스타일인 가와무라가 이렇게 상냥하게 말을 걸면 상대는 대부분 경계심을 푼다. 반면 미즈타는 험악하게 생겨서 늘 상대가 겁을 먹는다. 이럴 때면 기분이 썩 좋지는 않아도 가와무라에게 질문을 맡기고 자신은 찬찬히 진술자를 관찰하는 팀워크는 마음에 들었다.

"아, 네, 그럼……."

하마야마는 숨을 내쉬었다.

"제가 사건을 알아차린 건 오전 4시 40분이었습니다. 가이 님……부인 아유미 님이 저를 깨우셨죠. 관리인실 문을 잠그는 걸 깜박하고 잠든 모양이에요."

"그럼 주무시고 계셨군요. 몇 시에 잠들었는지는 기억하세요?"

"글쎄요, 아무래도 확실치 않아서……깨어났을 때 머리가 아주 무거웠고, 언제 잠들었는지도 기억나지 않았습니다……. 저희 게스트하우스에서는 저녁도 알아서 차려 먹는 방식이라 손님들이 저녁 식사를 하신 것까지는 기억합니다만…….”

“대충 몇 시쯤이었나요?”

“6시 반쯤요. 가이 가쓰오 님이 실력을 발휘하셔서 제게도 파에야를 대접해주셨습니다. 대학생 때 스페인 음식점에서 일하신 적이 있다는데, 파에야 팬으로 만든 본격적인 요리였죠. 이야, 수분을 제대로 날리면서도 새우와 오징어 같은 건더기는 탱글탱글함을 유지해서 정말 맛있는…….”

하마야마는 턱을 쓰다듬으면서 말을 술술 꺼냈다. 미즈타는 입안에 침이 고였다. 조만간 가와무라를 데리고 파에야를 먹으러 가기로 결심했다.

그런 미즈타의 속내를 눈치챘는지 가와무라가 헛기침을 한 번 했다.

미즈타는 머쓱함을 얼버무리듯이 고개를 좌우로 흔들었다.

“6시 반에 저녁을 먹고, 오전 4시 40분에 깨어날 때까지 약 열 시간의 기억이 없다는 거군요. 아무래도 너무 마침맞게 기억이 날아갔는걸.”

미즈타는 비아냥거리는 말투로 너무 마침맞게, 라는 부분을 강조했다.

하마야마가 당황한 듯 고개를 마구 내저었다.

"그게 무슨 말씀이십니까! 저는……."

"뭐, 알겠습니다. 그래서요? 깨어난 후에는?"

미즈타가 수첩을 꺼내자 하마야마의 표정이 굳어졌다. 그는 지금 '자기가 의심받는 건지도 모른다'라는 긴장감을 되찾았다. 너무 긴장해서 말을 못 하는 것도 곤란하지만, 파에야 운운하는 이완된 분위기 속에서 계속 말을 늘어놔도 곤란하다. 증인의 기억을 자극하기 위해서는 필요한 조치다. 미즈타의 이러한 행동은 겉치레에 불과하므로, 들고 있는 몽당연필은 사용하지도 않는다. 메모는 부하 가와무라에게 전부 떠맡기기 일쑤였다.

"……가이 아유미 님이 깨우셔서 복도로 나가자 아유미 님은 다짜고짜 '소방서에 전화해주세요. 그리고 에이타 씨도 쓰러져 있어요' 하고 말씀하셨습니다. 사정을 자세히 물어보니 3층에서 불이 났다고 하시더군요. 저는 당황해서 119에 신고해 소방차와 구급대 출동을 요청했습니다. 구급대를 부른 건 '에이타 씨가 쓰러져 있다'라는 말을 듣고 화재 때문에 그런 줄 알았으니까요. 그것도 착각이었습니다만……."

그런데 나중에 3층에 올라가 보니, 뭔가 타는 냄새는 났지만 불은 나지 않았더군요. 아무래도 아유미 님이 수상쩍게 느껴졌습니다만 아유미 님은 연기가 피어올랐다며 극구 변명하시더군요. 방화 셔터가 내려갔으니 연기가 정말로 피어오르기는 했나 봅니다. 그 셔터는 연기를 감지하면 자동으로 내려가거든요."

종이 한 장 주시겠습니까, 하고 하마야마가 말했다. 미즈타는 수첩을 한 장 찢어서 내밀었다.

하마야마는 백지에 그림을 슥슥 그리더니 유창하게 설명했다(15쪽의 〈수조성 평면도〉 참조).

"3층 왼쪽에 있는 방 세 개가 객실, 오른쪽에 있는 방 세 개는 창고, 급탕실, 사용하지 않는 객실입니다. 평소에는 오른쪽 객실도 사용하지만, 그날은 시트를 갈고 비품을 교환해야 해서 일시적으로 사용을 중단했습니다."

"저기, 이 공간은 대체 뭔가요?"

가와무라가 원 아래쪽을 가리켰다.

하마야마는 거기에 바움쿠헨을 6분의 1 크기로 자르듯이 선을 긋고, 선과 선 사이의 공간을 사선으로 검게 칠했다.

"아아, 이건 수조 위쪽 공간입니다."

"수조라니, 아아……."

가와무라가 이해했다는 듯 고개를 끄덕였다.

수조는 물론 이 수조성, 게스트하우스 '아쿠아리움'의 매력 포인트인 거대 수조를 가리킨다.

"이 끝에서 끝까지가 대강 10미터쯤 됩니다."

"깊이가 10미터나 되는 수조에 난간만 세워놓고 덮개도 없던데, 위험하지는 않나요?"

"어……발이 닿지 않으니 위험하기는 합니다. 다만 이 건물을 지은 전 주인이 스쿠버다이빙을 정말 좋아해서요. 당시는 남국의 물고기를 거대 수조에 넣어두고, 휴일이면 자택에서 간단하게나마 스쿠버다이빙을 즐겼다고 합니다."

역시 부자의 사고방식은 이해가 안 된다. 최소한의 안전장치로 난간을 설치했겠지만, 그것으로는 많이 부족하다.

"하지만 거대한 개인 풀장처럼 보이는 것도 사실이라, 사진을 찍으시는 분들께서는 일단 호평을……."

별난 건물에는 별난 사람들이 모이는 모양이다.

위쪽이 뚫려 있으면 벌레가 들끓을 것 같지만, 그런 점은 염소 등의 소독제로 대응하고 있다고 했다. 전 주인이 물고기를 키웠을 때는 필요한 환경을 정비하는 데 심혈을 기울였지만, 지금은 '이 수조를 수조로 유지'하는 데만 관심이 있는 듯하다.

"그런데 이만한 설비를 유지하고 관리하려면 인력이 필요할 텐데요. 혼자서 일을 다 하시는 건가요?"

"여기서 지내며 일하는 건 저 혼자뿐이고, 나머지는 출퇴근하는 직원입니다. 청소와 침대 정리는 근처에 사는 분이 아르바이트로 해주시죠. 수조 정비는 한 달에 두 번쯤 업자를 부르고……하지만 어제와 오늘은 저 혼자뿐이었습니다. 실은 오늘 12시에 가이 님과 우오즈미 님이 체크아웃하실 예정이라 청소 담당 아르바이트의 근무를 넣어두었습니다만……."

근무는 취소해야겠지만 그렇다고 지금 하마야마에게 외부로 연락하게 할 수는 없다. 담당자가 출근하면 사정을 설명하고 돌려보낼 수밖에 없으리라.

"이야기가 사건에서 좀 벗어났네요."

가와무라의 말에 하마야마는 고개를 저었다.

"아니요, 사건을 설명하려면 수조에 관해 먼저 이야기할 필요가 있습니다."

무슨 뜻일까.

미즈타는 흥미가 동했다. 그 마음에 부응이라도 하듯 하마야마는 또 유창하게 말을 이어나갔다.

"가이 님과 우오즈미 님 부부는 3층 왼쪽의 두 방에 각각 묵으셨습니다. 그리고 방화 셔터가 내려온 건 여기—사용하지 않는 객실과 화장실 사이고요.

저는 불이 났다는 게 착각임을 알고 당장이라도 119에 다시 전화해 그 사실을 알려야 한다고 생각했습니다. 무엇보다 확실하게 확인하지 않은 저 자신이 창피했고, 혼란에 빠져 허둥댄 것도 화가 났죠.

하지만 아유미 님은 여전히 혼란에서 벗어나지 못해 혼자 둘 수 있는 상태가 아니었습니다. 소란스러운 소리에 깨어난 사바에 님이 '우리 남편은 어디 있지?' 하고 날카롭게 묻자 '아직 갇혀 있는 거 아니야?' 하고 가쓰오 님이 말씀하셨습니다. 갇혀 있다는 게 무슨 뜻인지는 몰랐습니다만, 가쓰오 님은 허둥지둥 복도를 달려 거대 수조가 있는 곳까지 가셨죠.

그리고 저희는 수조 건너편에 있는 우오즈미 에이타 씨를 발견했습니다. 바닥에 번진 핏물 속에서 미동도 없이……돌아가신 게 틀림없었어요."

❖ 4

형사들은 등장인물을 정리한다.
미즈타 경감이 직감한 대로 하마야마에게는 비밀이 있다.
진술을 청취하는 과정에서 형사들은 예상치도 못하게,
현장이 밀실 상황임을 깨닫는다.

"즉, 시체는 수조와 방화 셔터 사이의 공간에 있었다는 말씀이시군요."

하마야마는 고개를 크게 끄덕였다.

"그렇습니다. 소방대원들이 도착해 방화 셔터를 들어 올릴 때까지 다가갈 수조차 없었어요. 하지만 수조 건너편에서 큰소리로 에이타 님을 불러도 전혀 반응이 없길래, 이미 돌아가셨다고 판단했습니다."

가와무라가 미즈타에게 슬며시 시선을 주었다. 미즈타는

의도를 알아차리고 질문자 역할을 넘겨받았다.

"마지막으로 하나만 더. 하마야마 씨가 보기에 피해자는 어떤 사람이었습니까?"

하마야마는 콧김을 내뿜었다.

"여기서만 드리는 말씀이지만 저는 처음부터 심상치 않은 분위기를 느꼈습니다. 살해당한 에이타 님은 조금 소심해서 성격이 드센 사바에 님께 늘 쩔쩔맸죠. 사바에 님은 그렇게 우물쭈물하는 남편이 성가셔진 것 아닐까요? 아니면 이웃끼리 어울리는 과정에서 에이타 님과 가이 아유미 님 사이에 뭔가 있었는지도 모르죠. 아유미 님은 다정한 분이시니, 감정이 엇갈리는 가운데 아유미 님을 두고 가쓰오 님과 에이타 님 사이에서 치정 싸움이 일어났다고도……."

하마야마는 문득 정신을 차린 듯 어험, 하고 헛기침을 한번 했다.

"오랜 세월 손님들을 관찰하며 지내다 보니 망상만 늘어나네요. 부끄럽기 짝이 없습니다."

미즈타는 수첩을 힘차게 덮었다. 그 소리에 놀라 하마야마가 어깨를 떨었다.

"감사합니다. 뭔가 또 생각나는 일이 있으시면 바로 말씀해주십시오."

관리인실을 나선 미즈타는 후우, 하고 숨을 길게 내쉬었다. 가와무라가 부랴부랴 따라 나왔다.

"뭔가 알아내셨습니까, 경감님."

감이 참 좋다고 미즈타는 생각했다. 하지만 가와무라 형사의 감은 미즈타의 태도에 한해서만 발휘된다. 그 감이 용의자에게 직접 통하면 형사로서 제 몫을 톡톡히 할 수 있으련만.

"피해자의 인상이 어땠느냐. 이 질문은 의외로 유용해."

"아아, 그런 질문을 하셨더랬죠."

"남의 인상을 쉽사리 말할 수 있는 사람은 별로 없어. 깊이 생각할수록 말문이 막히고, 반대로 말이 술술 나오는 것 같으면 무탈한 말들만 나열하기 십상이야. 상대의 페이스를 흐트러뜨리기에 이만큼 좋은 질문은 또 없지."

그런데, 하고 미즈타는 말을 이었다.

"너무 빠르지 않았어?"

"네?"

"질문에 대한 대답 말이야. 어제 처음 만난, 그것도 손님의 인상을 물었잖아. 그런데 거의 뜸을 들이지 않고 술술 대답하던데. 덤으로 누가 어떤 동기로 죽이지 않았겠느냐는 망상까지 덧붙였지. 경찰을 무슨 바보로 아나."

"하마야마 말대로 숙박업을 오래 하다 보니 관찰력이 생긴 것 아닐까요?"

"확실히 그렇기는 하겠지만 그래도 대답을 정리할 시간은 필요해. 하마야마는 그 시간조차 필요 없었던 셈이야."

"그래서요?"

"대답을 미리 준비한 게 틀림없어."

가와무라는 여전히 납득이 가지 않는다는 표정으로 고개를 기울였다.

"가와무라. 내 직감인데, 그 관리인한테는 뭔가 비밀이 있어……."

미즈타는 2층의 빈방을 하나 빌려 가이 아유미를 그리로 불렀다.

아유미를 제일 먼저 부른 데 특별한 의도는 없었다. 아내인 사바에나 동성 친구인 가쓰오보다 피해자에 대해 객관적인 진술을 하지 않을까 싶어서였다.

아유미는 어두운 표정으로 의자에 앉았다. 눈이 발갛게 부은 것으로 보건대 꽤 많이 운 모양이다.

"거두절미하고 사건에 관해 말씀해주셨으면 합니다만……."

아유미는 "네⋯⋯" 하고 가냘픈 목소리로 대답했다.

"처음에 들은 건 '불이야!' 하고 외치는 소리였어요. 시간은 확실치 않아요. 손목시계는 풀어놨고, 저는 야맹증이라 벽시계로도 시간을 확인할 수가 없었거든요."

"그래도 언제 잠자리에 드셨는지는 기억나시지 않습니까?"

"음, 그게 물놀이를 하느라 피곤했는지 저녁을 먹고 나서 바로 잠든 것 같아요."

이 진술은 하마야마의 진술과 일치한다. 음식에 수면제 따위가 들어 있었을 가능성이 크다고 미즈타는 생각했다.

"'불이야'라고 외치는 소리를 듣고 어떻게 하셨나요?"

"방 밖으로 나가자 남편이 방화 셔터를 두드리며 건너편을 향해 소리치고 있었어요. '왜 그래?'하고 묻자 '건너편에 에이타 씨가!' 하고 남편이 소리쳤어요. 셔터 너머에서 연기가 밀려와서 기침이 났죠. 그때 셔터 너머에서 에이타 씨 목소리가 들렸어요. '이대로 있다가는 죽겠어! 살려줘!' 하고 애원하는 목소리였죠.

저는 당장 셔터를 올리고 에이타 씨를 구해야 한다고 했어요. 그 셔터는 전동식이고, 버튼도 저희 쪽에 있었거든요.

그러자 남편이 '아까부터 계속 해봤어' 하고 고함을 지르더군요. 셔터가 찌그러져서 내려오는 도중에 걸린 것 같았어요. 불은 셔터 너머에서 났는데 이쪽에 연기가 풀풀 피어오르는 것도 그 때문이라는 걸 알았죠."

뛰어난 관찰력으로 얻은 정보를 시간 순서에 따라 정리해서 내놓는다. 아무 도움도 없이 이 정도까지 진술하다니, 어쩐지 기분 나쁠 정도였다.

"그때 에이타 씨의 아내인 사바에 씨는 어디에 있었습니까?"

"저랑 남편이 소란을 떨고 있자, 뒤에서 나타났어요. 사바에 씨는 손목시계를 보며 '이렇게 늦은 시간에 뭐 하는 거야?' 하고 아주 귀찮아하는 표정으로 말했죠."

어쩐지 내뱉는 듯한 말투였다.

"그때 사바에 씨는 시계를 보셨군요. 몇 시인지는 말씀하셨습니까?"

"어, 그러니까……분명 11시였어요."

11시?

미즈타는 고개를 갸우뚱했다. 119에 신고하기까지 간격이 너무 길다. 하지만 사망 추정 시각과는 대강 겹친다.

"그러고 사바에 씨가 에이타 씨에게 물었어요. '왜 그런 곳에 있어?'라고요. 에이타 씨는 '창고에서 연기가 나길래 살펴보려는데 서터가 내려와서……' 하고 말했죠. 어쨌든 넷이서 여기를 빠져나가기로 했어요."

"잠깐만요. 아까부터 방화 서터 이야기만 하시는데, 거대 수조 위쪽—그 풀장을 통과하면 간단히 빠져나갈 수 있지 않나요?"

가와무라가 지당한 지적을 했다.

"확실히 그래. 수심이 깊어서 발이 안 닿는다고 해도 10미터 정도 헤엄치는 건 전혀 문제가 아니야."

하지만 에이타는 결국 방화 서터와 수조 사이의 공간에서 빠져나오지 못하고 살해당했다. 여기에 뭔가 비밀이 있는 것 아닐까?

"물론 저희도 그 방법을 제일 먼저 검토했어요. 하지만 소용없었죠."

"소용이 없었다니요?"

"에이타 씨는 수영을 못 하거든요."

아유미는 고개를 설레설레 흔들었다.

"완전히 맥주병이라서요."

그러고 나서 아유미는 에이타와 그의 누나에게 일어난 비극을 들려주었다.

미즈타는 머리를 얻어맞은 듯한 충격을 받았다.

—즉, 이건 일종의 '밀실' 아닌가.

미스터리 드라마나 소설에 무지한 미즈타가 금방 그런 말을 떠올린 건, 다름 아닌 부하 가와무라 때문이다.

가와무라는 눈을 반짝반짝 빛내며 수첩에 '밀실!!!'이라고 큼지막하게 휘갈겨 썼다.

미즈타는 속으로 한숨을 쉬었다.

가와무라가 경찰관을 지망한 동기는 미스터리와 스릴러를 좋아해서 자기도 어려운 사건을 척척 해결하는 뛰어난 형사가 되고 싶었기 때문⋯⋯이라고 한다. 범죄 수사가 뭔지도 모르고서 하는 그야말로 뜬구름 잡는 소리다. 지금은 아까처럼 진술을 청취하는 방법부터 하나하나 꼼꼼히 배우는 중이다.

그러다가도 가끔 "어려운 사건은 없나요?"라는 둥, "밀실 살인은요? 구두 밑창이 닳도록 수사해야 간신히 풀어낼 수 있는 알리바이 트릭은요?"라는 둥 엉뚱한 소리를 꺼내고는 한다. 가와무라처럼 승환안내*를 능숙하게 사용하는 디지

---

* 출발지와 도착지를 연결하는 공공 교통기관의 최적 경로를 제공하는 시스템 서비스를 가리킨다.

털 네이티브 세대에게 알리바이 트릭 풀기는 누워서 떡 먹기일 텐데. 종이에 적힌 상상의 산물을 읽을 때 느끼는 재미와 실제로 발생한 사건을 상대할 때 느끼는 재미는 또 다르다는 건가.

몹시 별나게 생긴 건물에서 '밀실' 살인이라니……

무슨 미스터리 소설 같지 않느냐는 생각에 미즈타는 진저리를 쳤다.

하나 아직 모른다.

생각해보면 수조를 헤엄쳐서 빠져나올 수 없었던 사람은 피해자 우오즈미 에이타뿐이다. 범인은 수조를 헤엄쳐서 건너가 에이타를 죽이고 다시 헤엄쳐서 돌아왔다고 볼 수도 있다. 굳이 그렇게까지 하면서 사람을 죽이겠느냐 싶기도 하지만, 어쨌거나 살인이라는 초대형 이벤트다. 진심으로 살인을 결심했다면 범인은 그 정도 수고는 아끼지 않으리라.

그러니까 아직 모른다.

미즈타는 가와무라가 흥분을 가라앉히도록 어깨에 손을 얹고 달래보았지만, 가와무라는 들은 척도 않고 콧김을 거세게 내뿜었다.

"그, 그래서 그 후에는 어떻게 됐나요?"

이대로 가면 그야말로 변태나 다름없다. 미즈타는 한숨을 내쉬었다.

"어, 네."

아유미는 가와무라의 변화를 알아차렸는지 약간 굳은 얼굴로 대답했다.

"수조 쪽으로 빠져나갈 방법은 없느냐고 에이타 씨가 묻길래, 저희 모두 복도를 빙 돌아서 수조로 향했어요. 연기가 짙어져서 숨쉬기가 힘들었던 기억이 나네요.

도착하자 수조 건너편에 에이타 씨가 있더군요. 저희는 사다리같이 걸쳐서 다리로 쓸 만한 물건이 없는지, 어떻게든 수조를 건널 방법이 없는지 고민했지만 좋은 생각이 나지 않았어요. 남편이 수영해서 에이타 씨를 끌어안고 돌아오는 방법도 떠올랐지만, 남편도 연기를 많이 마셔서 숨쉬기가 편치 않은 상태였어요.

에이타 씨는 '그건 마지막 방법으로 하죠. 저 때문에 가쓰오 씨가 위험에 빠지면 안 되잖아요. 차라리 제가 헤엄쳐서 건너가면……' 하고 말했어요. 하지만 에이타 씨가 겪었던 비극을 생각건대, 도저히 그런 짓을 시킬 수는 없었어요. 안 그래도 혼란스러운 상태인데, 무턱대고 수영에 도전한들 성공할 리 없으니까요."

거기서 아유미가 갑자기 입을 다물었다.

"이제……이제 드릴 말씀이 별로 없어요. 그리고 그다음 일을 떠올리면 가슴이……."

"아아, 너무 무리하지는 마시고요."

가와무라는 이야기를 더 듣고 싶은 표정을 지으면서도, 배려심을 발휘했다.

"아니요……정말로 얼마 안 남았으니까요."

아유미는 숨을 들이마시고 허리를 쭉 폈다.

"남편이 셔터를 다시 확인하고 오겠다며 셔터 쪽으로 향했고, 에이타 씨는 창고에 뭔가 쓸 만한 물건이 없는지 보고 오겠다며 자기 손수건을 수조 물에 적셔서 입을 막고 연기 속으로 뛰어들었어요. 그 순간 의식이 흐릿해져서……하필 이럴 때 쓰러져서는 안 된다고 참으려고 애썼는데, 결국 그 대로 쓰러진 것 같아요."

아유미의 목울대 부분이 위아래로 움직였다.

"정신을 차리자……남편이 일으켜주었는데……보지 말 라는 남편의 말을 무시하고 수조 쪽을 봤어요."

그러자 거기에, 하고 아유미는 말을 이었다.

"에이타 씨가……에이타 씨가……."

❊ 5

이쯤에서 그에게 다시 초점을 맞추어보자.

그의 과거를 돌아보면,

그가 명탐정 역할을 맡는 건 약속된 숙명인 듯하다.

그가 말하는 내용 속에도 사건을 해결로 이끄는

작은 열쇠가 숨어 있다.

　—그들 네 명이 성으로 들어오는 모습을 보았을 때부터, 그는 비극이 일어나리라고 예상했다.

　그는 처음부터 그들 네 사람의 동향을 유심히 관찰하고 있었기 때문이다.

　성 현관에서 사바에가 에이타의 스마트폰을 빼앗았다.

　"앗."

"이런 곳까지 와서 왜 스마트폰을 들여다보는 건데? 또 게임하는 거야?"

"뭐, 그렇지……."

에이타가 불만스럽게 대꾸했다.

"게임 좀 하면 어때서? 매일 조금씩 진행해야 한단 말이야."

"뭐 그리 대단한 걸 한다고 큰소리는……."

"사바에 씨, 그런 식으로 말할 건 없잖아."

아유미가 핀잔을 주자 사바에는 말했다.

"아무튼 이제부터 스마트폰은 금지. 기껏 시간 내서 대자연으로 재충전하러 왔으니까. 이럴 줄 알고 필요한 도구도 가지고 왔지."

사바에는 보스턴백에서 플라스틱 용기를 꺼냈다. 뚜껑에 타이머 같은 것이 달려 있었다.

"이거, 일할 때 스마트폰이나 게임기를 손에서 떼어놓기 위한 도구야. 이 타이머로 시간을 맞추고 뚜껑을 닫으면 무슨 짓을 해도 상자를 열 수 없지. 부수는 방법밖에 없어."

"사바에 씨, 인정머리라고는 없네."

가쓰오가 실실 웃었다.

"하지만 에이타 씨도 사진 두세 장쯤은 찍고 싶을 텐데요.

기껏 이런 곳에 숙소를 잡았으니까."

"오늘은 해수욕을 하느라 피곤할 테니 내일 아침에 찍는 편이 낫지 않을까?"

"아, 그것도 그러네. 그럼 내 스마트폰도 상자에 넣어줘요. 가지고 있으면 문득 하고 싶어질 테니까. 당신도 괜찮지, 아유미?"

"으, 응······."

사바에는 아유미의 스마트폰도 억지로 빼앗아서 상자에 넣었다. 그 후 내일 체크아웃 시간에서 수조 사진을 찍을 시간을 뺀 오전 8시로 타이머를 맞추었다.

"자, 이제 잠겼다."

사바에가 스위치를 누르자 스마트폰 네 대가 담긴 상자가 잠겼다.

"우와, 굉장한걸. 사바에 씨, 이거 진짜로 꽉 잠겼네요."

덩치가 좋은 가쓰오가 뚜껑을 젖히거나 떼어내려고 시도했지만 꿈쩍도 하지 않았다.

그는 그 모습을 보며 냉정하게 네 사람의 우열관계를 분석했다······.

여왕님 행세를 하는 사바에, 그런 사바에에게 휘둘리는 남편 에이타와 친구 아유미. 그 이후의 대화로 사바에와 아유미가 이웃에 살면서 친해진 사이라는 건 알았지만, 그런 아유미도 마지못해 여행에 따라온 것처럼 보인다……가지 않으면 '사교성이 없다'라며 사바에가 업신여길 것이기 때문이리라.

그는 턱을 쓰다듬었다. 비극이 일어날 조짐이 확실하게 느껴졌다.

에이타의 아내 살해. 아유미의 친구 살해. 어느 쪽도 가능성이 있다. 가쓰오는 사바에의 비위를 맞추기 위해 애쓰는 것처럼 보이니까, 만약 두 사람이 남녀 관계라면 불륜에서 비롯된 가쓰오의 정부情婦 살해나 질투심에 불타오른 아유미의 살인 행각도 생각해볼 수 있겠다.

아유미는 건물로 들어가는 에이타와 사바에의 뒷모습을 찌푸린 얼굴로 바라보았다.

"왜 그래, 아유미?"

가쓰오의 물음에 아유미가 대답했다.

"그게……어쩐지 에이타 씨가 불쌍해서."

"불쌍하다고?"

가쓰오가 웃었다.

"무슨 소리야. 저렇게 예쁜 아내도 있겠다, 아주 복이 터졌는걸. 아, 물론 아유미도 최고의 미인이야."

가쓰오의 아부에도 아랑곳없이 아유미는 고개를 저었다.

"에이타 씨……강에서 사고로 누나를 잃었대."

"앗."

가쓰오의 말문이 막혔다.

"나도 아까 처음 들었는데 물을 보는 것조차 무서워서 수영은 어림도 없대. 그럼 실은 이런 숙소에 오기 싫지 않았을까……."

"음. 그래서 에이타 씨가 바다에 얼씬도 안 했구나."

가쓰오가 턱을 쓰다듬었다.

"그럼 아내가 이 게스트하우스를 선택했기 때문에 거절하지 못한 건지도 모르겠네."

우오즈미 에이타는 수영을 못 한다…….

우오즈미 사바에가 이 숙소를 선택했다…….

그는 그 정보에 담긴 의미를 차분히 음미했다.

이런 식으로 생각에 잠기는 건 어릴 적부터 몸에 밴 그의 습관이었다.

그는 미결 사건에 관한 책을 읽거나 현재 수사 중인 사건의 뉴스를 보며 이러니저러니 진상을 추리해보는 걸 좋아했다. 하지만 자신이 추리한 바를 결코 남에게 말하지는 않았다. 초등학교 시절이었다. 친구들과 다 같이 어울려 같은

반 여학생에 대해 즐겁게 이야기하고 있었다. 그런데 그와
중에 자신은 그런 이야기보다 3억 엔 사건*의 진범에 대해
토론하고 싶었다. 바로 그때부터 그는 자신의 정서가 아무
래도 남들과는 맞지 않는다는 걸 깨달았다.

그리고 어느 날, 그의 노력은 결실을 보았다. 미국에서 오
랜 세월 미궁에 빠졌던 연쇄 살인사건의 범인이 20여 년 만
에 체포됐는데, 범인의 인물상이 그가 추리한 바와 완전히
일치했다. 그는 암산과 계산 능력이 뛰어나서 지도나 논픽
션 작품의 현장 사진만 보고도 거리감과 방 구조 등을 바로
산출해낼 수 있었다. 그러한 재능도 그의 '안락의자 탐정'
행세에 박차를 가했다.

그는 가슴이 부풀어 올랐다.

―나는, 나는 명탐정이다!

그는 책 속에 묘사되는 명탐정처럼 되고 싶었다.

물론 그게 어렵다는 건 잘 알고 있었다. 그는 체력이 없고
운동도 딱 질색이므로 경찰관은 절대로 못 되었다. 또 일본
에는 사립탐정 면허 제도가 없는 데다 애당초 그는 사립탐

---

* 1968년 일본에서 일어난 희대의 현금 절도 사건으로 아직 범인이 밝혀
지지 않았다.

정이 다룰 법한 사건을 다루고 싶지 않았다. 네로 울프의 탐정 사무소가 그의 이상이었다. 의자에 떡하니 앉아 조수 아치 굿윈에게 지시를 내리고, 그가 모아 오는 정보를 토대로 화려한 추리를 쌓아 올린다. 그 후 사무소로 불러낸 용의자들에게 자신의 추리를 선보인다. 게다가 맛있는 요리까지 먹을 수 있다. 그야말로 이상적인 모습이다.

하지만 현실은 그렇게 만만치 않다.

어떻게든 명탐정이라는 꿈을 좇으려면 법의학자나 범죄학자, 아무튼 범죄를 직접 접할 수 있는 직업을 가져야 했으리라. 명탐정까지는 못 되고 자신이 그렸던 이상과는 다른 형태일지언정 적어도 범죄에 관여하는 사이에 꿈을 이루었다고 삶에 의의를 느낄 수 있었을지도 모른다.

하지만 그는 현실과 이상 사이의 골을 메우려고는 하지 않았다.

어이없을 만큼 구제 불능의 몽상가였기 때문이다.

그러니 현실적인 잣대를 압도적으로 능가하는 거대한 수조성에 끌린 것도 무리는 아니었다.

그는 수조성으로 들어가는 네 사람을 보며 예감했다.

—오늘이 내가 명탐정으로 데뷔하는 날일지도 모르겠어.

그리고 네 사람의 대화를 차분히 곱씹다가 어떤 사실을

알아차렸다.

그는 자기 방의 컴퓨터로 인터넷 검색창에 어떤 단어를 입력했다.

그는 자신의 가설을 확인하고 만족스럽게 미소 지었다.

❊ 6

남은 두 사람의 진술을 청취한다.

언제 밀실에 관해 검토하나 싶어 속이 탈지도 모르지만,

일단은 정보를 수집할 필요가 있다.

중요한 단서가 세 가지 나오니 유의할 것.

"당장이라도 수조로 가서 밀실에 대해 생각해보죠!" 하고 보채는 가와무라를 타이른 후 미즈타는 가이 가쓰오를 불렀다. 정말이지 가와무라가 개라면 지금쯤 꼬리를 붕붕 흔들고 있으리라.

미즈타는 가쓰오의 체격에 압도당했다. 키가 190센티미터에 가깝고 몸매도 스포츠맨답게 탄탄한 근육질이다. 아무리 유도를 배운 미즈타도 가쓰오와 맞붙으면 절대로 못 당해내리라.

"이야, 참 충격이 큽니다. 아유미랑 우오즈미 씨 부부와 함께 즐거운 휴가를 보낼 생각이었는데 이런 일이……저기, 회사에는 아직 연락하면 안 되나요?"

"조사가 일단락될 때까지 기다려주십시오."

알겠습니다, 하고 가쓰오는 순순히 물러났다.

"그나저나 아까 다른 형사님한테도 이것저것 이야기했는데, 또 해야 하나요?"

이번에는 지긋지긋하다는 말투로 물었다.

"죄송합니다. 중복되는 부분도 있겠지만 한 번 더 답해주십시오."

"흠, 그래요? 뭐, 그렇겠죠. 드라마 같은 데서도 그런 식이니까."

이번에도 순순히 물러섰다. 미즈타는 이 남자의 어쩐지 '경망스러운 태도'가 마음에 걸렸다.

"어떤 일을 하시죠?"

"상사회사의 영업사원입니다. 자랑할 게 체력뿐이라 거래처를 분주히 돌아다녀요."

"아내 분과는 어떻게 만나셨나요?"

"대학생 때부터 사귀었어요. 서로 홀딱 반했죠. 아유미도 경리 사무직으로 맞벌이를 하는 어엿한 사회인이니까 조리 있게 잘 설명했을 텐데요."

"네. 하지만 같은 일을 겪었더라도 목격한 내용은 조금씩 다르니까 직접 이야기를 들려주셨으면 합니다."

"그렇군요."

"우오즈미 씨 부부와는 언제부터 친분을 쌓으셨나요?"

"아, 지금 집으로 이사 오고 나서부터요. 3년쯤 전이었어요. 우오즈미 씨 부부가 나중에 옆집으로 이사 왔죠. 저는 이웃으로서 얼굴도장이나 찍으려고 한번 인사하러 갔었는데, 일요일에 우오즈미 씨네 파티에 초대받은 뒤로 가까워졌어요."

"파티요?"

"네. 조촐한 홈 파티요. 에이타 씨는 한때 유명한 건축 디자이너였는데, 업무상의 인연으로 배우인 사바에 씨와 결혼했대요. 사바에 씨는 미국 출신이라 그런 파티를 좋아하고요. 이웃 사람들을 불러서 바비큐 파티를 하는 거죠. 파티라고 해봤자 초대객은 저희 부부와 다른 집 가족을 포함해 일곱 명 정도뿐었지만요."

호화롭게 놀기를 좋아한다는 뜻이리라. 피해자의 부부관계가 조금씩 파악됐다. 미즈타는 미간을 주물렀다.

"다른 집 가족은 같이 안 오셨고요?"

"아아, 사바에 씨가 이번 여행에도 불렀나 본데, 그 수조 있잖아요. 그게 위험하다는 이유로 안 왔어요."

그러고 보니 가와무라도 그런 소리를 했다. 위험하므로 6세 이하의 어린아이는 숙박을 금지한다고.

"가쓰오 씨가 보기에 에이타 씨는 어떤 사람이었습니까?"

가와무라가 물었다.

미즈타는 속으로 웃음을 지었다. 자신이 가르쳐준 것을 바로 실전에 써먹다니. 미스터리 소설 이야기를 하지 않을 때의 가와무라에게는 의외로 귀여운 구석이 있다.

"어떤 사람……어떤 사람이라, 음."

가쓰오는 생각에 잠긴 듯 입을 다물고 시선을 좌우로 옮겼다. 시선을 옮길 때마다 굵은 눈썹이 털벌레처럼 꾸물꾸물 움직여서 미즈타는 어쩐지 기분이 안 좋았다.

"조용한 사람……이었죠. 저희 부부와 사바에 씨의 대화에 끼지 않고 늘 조용히 웃기만 하는 사람이었어요. 아직도 낯을 가리나 싶어서 억지로 대화에 끼운 적이 몇 번 있는데요. 결과는 시원찮았죠. 어제도 기껏 바다에 왔는데 저만 신나게 헤엄쳤고, 아유미와 사바에 씨가 잠깐 물놀이를 했을 뿐이에요. 에이타 씨는 '저는 짐을 지키고 있을 테니 다녀오세요' 하며 파라솔 밑에서 꿈쩍도 안 했다니까요."

미즈타와 가와무라는 일부러 침묵을 지켰다.

가쓰오가 부리나케 말을 덧붙였다.

"앗, 하지만 부부 사이가 별로였다든가, 그렇지는 않았을 거예요. 왜, 그런 사람 있잖아요. 다른 사람들과 함께 있기보다 혼자 있기를 좋아하는 사람. 사바에 씨도 에이타 씨가 그런 사람인 줄 알면서 좋아했을 테고, 게다가 에이타 씨가 조용하고 점잖은 건 예전부터 그랬으니까……."

편들어주려고 하는 거겠지만 결과적으로 횡설수설이었다. 사바에에게 억지로 혐의를 씌우려 한다고 오해받아도 이상하지 않은 태도다.

하지만 가쓰오의 말투에 부자연스러운 점은 없는 듯했다. 적어도 게스트하우스 주인 하마야마의 반응보다는.

"알겠습니다. 그럼 사건의 경과에 대해 말씀해주시죠."

가와무라의 말에 가쓰오는 노골적으로 안도한 표정을 지었다.

"밤 11시가 되기 조금 전에 누가 좀 와 달라는 목소리를 듣고 잠에서 깼습니다. 무슨 일이 생겼구나 싶어 아유미의 어깨를 흔들었는데 좀처럼 깨질 않아서 저 혼자 일단 목소리가 들린 쪽을 살펴보러 갔죠."

가쓰오와 아유미는 서로 다른 목소리를 듣고 깨어났지만,

아유미는 이다음에 가쓰오와 합류했다. 가쓰오가 몸을 흔들고 몇 분 후에 아유미가 잠에서 깼다는 뜻이리라.

"저는 셔터 너머에 있는 에이타 씨와 말을 나누며 셔터를 올릴 방법이나 수조 건너에 있는 에이타 씨를 구할 방법이 없을지 고민했어요. 연기가 나길래 하마야마 씨를 부르러 갈까도 싶었지만 혼란에 빠진 에이타 씨를 혼자 남겨둘 수는 없어서요. 수조 쪽으로 가봐도 뾰족한 방법은 없었고……."

"그 후 119에 신고할 때까지는 어떻게 하셨습니까?"

"그게……기억이 확실치 않아요. 아유미와 사바에 씨를 수조 옆에 남겨놓고 다시 셔터 쪽으로 향한 건 기억나네요. 셔터 앞에서 부르자 에이타 씨의 흐릿한 비명 소리가 들렸죠. 그래서 왜 그러느냐, 무슨 일 있느냐고 계속 소리를 지르는 사이에 연기를 들이마셔서……갑자기 의식이 멀어졌습니다."

연기를 마시고 의식을 잃었다. 그것도 아유미의 증언과 완전히 일치했다.

"아마 그건 최면 가스 같은 게 아니었을까요?"

"최면 가스?"

뜻밖의 말에 미즈타는 고개를 들었다.

"그렇잖아요. 저희가 깨어나서 에이타 씨를 구하려고 낑낑대던 게 오후 11시. 그러다 의식을 되찾고 119에 신고한 게 다음 날 오전 5시경이에요. 약 여섯 시간이나 쓰러져 있었다고요. 그게 정말로 화재가 발생해서 피어오른 연기였다면 저희는 모두 죽었을 겁니다."

확실히 맞는 말이다. 오후 11시에 일어난 소동의 원인이 최면 가스라면 살인과 신고 사이에 시간 차가 생긴 것도, 가쓰오, 아유미, 사바에가 무사한 이유도 설명이 된다.

범행 순서는 분명 이렇다.

범인은 창고에 최면 가스 발생 장치를 설치한 후 사람을 꾀어 들인다. 목표물은 우오즈미 에이타라고 봐도 무방하다. 수영을 못 하는 사람은 에이타뿐이니 방화 셔터와 수조 사이에 가두는 의미가 있는 건 에이타밖에 없다.

에이타가 창고로 들어간 걸 확인한 후 범인은 복도에서 패널을 조작해 방화 셔터를 내린다. 이리하여 에이타를 '밀실'에 멋지게 가둔 것이다.

이때 범인은……범인은?

어디 있었을까?

세 숙박객 중에 범인이 있다면 셔터 또는 수조와 복도 사이를 순식간에 오가는 트릭을 사용했다고 볼 수밖에 없다.

에이타가 비명을 지른 타이밍에 대해서는 아유미와 가쓰오, 두 사람의 증언이 일치하기 때문이다.

하지만 만약 범인이 따로 있다면?

범인은 창고나 그 옆방에 숨어 있으면 그만이다. 연기 속에서 기회를 노려 에이타를 죽이고, 세 사람이 기절할 타이밍을 노려 도망치면 된다.

아니, 그게 아니다.

"맥주병이야."

미즈타는 중얼거렸다. 워낙 갑작스러웠는지 가와무라와 가쓰오가 의아한 표정으로 미즈타를 보았다.

"에이타 씨가 맥주병이라는 사실을 몰랐다면 애당초 이런 방법을 쓰지 않겠지."

"그거 말인데요, 저는 전혀 몰랐습니다. 여기와서 아내한테 처음으로 들었어요. 에이타 씨는 자기 이야기를 잘 안 하는 사람이었거든요."

가쓰오가 즉시 말했지만 어디까지나 본인의 진술이므로 믿을 수는 없다. 자기가 불리해지는 상황에서 구태여 알고 있었다고 말할 리 없으리라. 그런 의미에서는 생각에 빠진 나머지 불쑥 말을 꺼낸 미즈타도 반성해야 마땅하다.

하지만 아유미도 가쓰오도 사건이 발생하기 직전에 에이

타가 수영을 못 한다는 사실을 알게 되었다면, 즉석에서 기지를 발휘해 그 정보를 계획에 써먹기는 어려우리라.

좀 더 예전부터 알고 있었다면 이용할 수 있었을지도 모르지만.

"그렇다면 역시—아내인가."

피해자의 아내, 우오즈미 사바에를 불렀다.

사바에는 무표정한 얼굴로 방에 들어와 귀찮다는 듯이 의자에 앉았다.

"한 대 피워도 돼요?"

"네?"

"담배요……가쓰오 씨가 담배를 싫어해서 식당에서는 못 피웠어요. 그 정도쯤은 알잖아요?"

자신에 관한 일은 전부 알아야 마땅하지 않느냐고 따지는 듯한 말투였다.

가와무라는 발끈한 낌새를 감추지 않고 입을 꾹 다물었지만, 미즈타는 "그러시죠" 하고 일부러 권했다. 호주머니에서 지포 라이터를 꺼내 귀부인을 대하듯 정중하게 불까지 내밀었다.

사바에는 씩 웃더니 핸드백에서 전자 담배를 꺼냈다. 필터를 기계에 끼우고 피우기 시작했다.

미즈타는 뻘쭘해져서 애꿎은 라이터 뚜껑만 큰소리가 나게 닫았다. 가와무라가 어깨를 떠는 건 웃음을 참는 탓인지도 모른다. 나중에 추궁하자.

"남편은 보통 담배를 피웠지만, 냄새를 역겨워하는 사람도 있잖아요? 그래서 최근에 이걸로 바꿔봤어요. 전자 담배도 의외로 맛있더라고요. 눈총을 주는 사람도 적고요. 그나저나 뭘 듣고 싶으신데요?"

사바에는 전자 담배를 피우며 초연한 태도로 말했다.

"아아, 그렇죠. 일단은 가이 씨 부부에 대해 듣고 싶습니다만……."

가와무라가 그렇게 말하자 사바에는 콧김을 내뿜었다.

"설마 이런 사건을 저지를 인간들인 줄은 몰랐네요. 저도 보는 눈이 없었던 거겠죠."

가와무라의 입이 떡 벌어졌다.

미즈타는 가와무라만큼 냉정함을 잃지는 않았지만, 그래도 불쾌감을 느꼈다. 아유미와 가쓰오에게 들었던 '두 부부의 친분'이 사바에의 태도에서는 전혀 느껴지지 않았다.

"가이 씨 부부 중 한 명이 살인범이라는 말씀이십니까?"

"그야 저는 제가 범인이 아니라는 걸 아니까요. 당연히 그

두 사람 중 한 명이 그랬겠죠."

사바에는 연기를 내뿜었다.

"그런 것도 모르다니, 당신 바보예요?"

미즈타는 울컥했지만 얼굴에는 일절 감정을 드러내지 않았다.

"이런 상황에서는 당연히 다들 '자기는 범인이 아니다'라고 말하는 법이죠. 그걸 모르시지는 않을 텐데."

"어머."

사바에는 웃었다.

"찍소리도 못하고 당하기만 할 마음은 없다는 뜻? 좋아요. 경험이 부족해 보이는 이쪽 풋내기 형사님보다는 당신이 훨씬 상대할 재미가 있겠네요."

사바에는 혀를 날름 내밀었다. 경찰관 앞이라서일까. 이렇게까지 대놓고 보란 듯이 악녀인 양 행동하는 유형은 드물다. 아니면 거만한 태도가 뼛속까지 스며서 저절로 이런 행동이 나오는 걸까? 가이 씨 부부가 우리에게 사바에의 인상을 조금 좋게 포장해 말한 것일 수도 있다.

"만약 가이 씨 부부 중……한 명이 당신 남편을 죽였다고 치죠. 그렇다면 동기는 뭘까요? 뭔가 짚이는 바가 있으십니까?"

"그걸 알아내는 게 당신들 일 아니에요?"

사바에는 어처구니없다는 듯 웃었다. 아주 재미있어하는 말투였다.

"뭐, 여러 가지로 상상은 해볼 수 있겠죠. 남편은 결혼 생활에 불만을 품고 있었으니 가이 씨 부인과 바람이라도 피운 게 아니겠어요?"

너무나 거리낌 없이 말해서 미즈타는 놀랐다. 하마야마에 이어 우오즈미 에이타와 가이 아유미가 남녀 관계였음을 암시하는 사람이 또 나왔다. 그런데 설마 피해자의 아내가 직접 그런 말을 꺼낼 줄이야.

"오호, 부부 관계가 완전히 식었다는 건 인정하시는군요."

"다른 사람들이 먼저 진술했잖아요? 오히려 못 들은 게 이상하겠죠. 그런데 누가 그러던가요? 가쓰오 씨? 아니면 속물 같은 게스트하우스 주인? 혹시 전부 다?"

"글쎄요, 어떨까요."

미즈타는 양손을 벌리며 얼버무렸다.

"그만큼 애정이 식었는데 왜 이혼을 안 하신 거죠?"

"그야 세상 사람들의 시선 때문이죠. 저도 배우로서 중요한 시기거든요. 주간지에 기사가 도배되는 것도 싫고……유명한 건축 디자이너라는 말에 속았어요. 그렇게 시시한 남자와 결혼하다니. 그야 결혼했을 무렵에는 수입이 엄청났지만요. 이제는 저한테 빌붙어 사는 상황이었다고요."

"건축 디자이너 일은 그만두셨습니까?"

"네. '슬럼프'라나. 지금도 남편과 일하고 싶다는 사람은 있는 것 같지만, 남편이 전혀 관심을 안 보였어요. 온종일 빈둥빈둥, 낮에 대체 뭘 하는지……아아, 뭘 했는지, 라고 해야 맞겠네요."

사바에가 입매를 일그러뜨렸다. 미즈타는 갑자기 불쾌해졌다. 우오즈미 에이타가 어떤 남자였든 죽어서까지 이렇게 욕을 먹을 이유는 없다.

"사건이 발생한 걸 알아차린 후에 어떻게 하셨는지 말씀해주시죠."

"남편의 됨됨이에 대해서는 더 안 들어도 되겠어요?"

미즈타는 사바에의 말을 무시하고 질문을 계속했다.

하지만 사바에의 진술은 아유미와 가쓰오의 진술과 모순된 점이 없었고, 새로운 정보도 없었다. 사바에는 손목시계를 차고 있어서 시간을 확인할 수 있었다. 아날로그 시계지만, 형광 도료가 칠해진 시곗바늘이라 그 자리에서 확인이 가능했다고 한다.

"실은 스마트폰만 켜면 단번에 확인할 수 있었을 텐데, 우리가 이런 걸 사용해서요."

사바에가 책상 위에 내놓은 건 타이머가 부착된 플라스틱 상자였다. 한 변이 20센티미터쯤 되는 정육면체로, 지금은 타이머가 '0'에 맞춰져 있었다.

아무래도 일정 시간 스마트폰 따위를 만지지 않고 작업에 집중하기 위해 사용하는 장치인 듯하다. 사건 당일 그들은 스마트폰을 모아서 여기에 넣고, 오늘 아침 8시까지 상자를 잠가놨다고 한다.

"아까 겨우 열어서 꺼냈어요."

미즈타는 드디어 그들이 바로 신고하지 않았던 이유와 시간을 몰랐던 이유를 이해했다. 그나저나 이 무슨 성가신 짓을 했단 말인가. 이토록 강력한 장치를 사용하면서까지 떼어놓아야 할 만큼 평소 스마트폰에 의존했던 걸까. 미즈타도 얼마 전 딸의 권유로 휴대폰을 스마트폰으로 바꾸었다. 물론 사용법을 잘 몰라서 돼지 목에 진주 목걸이 꼴이 되고 말았다.

"사람이 죽었으니 이 상자는 부쉈어도 됐을 텐데요."

"그때는 다들 너무 정신이 없었고……더구나 이 상자를 부숴야겠다는 생각을 하기 전에 모두 기절했으니까요."

사비에는 주눅 드는 기색 하나 없이 말했다.

"아아, 그리고 수상한 사람이라면 또 있어요. 요 근처에 회사를 그만둔 은둔형 외톨이가 한 명 사는데, 그 남자 취미가 밤이면 밤마다 수조를 보러 오는 거래요. 그 사람이 이성에 들어와서 남편을 죽인 것 아닐까요? 밤마다 엿보러 오다니 정말 으스스하지 않아요?"

어디서 얻어들은 소문인지는 모르지만, 이 또한 편견으로 채색된 이야기였다. 미즈타는 메모를 하면서도 그렇게 진지하게는 받아들이지 않기로 했다.

"그런데 알고 계셨습니까?"

"뭘요?"

"남편분 말이에요, 어릴 적에 생긴 트라우마 때문에 맥주병이었다던데요."

그때 처음으로 사바에가 움직임을 딱 멈췄다.

사바에는 입술에서 담배를 떼고 어리둥절한 표정을 무방비하게 드러냈다.

"뭐예요, 그건."

사바에는 말했다.

"그런 이야기는 처음 들었어요."

❀7

**이쯤에서 무거운 엉덩이를 들고 일어나
밀실을 검토해보도록 하자.
어떤 밀실이든 얼마나 견고한지 이해해야,
진정한 매력을 맛볼 수 있는 법이다.
트릭을 해명할 커다란 힌트가 이 장면에 있다.**

"즉, 우오즈미 에이타가 맥주병이었다는 사실을 알고 있었던 사람은 가이 씨 부부뿐이었다는 건가요?"

둘만 남은 객실에서 가와무라가 말했다.

"사바에의 말대로라면 그런 셈이지."

"하지만 상대는 배우인걸요. 확실히 진정성이 있는 반응이긴 했지만, 그런 태도야 얼마든지 꾸며낼 수 있지 않겠습니까."

"응, 나도 진짜라고는 생각 안 해. 게다가 어제 낮에 가이 아유미만 처음으로 알게 된 사실이 그대로 사건에 이용되다니, 아무리 뭐래도 일이 너무 딱 맞아 들어."

"그렇다면 어떻게 된 걸까요?"

미즈타는 손가락을 하나 세웠다.

"첫 번째, 가쓰오나 사바에 중 한 명이 예전부터 그 사실을 알고 있었는데도 거짓말을 했다. 죽은 사람은 말을 못 하니까 말이야. 에이타 본인에게 확인하지 못할 테니 잘됐다 싶어서, 예전에 들은 적이 있다는 사실을 숨기고 있는지도 몰라. 또는 에이타의 누나에게 생긴 일이 유명한 일화라면, 건너 건너 에이타의 친척에게 들어서 알고 있었다고 봐도 되겠지."

미즈타는 가와무라에게 설명하며 머릿속을 정리했다. 전해 듣는 정보까지 포함하면, 어떤 사실을 알고 있었느냐 몰랐느냐의 문제는 이처럼 애매모호해지는 법이다. 그대로 믿을 수는 없다.

"그리고 두 번째, 에이타의 발언 자체가 거짓말이었다."

"뭐라고요?"

가와무라의 눈이 휘둥그레졌다.

"에이타가 그런 거짓말을 할 사람으로는……."

"우리가 아는 건 어디까지나 방금 네 사람에게 들은 에이타의 성격과 됨됨이뿐이야. 직접 대화를 해본 적은 없잖아. 에이타가 누나의 사고에 대해 털어놓았을 때의 상황을 생각해봐. 수영하고 오라는 말을 거절하기 위해 지어낸 이야기일 수도 있잖아."

"그런……하지만 그럼 왜 수조와 방화 셔터 사이에 갇혔을 때 헤엄쳐서 빠져나오지 않은 건데요?"

맞다. 확실히 그렇다.

미즈타의 생각도 거기서 멈춘다. 만약 에이타가 해변에서 아유미에게 거짓말을 한 것이라면 실제로는 수영을 할 줄 안다는 뜻이니 충분히 빠져나왔을 것이다.

그런데도 일부러 빠져나오지 않은 것이라면…….

"에이타가 범인이라든가?"

"무슨 말씀을."

가와무라가 어이없다는 듯 한숨을 내쉬었다.

"에이타는 살해당했는걸요."

"그렇지……."

그런 건 말하지 않아도 안다. 어쨌든 이대로는 다람쥐 쳇바퀴 도는 꼴밖에 안 된다.

"좋아. 에이타의 누나 이야기를 확인해보자. 에이타의 고향을 알아내고 본부에 연락해서 그 지역 관할서에 협력을 요청하는 거야. 잘 안 되면 사람을 보내고."

"알겠습니다."

"빨리 다녀와. 돌아오면……."

"돌아오면?"

반짝반짝 빛나는 가와무라의 눈을 보자 미즈타는 머리가 아팠다.

"……3층에 가서 현장 상황을 재검토할 거야."

"밀실을 검토하시는 거로군요!"

아나나 다를까 가와무라의 콧김이 거칠어졌다.

"쏜살같이 다녀오겠습니다! 야호!"

평소에도 저만큼 의욕을 내면 좋으련만. 미즈타는 내심 혀를 차며 가와무라를 배웅했다.

임무를 마치고 돌아온 가와무라를 데리고 3층으로 올라 갔다.

시체는 이미 옮겨졌다. 가와무라는 노골적으로 안도한 표정을 지었다.

미즈타는 일단 시체가 있었던 곳에 서서 수조와 방화 셔터를 번갈아 바라보았다.

그리고 소태라도 먹은 것 같은 표정으로 말했다.

"우선은 방화 셔터부터 검토해볼까."

미즈타로서는 비현실적인 사항을 조금이라도 나중에 검토해보고 싶었던 것이다.

방화 셔터는 전동식으로, 복도 위쪽에 설치된 센서가 연기를 감지하면 셔터가 내려온다. 조작 패널은 창고 반대편 복도 벽에 설치된 것 하나뿐이라, 방화 셔터와 수조 사이에 갇힌 에이타는 패널을 조작할 수 없었다.

"내려보자."

미즈타는 그 자리에 남아 있고, 가와무라가 조작 패널 쪽으로 향했다.

"자, 갑니다."

조작 패널에는 알기 쉽게 위아래를 가리키는 화살표가 달려 있었다. 가와무라는 아래 화살표를 눌러 방화 셔터를 내렸다.

셔터에서 끼익끼익하고 삐걱거리는 소리가 났다. 셔터가 다 내려가기까지 1분도 걸리지 않았다. 다 내리고 나자 한복판 언저리가 휘었다는 것을 알 수 있었다. 뭔가 큰 힘이라도 가해진 것처럼 일그러져 있었다.

"이 부분은 에이타가 갇혔을 당시는 더 심하게 휘어져 있었다고 합니다. 수사관들이 현장 검증을 위해 휘어진 부분을 폈대요. 앗, 물론 현장 사진은 찍어두고요."

미즈타는 고개를 끄덕였다.

"셔터가 심하게 휘어져서 패널을 눌러도 아무 반응이 없다……그 상황은 당연히 수사관들도 확인했겠지?"

"물론입니다. 그 점에 관해서는 가쓰오를 비롯한 세 명의 증언에 거짓이 없습니다. 조작 패널을 눌러도 꿈쩍도 하지 않았다니까, 범인이 서둘러 휘어진 셔터를 펴서 위로 올리고 건너편의 피해자를 살해한 후, 다시 내리고 셔터를 휘었다는 번거로운 상황은 고려할 필요가 없을 듯합니다. 다른 두 사람의 눈을 피해 순식간에 그런 짓을 할 수는 없을 테니까요."

셔터가 휘어진 부분을 유심히 보자 벽과 셔터 사이에 2센티미터 정도의 틈새가 있었다.

"알았습니다! 알아냈어요, 경감님."

"뭐야, 갑자기."

"여기, 이 틈새를 보세요. 여기로 어떻게든 할 수 있을 것 같습니다. 좀 가까이 오시겠어요?"

"어디—."

미즈타가 걸음을 몇 발짝 옮겨 방화 셔터로 바짝 다가가자 틈새에서 느닷없이 튀어나온 샤프펜슬 끄트머리가 미즈타의 팔에 닿았다.

"푹. 어떻습니까. 이걸로 밀실 수수께끼가 해결됐습니다."

"⋯⋯어?"

미즈타가 진심으로 불쾌한 듯한 목소리를 내자, 가와무라는 당황했는지 셔터를 올리고 땀을 흘리며 변명했다.

"그게요, 방금처럼 그 틈새로 칼을 내밀어서 피해자를 찌른 게 아닐까 생각해본 겁니다. 틈새가 2센티미터나 되니까 칼날은 통과하겠죠. 기다란 막대에 칼날을 달았다고 생각해봐도 되겠고요."

"하지만 흉기는 피해자의 시체 옆에서 발견됐어. 꽤 큼지막한 칼이니까 칼자루가 틈새에 걸려서 통과하지 않을걸."

가와무라는 의기양양한 얼굴로 고개를 끄덕였다.

"칼날 부분만 사용해 살해한 후, 칼자루와 칼날을 결합해 수조 너머에서 던졌다. 이러면요?"

미즈타는 끙, 하고 앓는 소리를 냈다.

확실히 앞뒤는 맞는다. 아무리 생각해도 골치 아플 것 같은 그 비현실적인 수조에 대해 검토하기보다는 훨씬 검증하기 편한 트릭이다.

하지만⋯⋯.

"불합격."

"왜요?"

"방금 네가 실제로 해봤듯이 방화 셔터의 틈새는 벽 쪽에 있어. 건너편에서 어떻게 말을 걸어도 이 틈새 앞에 피해자의 배가 오도록 하기는 어렵겠지. 실제로 네 샤프펜슬은 내 팔에 닿았어. 급소는 피했다고."

"과연⋯⋯."

"덧붙여 그 트릭이 맞는다면 칼날로 피해자를 찌른 후 그 자리에서 바로 칼날을 뽑아야 해. 당연히 피해자의 발 언저리에는 피가 튀겠지. 하지만 봐봐, 셔터와 그 부근의 카펫에는 혈흔이 전혀 없잖아. 혈흔은 수조 주변의 카펫에만 남아 있었어."

"틀렸나."

가와무라는 전혀 아쉬운 표정이 아니었다. 생각난 김에 한번 말해본 것이리라.

방화 셔터와 수조로 형성된 넓은 의미의 밀실. 전자를 무너뜨릴 수 없다면 남은 건―.

미즈타는 마지못해 수조―아니, 위에서 보면 수영장으로만 보이는―쪽으로 향했다.

어쨌거나 어마어마하게 큰 수조다. 건너편까지 거리가 10미터쯤 된다. 당연히 뛰어넘을 수는 없다. 멀리뛰기 선수라도 불가능하리라.

"그나저나 깊군."

미즈타는 수조 가장자리에서 아래를 들여다보았다. 바깥쪽 유리는 빛을 반사해서 어쩐지 번쩍거렸고, 안쪽 벽에 그려진 큼지막한 직사각형 무늬 두 개가 신기한 모양을 이루었다.

1층으로 갈수록 수조가 작아져서 그런지 위에서 내려다보자 꽉 오므라드는 것처럼 보였다.

"갑자기 궁금해지는군. 이 물, 뺐다가 다시 채우려면 얼마나 걸릴까?"

"조사해봤는데, 학교의 25미터 수영장 있지 않습니까. 그게 300입방미터인데 물을 뺐다가 다시 채우는 데 여덟 시간은 걸린답니다. 이 수조는 총 350입방미터쯤 될 테니까 아홉 시간에서 열 시간은 잡아야겠죠."

"뭐, 자세한 건 주인한테 물어보면 알겠지만, 대충 맞겠지."

자, 그렇게 거대한 수조를 어떻게 건넜을까…….

제일 확실한 건 헤엄쳐서 건너는 방법이지만…….

"시체는 젖어 있지 않았지."

"네. 물속으로 운반했다고는 볼 수 없습니다. 옷을 입은 상태로 시체를 이동시켜서 온몸이 젖었다면 11시부터 약 여섯 시간이 흘러도 시체가 다 마르지 않겠죠. 앞쪽이든 뒤쪽이든 바닥에 닿아 있는 면은 바람이 닿지 않아 축축할 겁니다."

가와무라가 술술 대답해서 미즈타는 탐탁지 않은 기분이었다. 분명 미즈타가 사바에의 진술을 집중해서 청취하는 동안 밀실에 대해서만 생각한 게 틀림없다.

"그럼 범인이 헤엄쳐서 범행을 저질렀다고 보면 어떨까?"

"10미터라면 수영 경험자가 아니더라도 금방 건널 수 있겠죠. 조사해본 바에 따르면 여성의 25미터 자유형 평균 기록은 약 30초라고 합니다."

"오오, 그래? 조사해줘서 고마워. 그럼 이 수조에 풍덩 뛰어들어 건너편까지 수영해서 가 피해자를 죽인 후, 다시 수조에 뛰어들어 돌아오면⋯⋯건너가는 시간을 10초로 잡아도, 서두르면 3분 정도 만에 끝나겠군."

"네. 범행은 충분히 가능합니다. 그리고 어젯밤 11시경, 도움을 요청하는 피해자의 목소리가 들린 그 시간대에 세 사람은 각자 단독으로 행동할 기회가 있었습니다. 가쓰오는 맨 처음으로 방화 셔터 앞에 도착했다고 진술했지만, 헤엄쳐서 피해자를 죽인 후 돌아와서 셔터 앞에 있었던 건지도 모르죠. 아유미는 셔터 앞에 나타나기 전에 헤엄쳐서 피해자를 죽인 후 돌아왔을지도 모르고요. 사바에는 마지막에 나타났으니까 그야말로 시간이 충분합니다."

"잠깐만. 마지막으로 비명을 지른 타이밍과 안 맞잖아. 에이타는 세 사람과 대화도 했다고."

"그야 카세트 녹음기를 사용한 고전적인 트릭이라고 봐도 되겠고, 어쩌면 진상은 이건지도 모르죠. 사바에가 헤엄쳐서 죽이러 왔지만 에이타는 마지막 순간에 사바에에게 애정을 느끼고 아내를 감싸주기로 했다. 그래서 칼이 배에 박힌 채로 잠시 행동하다가 칼을 뽑아서 과다출혈로 사망했다. 즉, 스스로 칼을 뽑았을 때 비명을 지른 거죠."

"흐음. 뭐, 말이 되는 것 같기도 한데……."

"하지만 애당초 헤엄쳐 건너가 재빨리 살인을 저질렀다는 설은 성립하지 않습니다."

가와무라는 고개를 저었다.

"몸이 젖은 것만큼은 얼버무리고 넘어갈 수 없으니까요."

"아아."

미즈타도 그 점은 생각했다. 수조를 헤엄쳐 건너면 옷이 흠뻑 젖는다. 옷 안에 수영복을 입고 있었다고 쳐도 몸은 젖는다. 아무리 재빨리 닦아도 몸을 닦은 수건과 수영복 등의 물증은 남고, 무엇보다도 수조 근처 카펫에 물자국이 생길 것이다.

"그렇다면 몸을 적시지 않고 반대편으로 서둘러 건너갈 필요가 있겠군."

물을 전부 뺀 후에 수조 바닥을 걸어가는 방법이 미즈타의 머릿속을 스쳤다. 하지만 아까 추정한 바로는 물을 빼고 채우는 데 열 시간쯤 걸린다고 했다. 11시부터 4시 반 사이에는 절대로 물을 뺐다가 다시 채울 수 없다. 무엇보다 높이가 10미터나 되는 수조를 사다리로 내려갔다가 올라가더라도⋯⋯그 무렵에는 기운이 다 빠졌을 것이다. 그만한 공을 들여서 사람을 죽여야 할 의미를 모르겠거니와 그동안 피해자도 달아나리라. 애당초 물을 뺄 만한 시간이 있다면 다른 트릭을 얼마든지 사용할 수 있을 것이다.

"반대편으로 건너간다⋯⋯그럼 다리를 놓는다던가요."

"거리가 10미터나 되는걸. 그렇게 금방 다리를 놨다가 치울 수 있겠나."

"이걸 사용하면 어떨까요?"

가와무라가 창고에 있던 사다리를 가져왔다. 알루미늄 재질이라 아주 튼튼하다. 건너편에 닿기만 하면 충분히 다리로 이용할 수 있으리라.

"좋아, 그럼 실험해보자."

"알겠습니다. 그럼 경감님이 그쪽을 들고―."

"무슨 소리야."

미즈타는 가와무라를 나무랐다.

"단독범일지도 모르잖아. 너 혼자 할 수 있는지 없는지 해봐."

"에이……."

가와무라는 반쯤 울상을 지으며, 무거워 보이는 사다리를 옮겨 나지막한 난간 너머로 사다리를 내밀었다. 난간의 세로대 사이에 사다리를 끼워서 안정시킨 것까지는 좋았다. 그러나 사다리를 쭉 빼내서 건너편에 걸치려고 하자―.

"앗……."

사다리 끝부분이 건너편에 닿지 않고 수면에 빠졌다.

"길이가 9미터쯤 되는가 보군. 건너편까지는 10미터니까 조금만 더 가면 되는데……그게 한계야?"

"아, 네. 아무리 애를 써도 더는 안 됩니다."

"난간과 수조 가장자리에 걸려서 5미터 정도는 사다리가 물 밖으로 나와 있어. 저기까지 껑충껑충 뛰어가서 마지막에 풀쩍 점프하면 건너갈 수 있지 않을까?"

미즈타는 반쯤 농담으로 말했다.

"말도 안 되는 소리 하지 마세요!"

고함을 지른 가와무라가 사다리를 가만히 바라보았다. 어쩐지 할 수 있을 것 같은 기분이 든 모양이다. 미즈타가 "야, 허튼 생각하지 마" 하고 달랬지만, 가와무라는 웃었다.

"헷, 성공하면 제가 큰 공을 세우는 거죠?"

"그럴지도 모르지만, 바보 같은 짓이야. 다치기라도 하면 어쩌려고."

무엇보다 이래서는 상사의 갑질에 해당하지 않는가!

미즈타는 진심으로 걱정됐다.

"걱정하지 마세요. 갈 수 있다니까요⋯⋯갈 수 있다! 갈 수 있다! 나는 할 수 있다!"

가와무라는 무작정 스스로를 격려하더니 으랏차, 하는 기합과 함께 사다리에 발을 내디뎠다. 앗, 하고 미즈타는 소리쳤다.

가와무라는 경쾌하게 몇 발짝 사다리를 나아갔지만, 금세 사다리가 물속으로 가라앉기 시작했다. 가와무라의 무게를 견디지 못한 것이다. 그때 끼끼끼익, 하고 귀청을 찢을 듯한 소리가 들렸고, 가와무라가 한순간 자세를 바로잡는 것처럼 보였다.

"아앗, 으악!"

하지만 결국은 실패했다. 가와무라는 앞으로 푹 고꾸라져

물보라를 일으키며 거대한 수조에 빠졌다―.

　"에취!"

　가와무라가 목욕수건을 두른 몸을 덜덜 떨었다.

　아까 진술 청취에 사용한 2층의 빈방이었다.

　미즈타는 가와무라를 수조에서 꺼내, 사다리를 간신히 끌어 올려 터무니없는 트릭을 실험한 흔적을 없앴다. 그 후 하마야마를 불러 드라이기, 목욕수건, 난로 등 필요한 물건을 잔뜩 빌렸다.

　"추워라……."

　가와무라는 팬티 한 장 차림으로 목욕수건을 몸에 둘렀다. 그의 옷은 1층 스태프룸에 있는 건조기에 돌리는 중이었다.

　"뭐, 그래도……이걸로 범인이 몸을 말릴 때의 상황을 시뮬레이션해본 셈이잖아."

　미즈타는 드라이기의 뜨거운 바람으로 가와무라의 머리를 말려주었다. 마치 반려견의 털을 다듬는 기분이었다.

　"지금 생각났는데요. 얼려서 건너는 방법은 어떨까요?"

　"그만큼 많은 양의 물을 얼리는 데 시간이 얼마나 걸릴 것 같나?"

"아니, 그러니까 예를 들면 액체질소 따위로 표면을⋯⋯."

"멍청아. 그런 걸 준비했다면 봄베 따위를 처리해야 하잖아. 금방 들킬걸."

"그럼 천장에 로프를 걸고 타잔처럼 진자 운동을 해서 날듯이 건넌다든가⋯⋯."

"천장에 그런 흔적은 없었어. 무엇보다 천장까지 높이가 약 4미터고 수조의 폭은 10미터야. 길이가 모자라잖아."

"으음⋯⋯."

이제는 가와무라도 아이디어가 다 고갈된 듯했다.

갑자기 방의 불이 나갔다. 당연하다는 듯 드라이기와 난로도 꺼졌다.

방 밖에서 급하게 뛰어오는 발소리가 들렸다. 방에 들어온 건 하마야마였다.

"죄송합니다! 누전차단기가 내려가는 바람에⋯⋯."

"이 게스트하우스는 그렇게 전력 사용량에 여유가 없습니까?"

"그게, 수조에 들어가는 전력량도 상당해서⋯⋯. 여름에는 조명과 냉방을 사용하면 아슬아슬한 정도예요. 간신히 꾸려나가고 있습니다."

드라이기와 난로를 동시에 사용할 수는 없다는 건가. 둘

다 동시에 사용하면 몸이 아무리 젖었어도 금방 말릴 수 있겠지만, 일이 그렇게 쉽지는 않을 듯하다.

"두, 두 분 다 걱정하지 마세요. 이제 몸도 조금 따뜻해져서……에취!"

결국 난로만 틀고 방의 불은 끈 채로 창문을 열어두기로 했다. 창문을 열어두면 숨 막히는 열기가 얼마든지 들어온다. 한여름에 인내심 겨루기 대회에라도 참가한 듯한 기분이라 미즈타는 불쾌하기 짝이 없었다. 하지만 자기 때문에 가와무라가 흠뻑 젖은 게 미안하기도 해서 같은 방에 머무르기로 했다.

"그럼 자연 건조는 어떨까요. 이만큼 더우니까 얼마든지 말릴 수 있었겠죠."

가와무라의 말을 듣고 기상청에 문의해보기로 했다.

그 결과, 사건 당일 오후 9시부터 다음 날 오전 6시까지 게스트하우스 주변에 큰비가 내렸다는 걸 알았다. 이제야 겨우 날이 갠 모양이다.

"그렇다면 자연 건조도 안 된다는 건가……."

"수사관을 모아서 숙박객 세 명의 소지품을 검사해!"

이쯤 되자 미즈타도 완전히 신경이 예민해졌다.

"누군가 헤엄쳐서 수조를 건넜다면 젖은 옷이나 수건을

가지고 있겠지. 본인이 가지고 있지 않더라도 게스트하우스
안에 있을지도 몰라. 샅샅이 뒤져!"

소지품 검사가 끝나고 보고가 들어왔다. 결과는 신통찮
았다.

덧붙여 두 시간 동안 게스트하우스 내부를 수색했지만,
미즈타가 찾는 물건은 발견되지 않았다.

"용의자 세 명 다 어제 입은 옷과, 앞으로 입을 예정이었
던 옷 외에 수상쩍은 물건은 가지고 있지 않았습니다. 어제
저녁까지 물놀이를 할 때 입었던 수영복은 가지고 있었지
만 각자 방에서 말렸는지 눈에 띄게 축축하거나 젖어 있지
는 않았고요. 범행에 사용된 흔적은 없었습니다."

미즈타는 '내가 지금 뭘 하는 걸까'라는 기분이 들었다.

"어쩌면 우리가 문제를 잘못 파악한 걸지도 몰라."

미즈타는 전부 내팽개치고 싶은 기분이었다.

"알겠나? 소동이 발생한 오후 11시부터 사건이 발각된
오전 4시 40분경까지 다섯 시간 사십 분이나 여유가 있어.
전광석화 같은 범행에 연연하지 않는다면, 트릭을 써먹을
시간은 얼마든지 있었던 셈이야. 전광석화 같은 범행이 아
니라면 피해자가 비명을 질렀다는 것도 거짓말일 테니, 아

까 네가 말한 카세트 녹음기 트릭같이 무슨 장치와 조합한 트릭을 사용했다고 보면 돼. 문제는 오후 11시 시점에 최면 가스가 차오르는 곳에서 어떻게 가스를 마시지 않고 기절을 피하느냐야. 세 명이 함께 있던 시간이 그만큼 겹치니까 방독면을 썼을 리는 없을 텐데. 하지만 그것도 어떻게든 할 수 있겠지…….

어쨌든 범인에게는 다섯 시간 넘게 시간이 있었어. 당연히 헤엄쳐서 수조를 건널 시간도 있었지. 그리고 용의자 세 명은 전날 저녁까지 바다에서 물놀이를 했어. 당연히 그때 입었던 수영복을 가지고 있고. 어젯밤부터 날씨가 그랬다면 당연히 완전하게 마르지는 않을 거야. 그렇다면 수영복을 입고 수조를 건너면 그만이겠지. 수영복이 젖어도 나중에 얼마든지 변명할 수 있으니까. 그런데 왜 고생하면서까지 트릭을 사용해 수조를 건너야 했을까?"

"그렇군요! 불가능하다기보다 불가해한 밀실……인 셈이네요."

즐거운 듯 더더욱 눈을 반짝이는 가와무라를 미즈타는 이해할 수 없었다.

두 손 두 발 다 든 그들은 감식반에 의뢰했다.

수조 주변의 카펫과 3층 복도 바닥에 염소가 없는지 확인해달라고 부탁한 것이다.

그러자 이미 확인을 마쳤는지 바로 보고가 들어왔다. 미국에서 개발된 그리드 수사라는 방법으로, 현장에 남은 섬유 증거물을 하나도 남김없이 회수해 조사했다고 한다. 미즈타와 가와무라가 짐작했던 것처럼 범인이 수조에 들어가서 헤엄쳤다면, 물에 함유된 염소 소독제 성분이 어디선가 검출될 것이다. 염소 소독제 또는 차아염소산 결정이.

과연 결과는 어땠을까.

"결정 등의 미세 증거는 수조의 난간 부근과 피해자의 호주머니에 들어 있던 손수건에서만 검출됐어. 3층 복도를 구석구석까지 조사했는데 흔적은 없었지. 소금 결정이 객실 바닥에서 발견됐지만, 이건 바다에서 놀 때 젖은 수영복이 마르면서 생긴 걸로 추정된대."

피해자의 손수건은 우오즈미 에이타가 연기 속으로 들어갈 때 수조의 물에 적셔서 입을 막을 용도로 사용한 것이다. 그때 에이타는 정말로 불이 난 줄 알았을 테니 당연한 행동이리라.

"즉, 범인은 수조에 들어가지 않았다……는 거로군요."

"응, 범인이 어떤 방법을 사용했든, 그자는 10미터나 되는 거리를 뛰어넘은 셈이야."

형사 한 명이 실례하겠습니다, 하고 양해를 구하며 방으로 들어왔다.

"말씀해주신 사항을 조회해봤습니다. 우오즈미 에이타의 고향에서 있었던 일이요."

"수고했어. 어땠나?"

미즈타가 묻자 형사는 시원시원하게 대답했다.

"우오즈미 에이타의 누나, 한자로 아름다울 가자와 아들 자자를 쓰는 요시코는 실존 인물에, 에이타보다 다섯 살 위였습니다."

다섯 살 위라는 부분은 가이 아유미의 진술과 일치한다.

"강에서 겪었다는 사고는 에이타가 여덟 살, 초등학교 2학년 때 발생한 사고인 듯합니다. 요시코는 이때 열세 살. 아직 중학교 1학년이었습니다. 에이타와 요시코는 부모님과 함께 강가로 캠핑을 하러 갔었습니다.

요시코는 강에서 물놀이를 하는 에이타를 보고 몇 번이나 위험하다고 말렸지만, 에이타는 누나의 말을 듣는 척하다가 또 강으로 들어갔습니다. 마침 태풍으로 큰비가 내려서 강물이 불어난 상태였다는군요. 이 점은 기상청에 문의해서 확인했습니다. 아이들을 지켜보고 있던 부모님은 강물에 떠내려오는 커다란 나뭇조각을 보고 위험하지는 않을까 걱정돼서 아이들에게 이만 돌아가자고 거듭 말했다고 합니다. 그리고 텐트 등을 걷고 돌아갈 준비를 하는 동안, 부모님은 에이타에게서 눈을 뗐고요. 그리고 불어난 물에 휩쓸린 에이타를 구하려다 요시코가 떠내려가는 비극이 일어나고 말았습니다."

미즈타는 탄식했다. 그야말로 비극이고, 현실만이 지닐 수 있는 세세한 부분의 무게감도 느껴졌다.

"이건 사족입니다만, 지역 경찰이 에이타의 부모님에게 청취한 진술, 당시 요시코의 시신을 수색했던 경찰관과 소방단의 증언 등 여러 증인을 통해 교차 검증한 내용입니다."

"아주 훌륭한 보고였어. 고마워. 가서 볼일 봐."

미즈타는 자포자기한 말투가 나오려는 걸 꾹 참았다.

형사가 방에서 나가자 미즈타는 한숨을 쉬었다.

"즉, 에이타가 맥주병이었다는 건……누나의 사고로 트라우마가 생겨서 수영을 못 한다는 건 사실이었군요."

"이로써 불가능 상황이 더 견고해진 셈이야."

미즈타는 어깨를 움츠렸다.

"이제 뭐가 더 밝혀지더라도 놀라지 않을 것 같군."

❈8

벽에 부딪힌 두 형사는

때마침 인근 주민을 탐문 수사하러 나선다.

사건 해결과 아무 관계도 없을 듯했던 이 탐문 수사가

미즈타에게 하늘의 계시처럼 다가온다.

가와무라가 겨우 몸을 추슬렀다. 건조기에 돌렸던 옷이 다 마르자 그는 바로 수사에 복귀했다.

객실에서 양복 재킷을 입은 가와무라가 상기된 얼굴로 말했다.

"자, 그럼 어떻게든 해명해야겠군요, 밀실을……!"

막 객실로 돌아온 미즈타가 기가 찬다는 표정으로 말했다.

"아쉽겠지만 그렇게는 안 돼. 인근 주민을 탐문 수사할 인원이 모자란대. 우리도 지원하러 간다."

"아이고, 그런 건 싫은데요. 이제부터가 재미있는 부분이 잖아요."

탐문 수사가 싫다니 형사의 업무를 뭐라고 생각하는 거 냐고 고압적으로 윽박지르는 말이 턱밑까지 올라왔지만 꾹 참았다.

"아무튼 따라와."

"에이."

자꾸 불평하는 가와무라를 질타해, 두 사람은 탐문 수사 를 하러 나갔다.

하지만 탐문 수사의 성과는 시원치 않았다.

애당초 외부범의 소행이라고는 보기 힘든 상황이다. 목격 자가 발견될 리 없고, 귀가 솔깃한 증언도 얻지 못했다. 호 기심을 앞세운 질문 공세에 오히려 미즈타와 가와무라가 피곤해질 따름이었다.

"마음에 걸리는 건 그 정도려나요. 어제 늦은 밤에 물이 안 나왔다는 증언."

"응. 이 일대에 단수가 실시됐는지도 모르겠군. 돌아가서 보고를 올리고 수도국에 문의해보자."

다음은 게스트하우스 '아쿠아리움'에서 걸어서 약 10분

거리에 있는 단독주택이었다. 게스트하우스는 인가에서 약간 떨어진 곳에 있었고 이 주택은 여기서부터 주택지가 시작된다고 알리는 것처럼 경계선에 서 있었다.

미즈타는 단독주택 2층의 모서리 방에 시선을 멈췄다. 불은 켜져 있는 것 같지만 커튼을 쳐놓았다. 시간은 아직 오후 3시다. 새벽녘까지 비가 내렸다는 게 거짓말처럼 날씨가 맑아져서 아직 커튼을 치기는 이르다.

미즈타는 전에 들었던 이야기가 떠오를 것 같으면서도 떠오르지 않아서 안타까웠다.

평소처럼 질문은 가와무라에게 맡기고 미즈타는 뒤로 물러났다.

인터폰을 누르자 네, 하고 기운차게 대답하는 목소리가 들리더니 바로 문이 열렸다.

50대로 보이는 여자였다.

"어, 택배 기사님이 아니네."

아무래도 지레짐작한 모양이었다. 미즈타와 가와무라는 경찰 수첩을 펼쳐서 제시했다.

"죄송합니다, 이런 사람인데요……."

가와무라가 신분을 밝히는 동안에도 미즈타는 여자의 얼굴에서 눈을 떼지 않았다.

경찰 수첩을 본 순간, 눈에 확 띄게 여자의 얼굴이 굳었다.

이건 요행이라고 미즈타는 내심 기뻐했다. 만약 여자가 택배 기사로 착각해서 문을 열지 않았다면 이런 식으로 여자와 얼굴을 마주할 수조차 없었을지 모른다.

가와무라가 형식적인 질문을 하는 사이, 미즈타는 현관을 관찰했다.

여자 것으로 추정되는 펌프스와 후줄근한 운동화, 총 두 켤레. 미즈타의 시선은 운동화에 빨려들었다. 진흙이 지저분하게 들러붙은 운동화. 어젯밤부터 내린 큰비…….

"음, 수상한 사람은 못 봤어요. 아무 도움도 못 돼서 죄송하네요."

여자는 분명히 이야기를 빨리 끝내고 싶어 하는 눈치였다. 미즈타의 의혹은 확신으로 바뀌었다.

"그렇군요."

미즈타는 대화에 끼어들었다.

"가족분께도 이야기를 듣고 싶은데, 괜찮으실까요?"

"남편과 둘이 사는데, 남편은 아직 퇴근을 안 해서요. 죄송지만 저녁 준비를 해야 해서 이만……."

"아니요, 자녀분께 이야기를 듣고 싶은 건데요."

여자가 몸을 부들부들 떨기 시작했다.

"저희 집에 아들은 없어요. 자, 돌아들 가세요."

아들이라고 말실수를 한 시점에서 여자의 패배지만, 미즈타는 말꼬투리를 잡지 않았다. "실례합니다" 하고 한마디 한 후 신발을 벗고 안으로 들어갔다.

이때 미즈타는 드디어 생각이 났다.

사바에의 이야기다. 근처에 사는 은둔형 외톨이가 밤이면 밤마다 수조를 보러 온다는 내용이었다. 회사를 그만두고 집에 틀어박혀 있다고 하니 어머니가 50대라면 그 사람의 나이는 20대 후반쯤이리라.

미즈타는 월척을 낚은 느낌이었다.

바로 그가 사건의 열쇠를 쥐고 있는 게 틀림없다.

"자, 잠깐만, 그만두세요. 당신의 소속 부서랑 이름, 다 외웠어요. 고소할 거예요."

"간단히 몇 가지만 질문하겠습니다."

"그만두라니까요! 고지의 기분이 겨우 나아졌는데……."

미즈타는 2층으로 올라가 커튼을 쳐놓은 방의 문을 두드렸다.

"고지 씨, 계시죠? 현경에서 나온 미즈타라고 합니다."

문 너머에서는 아무 소리도 나지 않았다. 하지만 방에서 누군가 움직이는 듯한 기척이 느껴졌다.

"고지 씨, 그 어마어마하게 큰 수조를 자주 보러 가시죠? 어제 밤늦게도 산책하러 나가지 않으셨습니까? 당신 운동화에 진흙이 묻었던데요. 그때 뭔가 못 보셨어요?"

"형사님! 제발……!"

"부탁 좀 드리겠습니다, 고지 씨. 사람이 죽었어요. 당신이 본 뭔가가 중대한 단서일지도 몰라요."

문 너머에서는 여전히 아무 반응도 없었다.

미즈타는 쪼그려 앉아 문 밑의 틈새로 명함을 밀어 넣었다. 명함 여백에 수사용 휴대폰 번호를 적어놨다.

"실례 많았습니다. 그럼 연락 기다리겠습니다."

명함은 도로 밀려 나오지 않았다. 그것만으로도 미즈타는 만족했다.

평정심을 잃고 허둥거리는 여자에게 쫓겨나다시피 집을 뒤로했다.

반쯤 두 사람의 회의실로 변한 2층 빈방으로 돌아오자 가와무라가 불같이 화를 냈다.

"경감님! 왜 그러신 거예요!"

그렇게 억지로 남의 집에 들어갔다가 진짜로 고소라도 당하면 어쩌느냐고 몇 번이나 되풀이해 따졌다. 미즈타는 열 살 넘게 어린 부하에게 호통을 듣는 자기 신세가 한심하게 느껴졌지만, 그 이상으로 아까 있었던 일에 좋은 감촉을 느꼈다.

물론 사바에의 말처럼 고지를 범인으로 생각하는 건 아니다. 하지만 그가 뭔가를 알고 있을 것이라는 미즈타의 직감, 기대는 점점 부풀어 올랐다.

그때―.

미즈타의 휴대폰이 울렸다.

"말도 안 돼. 그렇게 무모한 방법이 통하다니."

가와무라는 어리병병한 표정이었다.

발신 번호 표시 제한으로 걸려왔다. 빙고, 하고 미즈타는 중얼거렸다.

"여보세요."

―아까 왔던 형사님?

느닷없이 질문이 날아들었다.

"맞습니다. 고지 씨이시죠? 설마 이렇게 빨리 연락을 주실 줄은……."

―응. 실은 고민했지만 괜찮겠다 싶어서.

미즈타는 인상을 찌푸렸다. 격식을 차리라고는 하지 않겠지만 그렇다고 반말을 쓸 줄은 몰랐다.

그 순간 미즈타는 위화감을 느꼈다.

목소리가 너무 어리다.

—형사는 나 같은 인간한테도 정중하게 말하는구나 싶어서 어쩐지 재미있더라고.

"잠깐만요. 고지 씨, 나이가 어떻게 되십니까?"

—응? 엄마한테 못 들었어?

그가 말했다.

—열네 살인데.

❊9

알아차렸다시피,

은둔형 외톨이 명탐정은 다른 곳에 있다.

하지만 그가 어디 있을지만 생각하다가는,

사건의 구도를 간파하기 위한 단서를 놓칠 것이다.

그는 공구를 내리쳐서 쇠파이프를 절단했다.

원래 길이의 4분의 3 정도로 짧아진 것을 확인하고 그는 만족스럽게 고개를 끄덕였다.

"이걸로 무기는 됐고……."

그는 공구를 발견하기 어려운 곳에 숨기고 자신의 '성'을 다시 둘러보았다.

물론 이런 물건이 필요한 상황이 오지 않는다면, 그건 그것대로 상관없다. 그도 자기 몸이 소중하다. 무엇보다 성격상 그는 거친 짓이 딱 질색이었다.

하지만—.

'명탐정'이라는 그의 숙명이 속삭인다. 곧 이것이 필요할 때가 온다고. 그의 재능이 가장 밝게 빛날 순간이 온다고…….

그는 대체 무엇에 등 떠밀린 걸까.

하지만 그는 비극이 발생하리라는 걸 완벽하게 예측해냈다. 그 네 사람의 역학관계, 거기서 비롯될 비극. 자신이 그 비극 속에서 어떤 역할을 맡게 될 것인가조차 그는 똑똑히 알고 있었다. 마치 어려운 사건의 재연 드라마를 보고 그 후의 전개를 상상하는 시청자처럼, 네 사람의 대화를 내내 관찰한 덕분이다.

그는 가끔 에도가와 란포의 「천장 위의 산책자」라는 단편소설을 떠올리고, 거기에 자기 자신을 투영했다. 천장 위를 걸으며 옹이구멍으로 같은 하숙집에 사는 사람들의 생활을 엿보는 남자의 모습……거기에는 훔쳐보기에서 비롯된 가책 어린 기쁨과 도착된 쾌감이 멋지게 표현돼…….

무슨 이상한 생각을!

그는 힘껏 고개를 내저었다.

이래서는 마치 자신을 범죄자로 여기는 셈이나 다름없다.

그는 그렇지 않다. 그는 어디까지나 추리의 재료로서 눈앞의 대상을 관찰하는 것에 지나지 않는다…….

그가 해두어야 할 '준비'는 아직 끝나지 않았다.

그는 다가올 숙명의 순간을 향해 착실히 나아가고 있었다…….

❋10

자, 드디어 비밀의 일부가 해명된다.
여기서는 진행자 역할을 맡은 형사들과
'그'의 모습을 교대로 보여주도록 하겠다.
시점은 그 두 가지뿐이라고 작가가 보증한다.

미즈타는 혼란스러웠다.

대체 어떻게 된 거지—.

등교를 거부하는 열네 살 소년이라는 정보가 사바에에게
는 성인 남자 은둔형 외톨이라고 잘못 전해진 걸까. 미즈타
는 찾아낸 줄 알았던 열쇠를 잃어버린 기분이었다.

—아저씨? 형사 아저씨?

소년이 부르는 소리에 미즈타는 현실로 되돌아왔다.

"어, 아아."

—난 학교에는 가기 싫지만, 산책은 자주 나가. 그 커다란 수조를 보고 있으면 어쩐지 마음이 편안해지거든. 그래서 자주 그 숲까지 가서 수조를 바라봐…….

어젯밤에도, 하고 소년은 말을 이었다.

—갔었어.

미즈타는 펄쩍 뛰어오를 뻔했다. 은둔형 외톨이 청년에 대한 의문은 남지만, 소년이 중요한 목격 증인이라는 사실은 변함없는 듯했다.

"몇 시쯤인지 기억나니?"

—말투가 편해졌네. 역시 좀 더 나이가 많을 거라고 착각한 건가. 음……밤에 잠이 안 와서 갔었으니……오전 2시쯤이려나.

2시라. 오전 11시에 발생한 소동이 끝나고, 숙박객은 전부 최면 가스에 취해 잠들었을 무렵이다.

—못 믿을지도 모르지만…….

"뭐든지 괜찮아. 어떤 일이든 단서가 될 수도 있으니까."

소년은 잠시 뜸을 들이다 입을 열었다.

—어젯밤……그 수조, 물 높이가 낮아졌던데.

"물 높이가?"

—응. 대강 2층 천장, 3층 바닥 부분까지 물 높이가 10미

터쯤 됐잖아. 그게 딱 절반쯤으로 낮아졌어.

"즉 1층 천장 높이까지……."

—맞아. 왜 이런 밤중에 물을 빼는 걸까……신기했지. 그런데 10분쯤 보고 있어도 거기서 물 높이가 더는 변하지 않더라고. 물을 빼는 중이라면 낮아질 테고, 물을 도로 넣는다면 높아져야 하잖아. 그래서 이상하다 싶었어.

미즈타는 소년에게 감사 인사를 하고 전화를 끊었다.

"수상한 사람이라도 본 줄 알았는데, 일이 그렇게 잘 풀리지는 않네요."

"아니."

미즈타는 고개를 저었다.

"방금 그건 천금의 값어치가 있는 단서야."

"네?"

"가와무라, 아까 어젯밤에 단수가 없었는지 수도국에 문의하자고 했잖아. 그건 취소야. 대신에 탐문 수사를 나간 형사들이 확인해줬으면 하는 게 있어."

미즈타는 '어젯밤에 물이 안 나왔다'라고 증언한 집이 여럿이었는지 확인하라고 명령했다.

미즈타의 감이 적중해, 여러 집에서 같은 취지의 증언을

했다는 것이 확인됐다. 전부 밤중에 화장실에 가거나 수도를 틀어 물을 마시려다 물이 안 나온다는 사실을 알아차렸다고 한다.

그리고 그 시각은 오전 1시 반에서 4시 사이였다.

"옛날에 초등학교에 근무하는 친구에게 들은 이야기야."

미즈타는 만족스럽게 말을 꺼냈다.

"너도 아까 말했듯이 초등학교의 25미터짜리 수영장에도 300입방미터의 물이 필요하지. 물을 가는 데 여덟 시간 정도 걸린다지만, 실제로는 하루 만에 못 끝낼 때도 있대. 한곳에서 물을 한꺼번에 많이 쓰면 주변 집에 물이 끊기기도 하거든. 그런 일을 사전에 방지하려면, 2, 3일에 걸쳐 조금씩 수영장에 물을 채우는 수밖에 없지."

"즉, 게스트하우스 '아쿠아리움' 주변에서 물이 나오지 않은 건, 수조 물을 갈아 넣었기 때문이라는 말씀이시군요."

"바로 그거야. 이걸로 소년의 목격 증언이 증명된 셈이지."

"그렇지만 수조의 물을 갈아 넣었다고 해서……그게 뭐 어쨌다는 거죠?"

"그래. 이것만으로는 패 하나에 지나지 않아. 하지만 이게 바로 기나긴 도미노를 넘어뜨릴 첫 번째 패인 거야."

미즈타는 당혹스러운 표정이 역력한 가와무라를 데리고 방을 나섰다.

도착한 곳은 1층에 있는 관리인실이었다.

게스트하우스 주인 하마야마 히사히데는 방금까지 다른 형사에게 질문 공세를 당했는지 녹초가 된 얼굴로 두 사람을 맞이했다.

"묻고 싶으신 게 더 남았습니까……이제 좀 봐주십시오."

"네. 만약 다른 형사가 물어본 질문이라면 바로 물러가겠습니다."

미즈타는 말했다.

"그럼 처음 듣는 질문이라면 제대로 답해주시기 바랍니다."

"그런 질문이 있을까요?"

"있습니다."

미즈타는 웃었다.

"수도 계량기는 어디 있습니까? 한번 보고 싶은데요."

하마야마의 표정이 얼어붙었다.

그 반응을 보고 미즈타의 의혹은 확신으로 바뀌었다.

"아, 안 됩니다."

"못 보여주실 것도 없잖습니까. 아니면 보여줘서는 안 되는 사정이라도 있으신가요?"

"그건—."

하마야마는 입술을 깨물고 고개를 숙였다.

가와무라는 휘둥그레진 눈으로 상황을 지켜보았다.

"하마야마 씨, 당신의 태도는 처음부터 어쩐지 이상했습니다. 가쓰오 씨의 파에야 요리 실력을 칭찬하다가, 피해자는 어떤 사람이었느냐고 묻자마자 분위기가 심상치 않았다느니 어쨌느니 하면서 그들의 살인 동기까지 상상해서 떠들어댔죠. 모순된 모습이에요. 당신에게는 꼭 감싸고 싶은 인물이 있었다. 그 인물을 지키기 위해서는 숙박객 세 명 중에 범인이 있어야 한다. 그래서 당신은 그들에게 의혹을 돌리려 애썼던 겁니다."

"하, 하지만 그거랑 수도 계량기가 무슨 상관입니까?"

가와무라가 물었다.

"하마야마 씨는 수면제가 들어 있었던 듯한 저녁을 먹고 잠들었다가 오전 4시 40분쯤, 신고하기 직전에 깨어났다고 진술했어. 그리고 바로 시체를 발견했고 지금까지 경찰에게 질문 공세를 당했지. 그 '감싸고 싶은 인물'과 얼굴을 마주할 기회조차 없었다는 뜻이야. 그렇지만 당신에게는 그 인물이 '수상하다'고 믿을 만한 이유가 있었던 거죠. 하마야마 씨, 수도 계량기가 많이 돌아간 게 그 이유 아닙니까? 더 자세히 말하면 어젯밤 당신이 마지막으로 확인하고 오늘 아침이 오기까지 물이 대량으로 사용된 것 아닙니까?"

하마야마는 아무 대꾸도 없었다.

"그러니까."

가와무라가 또 끼어들었다.

"수도 계량기가 많이 돌아갔다고 해서 왜 그 인물이 수상하다는―."

"물 높이가 바뀐 게 그 인물이 방에서 나왔을 가능성을 암시하기 때문이야."

가와무라의 입이 떡 벌어졌다.

"하마야마 씨."

미즈타는 말했다.

"그 수조 속에 '비밀 방'이 있는 것 아닙니까?"

***

그는 이 '비밀 방'에 틀어박혀 숙박객을 관찰하는 것이 취미였다.

구체적으로 말하면 이 '비밀 방'은 건물 2층 부분에 위치한다(그림②). 수조 중간쯤에 있는 개구부를 열면 안으로 들어갈 수 있다. 도넛 형태로 파인 것처럼 보이는 복도 한복판의 공간에는 사실 방이 있었던 것이다.

　개구부는 에어 로크 방식으로, 방과 개구부 사이에 물을 배수하기 위한 에어 포켓이 존재한다. 따라서 스쿠버다이빙 기술이 있으면 수조의 물을 빼지 않고도 드나들 수 있다. 사실 이 건물의 첫 번째 주인은 스쿠버다이빙이 취미라 비밀 기지로서 이 방을 만들었다고 한다.

　아버지 하마야마 히사히데는 오랜 세월 집사로 일한 공로를 인정받아 건물주이자 고용주였던 사람에게 이 성을 양도받았다. 고용주에게는 자녀가 없었고, 먼 친척은 돈을 받으면 그만이라는 생각이라 팔리지도 않는 이 기발한 건물은 처치 곤란이었다고 한다.

　하마야마도 이 건물을 어떻게 사용하면 좋을지 고민했다. 마침 그때 그가 업무 스트레스로 우울증에 걸려 회사를 때려치웠다.

　기분 전환을 한다는 핑계로 여기에 온 것이 5월. 그는 바로 이 '비밀 방'에 매료됐다. 특히 수조 풍경이 마음에 쏙 들었다. 에어 포켓 한쪽에 설치된 매직미러를 통해 내부에서

그림❷ 비밀의 방

수조를 밖에서 본 그림

위에서 본 그림

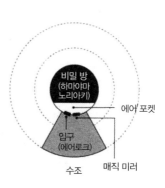

수조를 밖에서 본 그림 라벨:
- 3F
- 2F
- 1F
- 위장된 입구
- 매직 미러
- 벽의 무늬
- 수조

위에서 본 그림 라벨:
- 비밀 방 (하마야마 노리아키)
- 에어 포켓
- 입구 (에어로크)
- 매직 미러
- 수조

수조를 보고 있으면 마음이 몹시 차분해졌다. 물끄러미 보고 있으면 회사에서 받은 스트레스가 조금이나마 풀렸던 회송 열차 창문이 생각났다.

매직미러는 벽에 그려진 직사각형 무늬에 가려져 있으므로 멀리서 봐서는 유리가 있는 줄 모른다. 실제로 지금까지 이 '비밀 방'의 존재를 지적당한 적은 없었다.

'비밀 방'이 마음에 든 그는 하마야마에게 여기 살게 해달라고 졸랐다.

하마야마는 난색을 표했다. 하마야마는 이 성을 철거해 땅만이라도 팔아넘길 생각이었고, 건물을 유지 관리할 마음은 전혀 없었다. 무엇보다 수조의 물을 갈아 넣는 비용부터가 큰 부담이었다.

하지만 그는 아들의 마음을 존중하고 싶었다. 상처 입은 아들에게 조금이라도 도움이 되길 바라며 머리를 짜냈다.

마침내 떠올린 아이디어가 게스트하우스 사업이었다.

단기적이라고는 하나 게스트하우스가 인기를 끌어 하마야마는 수조 유지 관리비를 충당할 수 있었고, 그도 안정된 삶을 보내게 됐다.

하지만 이 '비밀 방'에 오랜 시간 틀어박혀 있으니 고독을 견디기가 점차 힘들어졌다.

그래서 감시 카메라를 곳곳에 설치했다.

사적인 공간을 제외하고 현관 홀, 복도, 식당 등 공용 공간에만 설치한 이 감시 카메라들이 그의 '추리 도구'였던 셈이다.

하마야마는 이건 '범죄'라고 아들을 따끔하게 타일렀지만, 말을 듣지 않는 그를 당해내지 못하고 결국은 '경비의 일환'이라는 핑계로 그의 행동을 묵인했다.

그렇다, 그는 네 사람의 동태를 지켜보고 있었다.

그렇기에 그 비극조차 예상할 수 있었던 것이다.

카메라 영상이 비치는 '비밀 방'의 모니터를 통해…….

***

"아들입니다. 이름은 노리아키예요."

하마야마가 단념한 듯 말했다.

"비밀 방이 있는 곳도 형사님 추측이 맞아요. 언젠가는 말해야 했던 일인데……2층 바닥 부분까지 물을 빼려면 두 시간 반쯤 걸리는데, 좀 기다려주시겠습니까."

전부 들통났음을 깨닫자 하마야마는 순순히 협조했다. 이제 아들이 수갑을 찰 것도 각오했다는 뜻이리라.

생각해보면 드라이기와 난로를 동시에 사용했다는 이유로 누전차단기가 내려간 것도 이상하게 여겨야 했다. 확실히 수조 유지 관리에 전력이 많이 들어가겠지만, 그 정도로 누전차단기가 내려간다면 모든 방에서 에어컨을 사용하기가 불가능하다. 그건 '비밀 방'에 있는 전자기기가 전력을 더 잡아먹어서 발생한 일이리라. 아주 비싼 고성능 컴퓨터라도 세팅해놨는지 모른다.

하마야마는 관리인실에 있는 조작 패널을 만지작거렸다.

"수조의 물을 관리할 수 있는 곳은 세 군데입니다. 여기랑 아들 방, 그리고 3층 창고에 조작 패널이 있어요. 3층에도 조작 패널이 있는 건 수조 바로 옆에서 수질과 온도를 확인하며 관리할 필요가 있기 때문이고요."

"어젯밤에 관리인실 문은 잠겨 있지 않았죠? 문을 잠그는 걸 깜박하고 잠들었다고 하셨습니다. 즉, 조작 패널은 누구나 사용할 수 있었고, 이 상황을 만든 건 수면제를 탄 인물—."

"그런 검증은 필요 없겠지."

미즈타는 가와무라의 말을 막고 차갑게 한마디 했다.

"숨어서 드나든 이상, 이 사람의 아들—하마야마 노리아키가 범인이야."

"그런……."

하마야마는 뭐라고 항의하려다 미즈타의 눈총을 받고 입을 다물었다.

쏴아아아, 하는 굉음과 함께 물이 배출되기 시작했다.

***

굉음이 그의 귓가까지 밀려왔다.

왔다!

그는 쾌재를 불렀다. 드디어 여기까지 다다랐다.

고대하던 순간을 맞이하기 직전이다!

아아, 수수께끼를 풀어내는 자로서 이번에야말로 숙명과 대적하는 것이다.

와라, 나는 내내 널 기다리고 있었다―.

그는 용기를 북돋우기 위해 입속으로 그렇게 중얼거렸다.

***

하마야마 말대로 딱 두 시간 반 후에 수조의 물 높이가 2층 부분까지 내려갔다.

앞장선 하마야마를 따라 2층 복도를 걸어갔다.

시력 검사표에 있는 이 빠진 고리—란돌트 고리가 미즈타의 머릿속에 떠올랐다. 이 성은 아래가 뚫려 있는 란돌트 고리와 똑같은 형태였다.

하마야마와 두 형사는 그 고리가 끊긴 부분의 왼편에 있었다.

눈앞에 수조 유리가 있다. 3층 부분부터 2층 부분의 복도 끄트머리까지 비스듬하게 공간을 차단하는 모양새다. 물 높이를 낮추었으므로 지금은 유리 너머에 물이 없다.

"위험하니까 유리에서 물러나세요."

그쪽을 보자 하마야마가 복도의 벽지를 일부 젖히고, 배선반 같은 것을 조작하는 중이었다.

미즈타와 가와무라가 물러나자 유리가 두 사람을 향해 천천히 넘어졌다(그림③).

"오오……"

가와무라가 감탄에 찬 목소리를 흘렸다. 가와무라가 읽는 미스터리 소설에는 이렇듯 거대한 장치가 있는 건물이 등장하는 것이리라. 반대로 미즈타는 시들한 기분으로 눈앞의 쇼를 바라보았다.

……미즈타가 관심 있는 대상은 단 하나—비밀 방에 숨

그림❸ 수조 유리에 숨겨진 장치 설명

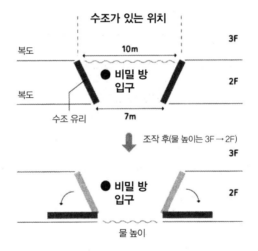

수조가 있는 위치

복도

복도

10m

● 비밀 방
입구

수조 유리

7m

3F

2F

조작 후(물 높이는 3F → 2F)

3F

● 비밀 방
입구

2F

물 높이

어 있을 인물뿐이다.

"수조 유리는 2층 복도, 아들 방, 3층 창고의 패널로 조작하거나, 수조에 물을 넣기 시작하면 자동으로 닫히게 되어 있습니다. 노리아키의 방에 드나든 후, 유리를 올리는 걸 잊어버리고 물을 넣으면 2층 복도가 순식간에 침수되는 대참사가 발생할 테니까요……아아, 물론 비밀 방의 문도 자동으로 닫힙니다. 열어둔 채로 물을 넣으면 안에 있는 사람이 익사할 테니까요……."

복도 쪽으로 넘어지던 유리가 바닥에 딱 맞닿았다. 3층까지 시원하게 뻥 뚫려서 묘하게 상쾌한 기분이었다. 올려다보자 3층 복도 끄트머리는 마치 깎아지른 절벽 같았다.

"이 수조는 아래로 갈수록 좁아지니까 2층 수조의 길이는 7미터쯤 되겠군요."

가와무라가 팔을 뻗어가며 수조 건너편까지 거리가 얼마나 되는지 가늠했다.

"강화 유리라서 밟아도 괜찮습니다."

하마야마의 말에 미즈타와 가와무라는 조심조심 유리 위로 올라갔다. 묘하게 발밑이 불안정해서 마음이 편치 않았지만 확실히 깨지지는 않았다.

"자, 흠집 하나 없죠? 신발 밑창의 때는 묻으니까 지나다닐 때마다 청소해야 해서 힘들지만······아앗!"

하마야마가 그 자리에 쪼그려 앉았다.

"이, 이건, 누가 이런 짓을!"

하마야마가 넘어진 유리 한복판쯤에 생긴 흠집을 가리켰다. 강화 유리라서 깨지지는 않았지만, 날카로운 발톱 같은 것으로 표면을 긁은 듯한 자국이 남아 있었다.

"죄, 죄송합니다!"

가와무라가 말했다.

"제가 지금 올라가서 그런 건가요?"

"어떻게 된 거지."

하마야마가 말했다.

"강화 유리라서 밟는 정도로는 이런 흠집이 생기지 않을 텐데요."

하마야마는 유리 위를 걸어가서 벽 안쪽으로 파고든 에어 로크를 열었다. 수조 가장자리에 위치한 에어 로크는 눈에 잘 띄지 않도록 벽에 그려진 무늬로 입구를 위장해 놓았다.

하마야마가 손잡이를 잡고 돌리자 푸쉭, 하고 소리가 났다.

"아들은 이 안에 있습니다."

***

푸쉭, 하고 공기가 빠지는 소리가 났다.

마침내 그때가 왔다.

***

"하마야마 씨, 하마야마 노리아키 씨. 경찰입니다."

그렇게 말하며 비밀 방으로 들어간 순간, 이상한 냄새가 미즈타의 코를 파고들었다.

불은 꺼져 있었다. 컴퓨터 모니터가 희미하게 빛나고 있었지만, 디스플레이의 명도 자체를 많이 낮춰놨는지 음침한 방이라는 인상이 강했다.

아무튼 불부터 켜야 한다.

스위치를 돌렸지만 불은 켜지지 않았다. 고개를 들자 구식 백열전구가 보였지만, 필라멘트가 끊어진 듯했다.

쳇, 하고 미즈타가 혀를 차는데 가와무라의 손에서 불이 켜졌다. 쳐다보자 스마트폰의 카메라 옆부분에서 밝은 불빛이 쏟아져 나오고 있었다.

"이런 식으로도 스마트폰을 사용할 수 있어요."

미즈타가 스마트폰을 잘 다룰 줄 몰라서 쩔쩔매는 걸 아는지 가와무라는 그런 식으로 말했다. 미즈타는 언짢은 기분을 꾹 참고서 방법을 배우려고 했다.

그때였다.

"아, 아아, 이럴 수가ㅡ."

하마야마가 떨리는 손으로 앞쪽을 가리켰다.

누군가 쓰러져 있었다. 스마트폰의 예리한 불빛에 석류처럼 깨진 머리가 비쳤다.

"아들입니다……노리아키예요."

하마야마가 소리를 지르며 아들의 시체에 매달렸다.

미즈타는 하마야마를 제지하지도 못하고 그저 멍하니 서 있었다.

미즈타의 추리는 와르르 무너져 내렸다.

�8 11

독자 여러분이 의문을 품는 것도 당연하다.

—그 남자는 명탐정 아니었나?

하지만 숙명을 짊어지고 수수께끼에 맞서,

사건을 해결로 이끄는 존재야말로,

명탐정이라고 불러야 마땅하지 않을까?

미즈타는 완전히 혼란에 빠졌다.

왜 범인으로 추정되는 남자가 죽은 걸까.

미즈타는 가와무라의 스마트폰 불빛을 빌려 현장의 전구를 갈아 끼웠다. 그리고 본부에 연락하자마자 현장 검증에 나선 건, 따라서 평소 길러온 습관의 힘 덕분이라 하겠다.

미즈타는 일단 시체를 관찰했다.

시체의 신원은 아버지가 확인했다. 하마야마 노리아키,

28세. 회사에서 고객과 마찰을 겪으면서 우울증에 걸려 올해 5월 퇴직하고 이 방에 틀어박혔다.

"아들은 이 방에 틀어박힌 후로 밖으로는 거의 나오지 않았어요. 식사와 수면도 여기서 해결했고, 오락거리는 컴퓨터만 있으면 충분했죠. 그리고 수조의 풍경이 마음에 꽤 위안이 된 모양이에요."

하마야마는 그렇게 말했다.

그의 말마따나 방은 노리아키가 의식주를 영위한 흔적으로 가득했다. 방의 가장자리에는 침대가 있고, 컴퓨터는 최신식 게이밍PC(이건 가와무라의 설명이다)이며, 모니터도 여러 대다. 화장실도 있지만 샤워실은 아주 간소했다. 먹을 것은 한 달에 두 번, 하마야마가 수조 물을 빼고 인스턴트 식품과 레토르트 식품 등을 넣어주었다고 한다. 노리아키는 이것저것 따지면서 잘 챙겨 먹는 타입이 아니었던 듯하다. 그러한 인스턴트 식품의 쓰레기를 방구석에 모아놓은 탓에 여름철 특유의 냄새가 풍겼다.

그건 그렇고 상당히 비만 체형이다. 1백 킬로그램 정도 되리라. 수조 벽에 설치된 입구는 꽤 좁은데, 과연 그 입구는 드나들 수 있을까.

물어보자 하마야마는 씁쓸한 표정을 지었다.

"네……실은 배가 꺼서 밖으로는 못 나오는 지경이었습니다. 퇴직 당시에는 스트레스 때문에 깡말랐었는데, 여기 틀어박힌 후로 급격히 살이 쪘어요. 하지만 못 나가도 상관없다고 했죠. 화장실과 샤워실도 있겠다, 제가 먹을 것만 넣어주면 사는 데는 지장 없다며 자포자기하더라고요."

아주 심각한 상황이었던 듯하다.

모니터로 게스트하우스의 감시 카메라 영상을 보고 있었다는 이야기를 들었을 때는 미즈타도 인상을 찌푸렸다.

"복도를 촬영했다면 범행 당시의 상황도 찍혀 있지 않겠습니까?"

"그럴 것 같아서 살펴봤는데요."

하마야마가 말했다.

"범인도 그걸 눈치 빠르게 알아차렸는지 데이터가 전부 삭제됐네요. 드라이브를 통째로 부숴버려서 복원도 불가능할 것 같고요."

미즈타는 아쉬울 따름이었다. 그 영상만 있으면 더는 서투른 추리를 하지 않아도 될 텐데.

미즈타는 문득 노리아키가 생전에 무슨 생각을 했을까 궁금해져서 마우스를 움직였다. 감시 카메라 영상만 지워졌을 뿐, 다른 기능은 무사한 듯했다.

검색 엔진의 검색 기록을 확인하자 '우오즈미 에이타', '오하시 레이젠', '거대 수조 집', '하야시 다카아키'라는 검색어가 줄지었다.

에이타와 수조는 알지만, 나머지 두 사람은 모르는 인물이다.

"오하시 레이젠은 이 건물의 예전 주인이십니다. 제가 모셨던 분이죠."

하마야마가 옆에서 말했다.

"노리아키 씨와 안면은 있었습니까?"

"아니요. 만났더라도 어릴 적에 한번 인사한 정도가 아닐까 싶은데요."

"노리아키 씨는 왜 그에 대해 조사했을까요?"

"글쎄요……."

하마야마는 고개를 갸우뚱했다.

미즈타의 지시를 받은 가와무라가 스마트폰으로 '하야시 다카아키'의 이름을 검색했다. 그는 건축 디자이너였다. 이 사람은 또 무슨 상관인지 모르겠다. 미즈타는 나중에 두 사람의 관련성을 부하에게 조사시키기로 마음먹었다.

미즈타는 시체를 다시금 관찰했다.

상당히 뚱뚱한 시체가 테이블과 벽 사이의 좁은 공간에

그림❹

비밀 방 평면도

피로 쓴 글씨

테이블

모니터

화장실 샤워실

책상

쇠파이프

의자

선반

수납장

에어포켓

시체 주변(옆에서 본 그림)

높은 쪽 배관

낮은 쪽 배관

벽

꽉 낄 듯 누워 있다. 사인은 틀림없이 깨진 머리에서 발생한 과다출혈이리라. 흉기는 근처에 떨어져 있는 쇠파이프다.

"어?"

가와무라가 천장을 가리켰다.

"혹시 저거, 격투를 벌인 흔적일까요?"

수조에 필요한 기구 바로 옆에 있기 때문인지, 비밀 방 천장에도 배관이 깔려 있었다. 시체의 머리 위, 천장에 가까운 위치와 조금 낮은 위치에 배관이 하나씩 튀어나와 있었는데, 낮은 쪽 배관이 조금 찌그러졌다(그림④).

"범인이 쇠파이프를 쳐들고 피해자의 머리를 내리치려다 일단 저 배관에 부딪힌 거겠지. 그리고 한 번 더 시도해서 머리를 때린 거야."

"아무래도 그런가 보네요."

다음으로 미즈타가 주목한 곳은 시체의 손 근처였다.

"뭔가 적혀 있지 않나?"

옆에 있는 테이블에 가려 손 언저리가 잘 보이지 않았다.

테이블을 치우고 시체를 옆으로 조금 옮기자 확실히 눈에 들어왔다.

"피로 쓴 글씨다……."

시체의 오른손 검지 끝에 피가 묻었고, 옆에 'AY'라는 글씨가 남겨져 있었다. 선이 조금 삐뚤삐뚤했지만 다른 글씨와 헷갈릴 정도는 아니었다.

"알파벳이로군요. 누군가의 이니셜일까요?"

"단순하게 AYUMI라고 적는 도중이었다고 볼 수도 있겠지."

"앗, 그렇군요."

다잉 메시지의 내용만으로 범인이라고 단정하고 싶지는 않지만, 만약 이니셜이나 이름의 일부라면 관계자 중에서 'AY'와 관련될 만한 인물은 한 명뿐이리라.

"응? 잠깐만요."

가와무라가 시체 옆에 쪼그려 앉았다.

"피로 쓴 글씨 양옆에 문지른 듯한 자국이 있는 것 같은데요."

"어디—."

미즈타도 관찰했다. 확실히 A의 왼쪽과 Y의 오른쪽에 피로 쓴 글씨를 문질러서 지운 듯한 자국이 있었다.

"즉, 이 글씨는 ○AY○처럼 원래 메시지의 일부였다고 추정됩니다."

"○부분에 몇 글자가 들어갈지는 모르겠지만. 아무튼 그 부분을 지우고 AY만 남기면 아유미에게 죄를 덮어씌울 수 있다고 범인은 생각한 거야."

"그렇다면 아유미는 범인이 아닌 셈이군요."

"그야 모르지. 그야말로 AYUMI라고 적혀 있었고, A의 왼쪽에 남은 핏자국은 범인의 위장이라고 볼 수도 있어."

"음, 도돌이표를 그리는군요."

가와무라가 고개를 꼬았다.

"루미놀 시약이라고 있잖습니까. 피에 반응해서 푸르스름하게 빛나는 거요. 그걸로 원래 글씨를 나타나게 할 수는 없을까요?"

"무슨 소리를 하는가 했더니만. 이만큼 문질렀잖아. 원래 글씨가 뭐였든, 이제 흔적도 남아 있지 않을 거야."

그렇겠죠, 하고 가와무라는 앓는 소리를 냈다.

"이것 좀 보세요."

하마야마가 미즈타와 가와무라에게 말을 걸었다. 쳐다보자 한 손에 공구함을, 다른 손에 쇠파이프 같은 것을 들고 있었다.

"그건 뭡니까?"

"화장실 물탱크 속에 숨겨놨더라고요. 이 파이프, 흉기로 사용된 그 파이프와 절단면이 일치하지 않을까요?"

하마야마가 내민 쇠파이프는 절단면이 깔쭉깔쭉하니, 확실히 인위적으로 잘라낸 것처럼 보였다. 머릿속으로 두 개를 연결해보자 흉기로 사용된 쪽이 전체 길이의 4분의 3, 절단된 쪽이 4분의 1쯤 된다.

공구함에는 큼지막한 톱과 망치가 들어 있었다. 하마야마 노리아키는 이러한 도구로 쇠파이프를 억지로 절단한 듯했다.

쇠파이프를 자른 건 하마야마 노리아키가 틀림없으리라. 그는 내내 이 방에 있었고, 범인은 이른바 침입자인 입장이다. 게다가 쇠파이프는 흉기로 사용됐다. 범행을 저지른 후 범인이 이 방에서 느긋하게 쇠파이프를 절단했으리라고 보기는 힘들다. 이 톱과 망치를 감식반에 넘겨 지문을 조사하면 더 확실해지리라.

노리아키는 이 쇠파이프를 미리 절단했다.

범인과 대치하기 위한 준비였을까? 이 공간에서 휘두르기 위해 쇠파이프를 짧게 만들어야 했던 걸까?

하지만 하마야마 노리아키는 키가 작은 듯하다. 150센티미터 안팎이리라. 굳이 쇠파이프를 절단하지 않아도 그의 키라면 충분히 휘두를 수 있었을 것이다.

그렇다면 왜.

왜 하마야마 노리아키는 쇠파이프를 절단했을까.

그때—.

미즈타는 드디어 이 사건의 구도를 간파했다.

"가와무라."

"왜요, 경감님?"

"드디어 네 앞에서 네가 정말 좋아하는 밀실 수수께끼를 풀어낼 수 있겠군. 노리아키 씨의 죽음이 전부 다 가르쳐줬어."

"뭐라고요?"

가와무라는 기쁨보다 놀라움이 앞선 듯했다.

"대체 어떻게 알아내셨는데요?"

"설명은 나중에. 일단 한 가지 조사해봐."

"뭐를요?"

"우오즈미 사바에의 옷. 사건 당시에 입고 있었던 옷은 이미 갈아입었겠지. 그 옷을 받아서 화학검사를 시켜봐."

고개를 갸웃하는 가와무라에게 미즈타는 말했다.

"분명 그 옷에서 기준치를 초과하는 차아염소산이 검출될 거야."

결과적으로 미즈타의 예언은 적중했다.

가와무라가 동그래진 눈으로 쳐다보았다.

"하, 하지만 경감님. 대체 어떻게……."

"난 아무것도 안 했어. 전부 그 남자, 하마야마 노리아키가 가르쳐준 거야……."

"네?"

"가와무라 지금 당장 사람들을 소집해. 숙박객 세 명과 하마야마 씨를. 나랑 너를 포함해도 여섯 명뿐인 조촐한 자리지만, 이제 이 헛소동을 끝내야겠어."

*12

드디어 사건이 해결된다.

두 사건을 풀 열쇠는

빠짐없이 제시됐다.

수수께끼와 논리로 구성된

희극의 막이 내리고 나면

남는 건 두 가지뿐.

제 역할을 마친 형사들과

잠에 빠진 명탐정.

3층 복도―시체가 발견된 현장에 여섯 명이 모였다.

가이 아유미는 시체를 발견했을 당시가 떠오르는지 안절부절못하는 표정으로 시체의 모양대로 붙여둔 테이프에 시선을 떨어뜨렸다. 가이 가쓰오는 짜증이 쌓였는지 험악한 눈으로 미즈타와 가와무라를 번갈아 노려보았다. 사바에 혼자 변함없이 초연한 태도로 전자 담배를 피웠다.

"그래서, 사건은 해결했나요, 형사님?"

사바에가 빈정대는 듯한 어조로 말했다.

"아까 엄청나게 큰 소리가 나더니만, 수조의 물을 뺐군요."

가쓰오가 말했다.

"절반밖에 안 뺐네요. 저건 대체 어떤 의미가……?"

"일단 그것부터 설명하는 편이 좋겠군요."

미즈타는 그렇게 말하고, 지금까지 있었던 일을 보고했다. 인근 주민을 대상으로 한 탐문 수사와 소년의 목격 증언부터 시작해, 어제 사건이 발생했을 때 수조의 물이 3층 높이에서 2층 높이까지 빠졌다가 다시 채워졌다는 사실이 판명됐다는 것. 그 사실을 바탕으로 관리인 하마야마 히사히데의 아들이 숨어 있는 비밀 방의 존재를 알아냈다는 것. 아들에게 진술을 청취하려고 방으로 들어가자 그는 이미 살해당한 뒤였다는 것…….

"즉, 어제 두 명이나 살해당했다는 말씀입니까?"

"남편뿐만 아니라 하마야마 노리아키라는 사람도 살해당했다니."

사바에가 입술을 일그러뜨리며 웃었다.

"살인의 집이야 뭐야."

"하지만 하마야마 노리아키 씨의 죽음으로 모든 걸 알아냈습니다. 그가 목숨을 걸고 남긴 이 사건의 진실을 해석해서……."

미즈타는 또 수수께끼 같은 말을 꺼내서 사람들을 당혹스럽게 만들었다.

그는 그 분위기를 알아차렸는지 헛기침을 한 번 했다.

"자, 그럼 일단 첫 번째 살인—우오즈미 에이타 씨의 사건에 대해 설명하겠습니다."

"우오즈미 에이타 씨는 소위 '밀실'에 갇혀 있었습니다."

가와무라가 말했다.

"최면 가스 때문에 오작동했지만 찌그러진 탓에 움직임을 멈춘 방화 셔터. 그리고 본인이 맥주병이었기 때문에 헤엄쳐서 나올 수 없었던 거대 수조. 이 두 장애물 사이에 갇혀 있었죠."

"그리고 우리 세 명은 최면 가스를 마시고 잠들었고요."

아유미가 말했다.

"그런데 만약 에이타 씨가 그 '밀실'이랬나요? 거기 갇혀 있었다면 범인은 어떻게……?"

"그겁니다."

미즈타는 검지를 세웠다.

"지금부터 제가 해드릴 설명은 조금 복잡해서요. 일단 그 '어떻게' 부분을 해명하고자 합니다."

사람들이 미즈타를 빤히 바라보았다. 특히 가와무라의 기대에 찬 눈빛이 미즈타에게 꽂혔다. 미즈타는 어쩐지 몸이 근질근질한 걸 참으며 설명을 시작했다.

"저희가 주목한 건 수조의 물에 염소가 포함되어 있다는 사실입니다. 세 분 앞에서 에이타 씨가 갇히는 사건이 발생한 시간이 오후 11시, 119에 신고한 게 오전 4시 50분이니까 시간 차가 다섯 시간 반도 넘습니다. 헤엄쳐서 건넜더라도 옷을 말릴 수 있지 않을까? 저희가 제일 먼저 생각한 건 그 점이었습니다.

하지만 만약 누군가 수조를 헤엄쳐서 건넜다면, 수조 근처 카펫에 분명 염소 성분이 남아 있겠죠. 물이 말라도 염소 성분은 검출될 겁니다. 하지만 난간 부근에서만 염소 성분이 다소 검출됐을 뿐인 데다, 그게 사건 당시에 묻은 것이라고는 단정할 수 없습니다.

그렇다면 이렇게 생각하는 수밖에 없겠죠. 범인은 물에 들어가지 않았다. 즉, 수조 위에 다리를 놓았다는 뜻입니다."

"그렇지만."

가와무라가 말을 꺼냈다.

"다리로 쓸 만한 물건은 없었잖습니까. 거리가 10미터나 되는데……."

"그랬지. 여기서부터는 실제로 보시는 편이 이해하기 빠를 것 같네요."

미즈타는 그렇게 말하고 창고로 가서 사다리를 들고 돌아왔다.

"가와무라, 도와줘."

"하, 하지만 경감님. 그 사다리는 이미 시험해봤잖아요."

"그래. 너랑 나랑 사다리를 수조 저편으로 뻗어봤지. 결과는 실패. 길이가 9미터 정도라 건너편까지 닿기에는 살짝 모자랐어. 하지만 거기서 포기하지 못하고 네게 실험을 부탁했지. 기억나?"

"네, 잊어버릴 리가 있나요. 사다리를 껑충껑충 뛰어가다가 풀쩍 점프하면 건너갈 수 있지 않겠느냐고 하셨잖아요."

"위험할 텐데요."

아유미가 말했다.

"그리고 만약 건너가더라도 사다리를 회수할 수 없어요."

"지금 돌이켜보면 저희도 머리가 잘 돌아가지 않았던 거겠죠. 실험 결과는 참패. 가와무라는 균형을 잃고 수조에 떨어져서 물에 빠진 생쥐 꼴이 됐습니다."

"그게 다 누구 탓인데요!"

가와무라가 화를 내는데도 미즈타는 거리낌 없이 웃었다.

"하지만 그 실패 덕분에 트릭을 풀어낼 수 있었어. 당시 상황을 떠올려보자면, 가와무라가 사다리를 나아가자 무게를 견디지 못하고 사다리가 점점 물에 가라앉았습니다. 그러자 가와무라가 균형을 잃고 비틀거리다가 한순간 자세를 바로잡았죠. 대체 왜 한순간 자세가 안정됐을까 계속 궁금했었는데요.

—자, 가와무라! 사다리를 난간 아래에 끼우고 그때처럼 앞으로 쭉 펼치는 거야."

"엇, 하지만 지금은 2층 바닥 부분까지밖에 물이 없……."

거기까지 말하고서야 가와무라도 알아차린 모양이다. 사다리에 달려들어 미즈타를 도왔다.

끝까지 빼낸 사다리를 아까까지 물이 있었던 3층에서 2층 사이의 공간에 비스듬히 내려놓았다.

그러자 사다리 끝부분이 2층 복도—기계 장치를 작동시켜 복도에 눕힌 수조 유리 위에 닿았다(그림⑤).

그림❺ '밀실'로 이어지는 다리에 대해

미즈타와 가와무라의 실험

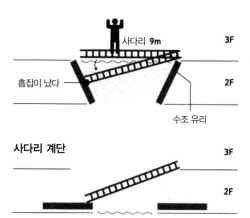

사다리 9m

3F

흠집이 났다

2F

수조 유리

사다리 계단

3F

2F

"이렇게 3층에서 2층으로 이어지는 계단이 생긴 겁니다."

그렇다, 미즈타는 가와무라가 잠깐이나마 자세를 바로잡은 이유를 생각하다 사다리가 물에 가라앉는 과정에서 끝부분이 어딘가 한 번 꽉 닿은 것이 아닐까 추측했다. 그렇기에 한순간 사다리가 떠받쳐져서 가와무라의 자세가 안정됐다.

아앗, 하고 하마야마가 목소리를 흘렸다.

"혹시 수조 유리에 긁힌 자국이 생긴 건 형사님들 때문에?"

그건 눈치채지 못했으면 했지만, 미즈타는 어쩔 수 없이 고개를 끄덕였다.

사다리는 그때 2층 부분의 수조 유리에 닿았다. 하지만 가와무라의 체중을 견디지 못하고 금방 아래로 미끄러져 내렸다. 그때 생긴 흠집이 그 긁힌 자국이다. 미즈타의 추측은 하마야마와 함께 비밀 방으로 향했을 때, 그가 발견한 그 긁힌 자국을 보고 확신으로 바뀌었다.

하마야마에게 들켰으니 유리 수리비는 경찰이 부담하겠구나. 미즈타는 한순간 현실적인 걱정거리에 정신이 팔렸다.

"그, 그럼, 범인은 이 사다리를 계단 삼아 2층에서 3층으로 올라갔다고요?!"

가와무라의 말에 미즈타는 고개를 끄덕였다.

"그래. 이 '사다리 계단'을 사용하려면 일단 수조의 물부터 빼야 해. 2층에는 방화 셔터라는 장애물이 없으니까 건물 계단과 복도를 통해 어디든지 갈 수 있지. 당연히 하마야마 노리아키의 비밀 방에도."

"잠깐만요."

가이 가쓰오가 끼어들었다.

"저기……말씀을 들으면서 생각해봤는데요. 범인이 이 경로를 사용했다는 건 말이 안 되지 않습니까?"

"그건 무슨 말씀이시죠, 가쓰오 씨?"

"그게……사다리는 3층 창고에 있었잖아요?"

"그렇구나!"

가와무라가 외쳤다.

"범인은 수조의 물을 빼고 나서, 2층에서 3층으로 사다리를 걸치고 3층의 '밀실'에 침입해 에이타 씨를 살해한 후, 다시 사다리를 건너서 2층으로……그다음에 관리인실의 조작 패널로 물 높이를 원래대로 되돌린다. 그렇다면 치운 사다리는 2층에 남게 됩니다.

이건 안 돼요, 경감님. 설령 사다리의 빼낸 부분을 넣어도

수조성의 살인

149

무게와 크기가 상당하다고요. 주변의 눈을 피해 3층에 가져다 놓기는 불가능해요."

"덧붙여."

하마야마가 말했다.

"첫 번째 발견자가 시체를 발견할 때 되돌려놓는 것도 안 됩니다. 그때는 셔터가 아직 찌그러진 상태라 저희는 셔터 너머로 못 들어갔으니까요. 그리고 119와 경찰이 출동했고……따라서 저희에게 사다리를 창고에 가져다 놓을 기회는 없었습니다."

"경감님, 이래서는……."

"무슨 소리를 하는 거야, 가와무라."

미즈타는 웃었다.

"지금까지 제시한 의문이 곧 답이잖아."

"네?"

"발견했을 때 사다리는 3층 창고에 있었다. 하지만 범인은 2층에서 3층으로 올라갔을 것이다. 그렇게 생각하니까 모순이 생기는 거지.

반대로 생각하면 돼. 사다리가 마지막에 3층에 있기 위해서는 범인이 처음에 어디에 있었다고 생각하면 될까?"

"겨, 경감님, 하지만 그건……."

미즈타는 고개를 저었다.

"믿기 어렵겠지만, 모든 모순을 해결하는 답이야."

미즈타는 어리둥절해하는 사람들을 보고 말했다.

"이 트릭을 사용한 건 우오즈미 에이타 씨—피해자 본인입니다."

"실은 방화 셔터와 수조 사이의 이 공간을 '밀실'이라고 칭한 건 여기 있는 가와무라였습니다. 미스터리 소설을 워낙 좋아해서 그런 연상을 한 모양인데요. 그러고 보면 확실히 기묘한 밀실이기는 합니다. 이런 밀실을 만든다고 범인에게 대체 무슨 이득이 있을까요?

에이타 씨의 죽음은 어떻게 봐도 자살로는 보이지 않습니다. 방금 실제로 보여드린 사다리 트릭을 사용하면서까지 굳이 그런 '밀실'에서 죽이는 의미가 있을까요?

하지만 그 '밀실' 때문에 절대적인 이익을 얻는 인물이 딱 한 명 있었습니다. 바로 '밀실'에 갇혀 있던 우오즈미 에이타 씨입니다. 그는 맥주병이라 수조를 헤엄쳐서 건널 수 없고, 방화 셔터로도 탈출할 수 없습니다. 즉, 철벽의 알리바이를 가지고 있었던 거죠."

가와무라가 고개를 휙휙 내저었다.

"그렇지만! 에이타 씨는 살해당했는걸요!"

"그래. 그가 세운 계획의 톱니바퀴가 어긋나버린 거야.

그럼 에이타 씨의 계획상으로는 어떻게 되어야 했을까요? 어젯밤 11시, 그는 당신들 세 명의 눈앞에서 그 '밀실'에 갇힙니다. 이때 마지막으로 지른 비명은 물론 위장이었습니다. 나중에 누군가에게 얻어맞아 기절했다든가, 창고에서 미끄러져서 넘어지는 바람에 기절했다는 식으로 둘러댈 예정이었겠죠.

그는 최면 가스 속으로 뛰어드는 척하며 창고에 숨겨둔 방독면을 착용합니다. 그대로 세 사람이 잠들기를 기다렸다가 행동에 나서죠. 3층 창고에 있는 조작 패널로 물을 빼는 겁니다. 1시 반경, 2층 바닥까지 물 높이가 낮아지자 아까 보여드린 '사다리 계단'을 이용해 2층으로 탈출. 2층에서 건물 계단으로 3층에 올라와 어떤 인물을 살해합니다."

"어떤 인물이라니요?"

"그의 아내, 우오즈미 사바에 씨요."

사람들이 웅성거렸다.

사바에 혼자 아무 표정 변화도 없었다.

"에이타 씨는 사바에 씨를 살해한 후, 다시 2층으로 내려가 '사다리 계단'을 이용해 3층으로 돌아갑니다. 사다리를 회수하고 물을 다시 채우면 그의 '계획'은 무사히 마무리됩니다.

자, 이 상태에서 날이 밝고 사건이 발각됐다고 치죠. 3층의 '밀실' 밖에 사바에 씨의 시체, 그리고 안에 에이타 씨가 있습니다. 그러면 에이타 씨에게는 알리바이가 있으니 가이 씨 부부와 하마야마 씨만 의심받겠죠. 이것이 바로 에이타 씨가 그렸던 계획이었습니다."

"그럼 에이타 씨는 처음부터 이 건물을 계획에 이용할 작정이었다는 겁니까?"

가쓰오가 말했다.

"그런 셈이죠."

"그렇지만 여행 계획은 사바에 씨가 세웠다고 들었는데요. 더구나 에이타 씨가 일부러 이런 숙소를 고를 리는……."

"아유미 씨, 그건 왜죠?"

"그야, 이렇게 거대한 수조가 있는 건물을 에이타 씨가 기꺼이 선택할 리 없는걸요. 에이타 씨는 누나가 사고로 죽은 일 때문에 물에는 트라우마가……."

아유미가 말을 끊었다.

"설마……해변에서 제게 그 이야기를 했을 때부터?"

미즈타는 고개를 끄덕였다.

"에이타 씨는 거기서부터 '밑밥'을 깔기 시작한 겁니다. 그게 바로 그의 교활한 점이에요. 그는 자신의 과거조차 살인 계획의 톱니바퀴로 삼은 겁니다.

그는 여러분의 심리와 행동을 세심하게 조종해 자신과 이 건물의 거리를 벌렸어요. 아유미 씨, 에이타 씨가 당신에게 자기 누나 이야기를 들려준 데는 두 가지 이유가 있었습니다. 하나는 사건을 저지르기 전에 자신이 맥주병이라는 사실을 똑똑히 인식시키기 위해. 또 하나는 자기에게 이런 과거가 있으니 이 숙소를 스스로 선택했을 리 없다고 암시하기 위해서였죠.

그는 사바에 씨의 여행 계획도 자기가 바라는 대로 조금씩 유도했을 겁니다. 예를 들어 여름이니 산림욕을 하러 가고 싶다고 하면 남편을 싫어하는 사바에 씨는 바다에 가겠다고 하겠죠. 그렇듯 밀고 당기기를 반복해서 여기 '아쿠아리움'으로 유도했더라도, 사바에 씨는 자신의 의지로 정했다고 생각할 테고, 성격상 오히려 자신이 수완을 발휘했다고 자랑했을 겁니다."

"그 인간……그런 거였나……."

짚이는 구석이 있는지 사바에는 인상을 찡그리며 그렇게 중얼거렸다.

"하지만 그렇다면."

아유미가 말했다.

"과거에 무슨 사고가 있었는지 사바에 씨에게 직접 말하면 될 텐데요. 그러면 사바에 씨는 단번에 이 숙소를 골랐을 거예요. 에이타 씨를 괴롭히기 위해……아, 미안해, 사바에 씨. 나쁜 의도로 한 말은 아니야."

"괜찮아. 나도 똑같은 소리를 하려던 참이었으니까."

"아니요. 굳이 아유미 씨에게 밝힌 것이 그가 머리를 쓴 점이죠. 사건 수사가 시작되면 에이타 씨의 과거를 아내인 사바에 씨가 몰랐다는 사실이 밝혀질 겁니다. 그러면 에이타 씨와 아유미 씨 사이에 존재하지 않는 인간관계를 의심토록 유도할 수 있어요. 사바에 씨가 살해당했을 때—그의 계획상으로는 그렇다는 말씀입니다—아유미 씨가 사바에 씨를 죽일 동기를 미리 심어놓을 수 있는 거예요.

게다가 사건 직전에 일부러 아유미 씨에게 과거를 밝혔다는 점에서 경찰은 작위성을 의심하겠죠. 사실 저희도 에이타 씨의 고향 쪽 경찰서에 협력을 요청해 그의 과거가 사실인지 알아봤습니다. 결과는 예스였어요. 그의 누나는 실제로 불어난 강물에 휩쓸려 사망한 것으로 밝혀졌습니다. 그 순간 그의 계획은 더더욱 공고해지고, '밀실'도 완벽해지죠……에이타 씨는 그러한 효과도 예상하고서 과거를 밝힐 대상을 선정한 겁니다."

"미즈타 형사님, 형사님의 설명에는 중요한 요소가 빠져 있습니다."

하마야마가 말했다.

"에이타 씨가 그 트릭을 사용하려면 건물 구조를 숙지하고 있어야 해요. 조작 패널 위치와 조작 방법, 더 나아가 2층 부분의 수조 유리가 그렇게 여닫힌다는 걸 모르고서는 절대로……."

"네. 그는 건물의 구조와 그러한 장치에 대해 알고 있었습니다. 그래서 이 건물을 살인의 무대로 고른 거예요."

"하지만 어떻게!"

그때 사바에가 눈을 부릅떴다.

"설마."

미즈타는 씩 웃었다.

"그 설마입니다."

"왜 그러십니까, 사바에 씨……."

사바에는 찡그린 얼굴로 말했다.

"남편의 과거요……남편은 유명한 건축 디자이너였어요……."

"맞습니다, 사바에 씨."

미즈타는 말했다.

"실은 그 부분에 관해서도 조회를 부탁해놨습니다. 결과를 읽어드리죠. '우오즈미 에이타의 작품 이력에 게스트하우스 '아쿠아리움'의 전신前身인 오하시 레이젠의 저택은 포함돼 있지 않다. 하지만 이 저택은 그의 후배 하야시 다카아키가 지은 건물로, 본인에게 물어보자 선배 우오즈미 에이타의 디자인을 넘겨받아 형상화했다고 밝혔다'. 네, 수조 유리의 장치, 비밀 방의 존재조차 애당초 그가 설계했던 겁니다. 공식적인 기록이 남아 있지 않으니 단박에 그와 연관 짓기는 불가능하겠죠.

물론 에이타 씨도 사전 조사는 했을 겁니다. 변장하고 가명을 사용해 투숙했거나 친구에게 조사를 부탁했을지도 모르죠. 그러한 사전 조사를 통해 자신이 기획한 장치가 존재하는 걸 확인한 후 이번 계획에 나선 겁니다."

미즈타의 말이 스며들기를 기다리듯 한순간 침묵이 흘렀다.

제일 먼저 입을 연 사람은 가쓰오였다.

"하지만 정작 에이타 씨는 살해당했는데……결국 그 점을 설명하지 못하면 형사님의 추리는 아무 가치도 없지 않겠어요?"

미즈타는 고개를 끄덕였다.

"옳으신 말씀입니다. 여기까지는 에이타 씨의 계획이 완벽하게 진행됐어요. 계획이 무너진 건 어떤 인물의 존재 즉, 에이타 씨가 전혀 예상치 못했던 '그 사람' 때문이었습니다."

"설마 그게."

하마야마가 말했다.

"네. 하마야마 노리아키 씨. 당신 아드님이요."

"하마야마 노리아키 씨는 사회생활을 하다 우울증에 걸려 은둔형 외톨이가 되고 말았습니다. 그런 노리아키 씨의 눈앞에 나타난 것이 아버지가 뜻밖에 양도받은 이 게스트하우스 '아쿠아리움'이었죠. 노리아키 씨는 수조 속의 비밀방이 마음에 쏙 들었는지라 거기서 생활하기로 했습니다.

그 방에서 노리아키 씨가 시작한 일은 게스트하우스 내부의 감시 카메라를 활용한 감시원 업무……아니, 이렇게 말해도 괜찮다면, 어떤 의미에서 엿보기 취향을 만족시키는 것에 가까운 행위였습니다."

"그런 짓을 했었구나……."

아유미가 중얼거렸다.

"역겨워……."

사바에도 한마디 거들었다.

"안심하십시오. 감시 카메라는 어디까지나 현관 홀, 식당, 복도 등 공용 부분에만 설치돼 있었습니다. 사적인 공간까지는 엿보지 않았어요."

"그래도 역겨운 건 마찬가지예요."

사바에는 쌀쌀맞게 대꾸했다. 미즈타는 쓴웃음을 지으면서 그것도 당연한가 싶어 속으로 고개를 끄덕였다.

"아무튼 노리아키 씨는 카메라를 통해 여러분의 대화를 관찰했습니다. 대화 내용과 대화를 나누는 태도로 그는 에이타 씨의 살인 계획을 꿰뚫어 본 거겠죠."

"그럴 수가!"

"방증이라면 있습니다. 사건 직전에 노리아키 씨가 인터넷 검색 엔진으로 검색한 내용입니다. 우오즈미 에이타, 오하시 레이젠, 거대 수조 집, 하야시 다카아키. 이 네 가지였어요."

"어, 아까 들었던 것 같은……."

"맞습니다. 아까 말씀드렸다시피 에이타 씨는 한때 유명한 건축 디자이너였고, 후배가 그의 구상을 넘겨받아 이 건

물을 지었습니다. 그리고 이 건물의 예전 소유주는 오하시 레이젠 씨였죠.

노리아키 씨는 우오즈미 에이타라는 이름을 어디선가 들어본 것 같아서 일단 검색했습니다. 건축 디자이너였음이 밝혀지자, 이 건물에 숨겨진 장치를 알고서 무슨 트릭에 사용하려는 것 아닐까 의심했겠죠. 하지만 에이타 씨의 작품 이력에 이 건물이 없길래 예전 소유주와 이 건물에 관해 조사해 실제로 건축에 관여한 인물을 찾아냈고, 하야시 다카아키와 에이타 씨의 관계를 알아차린 겁니다. 검색 순서를 고려하면 그렇게 진행된 거겠죠.

2층의 수조 유리가 여닫힌다는 사실을 에이타 씨는 알고 있었다. 그는 수영을 못 한다. 그리고 복도의 감시 카메라로 에이타 씨가 3층에 사다리를 놔두거나, 방화 셔터를 조사하는 광경도 봤을 거예요. 이쯤 되면 무슨 일이 일어날지, 에이타 씨가 뭘 어쩌려는지 어렴풋하게나마 짐작이 갈 겁니다."

"그 아이는 실화를 바탕으로 한 미스터리물을 보고 스스로 추리하는 게 특기였어요."

하마야마가 말했다.

"설마 그걸 현실에 응용해서⋯⋯."

"그런 거겠죠. 노리아키 씨는 에이타 씨가 무슨 짓을 하려는지 규명함과 동시에 자신이 위험하다는 사실을 자각했어요. 왜냐하면 에이타 씨가 3층에서 2층으로 내려갈 때 자기가 있는 비밀 방 앞을 지나가기 때문입니다. 비밀 방에 있는 인물은 물 높이가 바뀌었음을 눈치챌 것이다. 안에 누군가 있다면, 목격자인 그 인물을 죽여야 한다……

노리아키 씨는 자신에게 살인자의 마수가 다가온다는 걸 알아차렸습니다. 하지만 자신은 이 방에서 나갈 수 없어요 ─입구가 너무 좁은 탓에 물리적인 측면에서 밖으로 나갈 수가 없었습니다.

그럼 어떻게 하면 좋을까. 노리아키 씨는 싸우기로 마음 먹었습니다. 그는 여기서 살인범과 대결하는 것이 자신의 숙명이라 믿고, 자신의 죽음을 이용해 우오즈미 에이타를 고발하고자 한 겁니다."

그것이 바로 "노리아키 씨의 죽음이 전부 다 가르쳐줬어"라는 미즈타의 말에 담긴 참뜻이었다.

"그 부분을 설명하기 전에, 이 사건의 결말을 먼저 말씀드리죠. 에이타 씨는 비밀 방에 쳐들어가 노리아키 씨를 살해한 후, 3층 복도에 잠들어 있는 사바에 씨를 죽이러 갔습니다. 사바에 씨, 그때 당신은 깨어난 것 아닙니까?"

"앗."

말문이 막힌 아유미가 사바에의 얼굴을 가만히 쳐다보았다.

사바에는 표정 하나 변하지 않았다.

"당신이 어제 입었던 옷에서 다량의 차아염소산 결정이 검출됐습니다. 이건 수조에 들어 있던 소독제 성분입니다. 수조에 들어가지 않았는데, 왜 그런 성분이 나왔을까요? 여기서 떠오르는 것이 에이타 씨가 가지고 있었던 손수건입니다."

"아아."

가쓰오가 말했다.

"맞아요. 에이타 씨는 연기 속으로 뛰어들기 직전에 손수건을 수조 물에 적셔서 입을 막았습니다."

"그때 피어올랐던 연기는 최루 가스였고, 에이타 씨는 그 사실을 알고 있었으니 어디까지나 '불이 났다고 믿는 척' 연기했던 거겠지만, 젖은 손수건이라는 소도구는 효과적이었습니다. 손수건은 젖은 상태로 시체의 호주머니에 들어 있었죠. 네—사바에 씨의 옷이 젖고, 소독제 성분이 묻은 건 에이타 씨와 접촉했기 때문입니다."

사바에는 아무 말도 하지 않았다.

"정확하게 말하면 당신은 남편의 기척을 느끼고 깨어났

겠죠. 정신이 몽롱한 가운데 에이타 씨가 덤벼들어 칼을 휘두르려 하는 모습이 보였어요. 당신은 최면 가스를 마셔 의식이 가물가물한 와중에도 필사적으로 저항했고요! 당신에게 힘껏 떠밀려 에이타 씨는 뒤로 넘어졌습니다. 그때—."

들고 있던 칼이 에이타 자신의 배에 꽂혔다.

"그의 시체에는 칼에 찔린 상처뿐만 아니라, 옆머리에 타격을 받은 흔적이 남아 있었습니다. 그때 넘어지면서 벽에 찧은 거겠죠. 아까 사바에 씨가 가스를 마시고 쓰러진 곳 주변을 조사한 결과, 소량의 혈액 반응이 나왔습니다."

여전히 잠자코 있던 사바에가 이윽고 한숨을 길게 내쉬었다.

"……맞아요. 당신 생각대로예요."

사바에는 고개를 내저었다.

"경위는 당신이 상상한 바와 대체로 일치해요. 정신이 몽롱하니, 다친 남편에게 말을 걸려는데 잘 안 되더군요. 남편은 배에 박힌 칼을 보고 놀라서 저를 노려봤죠. 증오에 찬 눈으로요. 이 사람, 이런 얼굴을 숨기고 살았구나 싶었어요. 아무튼……저는 남편이 죽을 줄 알고……손을 뻗어 몸을 만지려 했어요. 하지만 의식이 흐릿해져서 그대로……."

사바에가 또 고개를 내저었다.

"그리고 아침에 남편의 시체가 발견돼서 소란이 나기까지 깨어나지 않았죠. 저는 그 후로 완전히 무방비 상태였어요. 죽이려고 했으면 죽일 수 있었을 거예요. 하지만 그러지 않았죠. 왜일까요?"

"진실이 뭔지는 모릅니다."

미즈타는 고개를 설레설레 흔들었다.

"그렇지만 손을 뻗는 당신 모습을 보았을 때, 잠든 당신 얼굴을 보았을 때, 죽음이 코앞으로 다가왔음을 깨달았을 때……당신에게 품었던 애정이 되살아났는지도 모르죠."

"애정……?"

"네. 그는 배에 칼이 박힌 상태로 2층으로 내려가서 사다리 계단을 올라 3층의 '밀실'로 되돌아갔습니다. 이게 사망 추정 시각의 끝자락인 오전 2시 이전이었겠죠. 그 무렵에 인근 집들의 물이 끊긴 것도 이 사실을 뒷받침합니다. 스위치만 누르면 그 후에 숨이 끊어지더라도 시스템이 모든 걸 원래대로 되돌려주겠죠. 에이타 씨는 죽어가는 가운데도 사다리를 되돌려놓고, 물을 도로 채워서 결코 사바에 씨가 의심받지 않을 상태로 만들었어요. 사바에 씨를 지키려는 의도에서 그랬다고밖에 생각할 수 없습니다."

"나를……."

사바에는 독기가 완전히 빠져나간 것처럼 순수한 표정으로 그렇게 중얼거렸다. 에이타가 무슨 생각이었는지는 모른다. 하지만 그가 사바에와 사랑에 빠져 백년해로하기로 마음먹은 날의 기분은 미즈타도 조금 이해할 수 있을 것 같았다.

"그렇지만……그렇지만 믿기지가 않네요."

아유미가 고개를 저었다.

"그렇게나 다정다감해 보였던 에이타 씨가 이런 계획을 세우고, 하마야마 씨의 아드님을……죽였다니. 아직 결정적인 증거는 없잖아요. 에이타 씨가 백 퍼센트 범인이라고 확정할 수 있는 재료는 전혀 없어요."

가쓰오가 아유미 옆에 바싹 다가섰다. 그도 같은 기분인 모양이다.

"그리고 미즈타 씨, 아직 해결되지 않은 게 있습니다. 저희 아들이 남긴 메시지……그건 대체 뭐였을까요. 그 아이가 목숨을 걸고 남기려 한 메시지의 의미를 알려주십시오."

하마야마의 말에 미즈타는 고개를 끄덕였다.

"그걸로 이 이야기를 매듭짓는 게 적합하겠죠. 노리아키 씨는 미래의 비극을 예측해 추리하고, 범인을 막다른 골목에 몰아넣었으니까요. 자신의 숙명을 짊어지고 범인과 맞선 겁니다. 그런 의미에서—이 이야기의 '명탐정' 역할에는 노리아키 씨가 딱 어울리니까요."

　"노리아키 씨는 방에서 나올 수 없었습니다. 따라서 방에 있는 물건을 효과적으로 활용해 범인에게 결정타를 날리는 수밖에 없었어요. 노리아키 씨는 자신의 죽음을 예감했습니다. 살해당할지도 모르지만 그건 상관없다. 자신이 죽음으로써 우오즈미 에이타가 범인이라는 증거를 남길 수 있다면 그걸로 족했다.

　그래서 노리아키 씨는 두 가지 방법을 떠올렸습니다. 하나는 피로 쓴 글씨. 다잉 메시지입니다."

　"하지만."

　가와무라가 얼굴을 찡그렸다.

　"다잉 메시지로 범인의 정체를 알리는 건 너무 뻔한 방법 아닐까요? 범인이 메시지가 있다는 걸 알아차리고 내용을 지워버리면 도로아미타불이 되는데요."

　"응, 그렇지. 그래서 노리아키 씨는 에이타 씨가 메시지를 알아차리고 손을 쓰도록 한 겁니다."

　"뭐라고요?"

　미즈타는 씩 웃었다.

　"그게 바로 노리아키 씨가 세운 계획의 핵심이었지. 노리아키 씨는 일단 방의 전구를 고장 난 전구로 바꿨어요. 히사히데 씨는 한 달에 두 번 필요한 물품을 넣어줬다고 하시니 새 전구를 끼운 후 고장 난 전구를 쓰레기로 내놓기 전이었겠죠. 그걸 다시 갈아 끼워서 방을 어둡게 만든 겁니다. 불빛이라고는 희미하게 빛나는 모니터 화면뿐이에요. 당연히 바닥과 시체 주변은 하나도 보이지 않겠죠. 하물며 노리아키 씨는 몸집이 크니까 테이블 옆에 쓰러지면 손 언저리는 전혀 보이지 않습니다."

"그렇지만 범인은 다잉 메시지가 있다는 걸 알아차렸다⋯⋯."

"응. 그리고 노리아키 씨가 쓴 메시지는 분명 RAYS, 가오리를 뜻하는 영어였을 겁니다. 그야말로 직방으로 에이타 씨를 가리킨 거죠*. 노리아키 씨는 몸짓이나 소리 등의 신호로 메시지를 썼다는 사실을 알렸는지도 모릅니다.

이 메시지를 본 에이타 씨는 피로 쓴 글씨를 지우려다 R과 S를 지우면 AYUMI의 일부로 보인다는 사실을 알아차렸어요. 이 또한 노리아키 씨가 계산한 대로였죠. 노렸던 대로 에이타 씨는 R과 S를 지웠습니다.

---

* 가오리의 일본어 발음은 '에이'다.

—자, 실은 '메시지에 손을 썼다'는 이 사실만으로 두 명을 범인 후보에서 제외할 수 있습니다."

미즈타의 말이 머릿속에 천천히 스며들었는지, 가와무라가 한 박자 늦게 아아……하고 목소리를 흘렸다.

"일단 아유미 씨네요……아유미 씨는 야맹증이라 밤눈이 어두워요. 어두운 환경에서 다잉 메시지를 보거나, 하물며 그 내용을 정확하게 파악하고 필요한 글자만 지우기는 불가능하겠죠……."

"맞아. 그리고 다른 한 명은 사바에 씨입니다. 불빛 없는 환경에 맞닥뜨릴 걸 예상치 못했던 범인은 손전등 따위의 조명기구를 가지고 있지 않았어요. 가와무라가 그랬던 것처럼 스마트폰 손전등 기능을 사용하는 방법도 있지만, 여러분 네 명은 스마트폰 디톡스라는 명목으로 스마트폰을 타이머가 달린 상자에 넣어놨죠. 물론 라이터가 있으면 조명기구를 대신할 수 있습니다."

"하지만 사바에 씨는 전자 담배를 피우시죠. 라이터가 없습니다."

"그렇지. 따라서 아유미 씨와 사바에 씨를 제외할 수 있습니다. 다잉 메시지의 내용은 사족에 불과해요. 손을 썼다는 사실을 전할 수 있으면 그걸로 충분했어요. 물론 보통 담배를 피우는 에이타 씨가 라이터를 가지고 있었던 건 설명할 필요도 없겠죠."

"그나저나 노리아키 씨는 용케도 RAYS라는 단어를 떠올렸네요."

가와무라가 얼빠진 감상을 내놓길래 미즈타는 자신도 모르게 허물없는 말투로 툭 쏘아붙였다.

"그야 시간이라면 있었으니까. 미스터리 소설에서는 죽음을 앞두고 잠깐 사이에 피해자가 복잡한 다잉 메시지를 만들어내지만, 노리아키 씨는 살해당하기 전에 머리를 짜낼 시간이 충분했어. 아마 이런 사례는 웬만해서는 없겠지."

"경감님, 일단 그렇게 복잡한 메시지를 남기는 데는 다 이유가 있고요, 피해자는 숨이 끊어지기 직전에 지력이 상승하는 법입니다. 그게 바로 '무엇과도 비할 바 없이 숭고한 순간'이라 불리는 건데―."

거기까지 듣고서야 미즈타는 이야기가 샛길로 확 빠졌다는 걸 깨달았다. 미즈타는 가와무라를 타이른 후, 격식을 차린 어조로 말을 이었다.

"여기까지가 노리아키 씨의 첫 번째 계책이었습니다. 두 번째 계책은 사건의 흉기였어요."

"흉기? 그 쇠파이프 말씀입니까?"

하마야마의 말에 미즈타는 고개를 끄덕였다.

"네. 이건 그야말로 아드님의 경이로운 계산 능력의 산물이라고밖에 표현할 수가 없겠네요. 노리아키 씨에게 남은 일은 가쓰오 씨를 용의선상에서 제외해 소거법으로 에이타 씨만 남기는 것이었습니다. 그러기 위해 이 쇠파이프를 사용한 거죠.

현장을 조사한 결과, 이 쇠파이프가 사건이 발생하기 직전에 절단됐음을 알아냈습니다. 4분의 1을 공구로 잘라 4분의 3 길이로 만들었죠. 노리아키 씨는 왜 쇠파이프의 길이를 바꿨을까요? 범인이 이 쇠파이프를 휘둘러 현장에 어떤 흔적을 남기기를 바랐기 때문입니다."

가와무라의 눈이 휘둥그레졌다.

"설마⋯⋯전부 계산하고서?"

"현장인 비밀 방 천장에는 배관이 깔려 있었습니다. 범인이 쇠파이프를 휘두를 때, 그 배관에 부딪혀서 배관이 찌그러졌죠. 노리아키 씨의 시체 위에는 배관이 두 개 있었는데, 하나는 천장 근처의 높은 위치, 하나는 그보다 약간 낮은 위치였습니다. 범인이 쇠파이프를 내리치는 경로에 낮은 쪽 배관이 있었던 거죠. 하지만 이건 절단한 쇠파이프여서 그렇게 된 겁니다. 아까 실험해봤는데요. 에이타 씨와 키가 똑같은 경찰관에게 절단하기 전의 쇠파이프와 길이가 동일한 막대기를 자연스럽게 내리치게 했더니, 위쪽 배관에 부딪혔습니다. 그리고 범인이 서 있던 위치에서 쇠파이프를 휘두르면 위쪽 배관에 먼저 부딪혀서 멈추므로 아래쪽 배관에는 절대 부딪히지 않는다고 하더군요."

"호, 혹시."

가쓰오가 고개를 살짝 흔들며 말했다.

"키가 190센티미터에 가까운 저라면 절단한 후의 쇠파이프라도 위쪽 배관에 닿는다……?"

미즈카는 힘주어 고개를 끄덕였다.

"—말씀하신 대롭니다."

"즉, 저희 아들이 그 위치에 서서 쇠파이프로 공격을 당한 것도—전부 계산한 행동이었던 겁니까!"

"네. 다잉 메시지도 그렇고, 비좁게 놓아둔 테이블도 그렇고 노리아키 씨는 에이타 씨와 대결하는 가운데 그 위치로 에이타 씨를 교묘하게 유도한 겁니다. 에이타 씨는 물론 칼을 가지고 있었지만, 몸을 숨기고 있다가 일단 칼을 빼앗아서 바닥에 아무렇게나 놓여 있는 것처럼 보이는 쇠파이프를 들게 한다……그렇게 행동하도록 범인을 몰아간 거죠."

"엄청난……엄청난 노력이군."

가쓰오가 고개를 설설 흔들었다. 지금 이 추리로 혐의를 벗었지만 무작정 기뻐할 기분은 아닌 듯했다.

"네, 그야말로 상상을 초월하는 노력입니다. 그 노력을 생각하면, 지금 제가 이렇게 설명하기 위해 들이는 노력은 아무것도 아니죠."

미즈타는 하마야마 노리아키가 지내왔을 시간을 문득 떠올려보았다. 명탐정을 꿈꾸다 사회에 좌절했고, 끝까지 자신을 이해해주는 사람을 얻지 못한 채 살인범과 맞붙은 한 남자. 게다가 그 살인자는 결국 자신과 맞붙은 명탐정의 의도를 무시하고 아내를 사랑하는 마음에 따라 행동했다.

정말로 사람을 가지고 노는 이야기다. 사람을 가지고 노는 희극이다.

이로써 미즈타는 드디어 이 사건의 막을 내렸다.

***

한 달 후, 미즈타는 수조성이 철거된다는 소식을 들었다.

"아들이 죽었을 때부터 그럴 생각이었어요."

하마야마는 어쩐지 후련해 보이는 표정으로 말했다. 하지만 장례식과 고별식을 치르고 아들의 신변을 정리하느라

지쳤는지 살이 조금 빠진 것처럼 보였다.

"생각해보면 아들이 그 방에 살고 싶대서 마지못해 시작한 사업이었습니다. 다행히 땅을 사겠다는 분도 있고요. 바다 옆이라 의외로 입지가 좋거든요. 건물을 철거하고 땅을 넘겨주면 다 끝납니다."

땅값은 철거 비용을 빼도 노후를 보내기에는 충분할 정도라고 한다. 미즈타는 안심했다.

포클레인이 사정없이 수조성을 해체하는 모습을 미즈타는 가만히 바라보았다. 수조성에 감춰진 비밀을 폭로하듯 벽을 우르르 허물어뜨리는 그 행위가, 미즈타의 눈에는 마치 무덤을 파헤치는 것처럼 보였다.

수조의 물은 전부 빼냈고 유리에는 먼지가 잔뜩 달라붙어, 예전의 아름다운 광경은 보기에도 무참하게 상실됐다.

—한 번이라도 좋으니 너와 이야기를 해보고 싶었어.

미즈타는 속으로 그렇게 말한 후 수조성에 등을 돌렸다. 그리고 다시는 돌아보지 않았다.

흔한
잠

편의점에서 늦은 점심을 사서 집에 돌아오던 어느 날, 여동생 지유리가 본네빌 T120에 걸터앉아 있었다. 본네빌 T120은 감각적인 영국제 바이크지만 단나이 지유리에게는 그저 조금 멋진 벤치나 다름 없었다. 다른 사람이 아끼는 물건인지는 전혀 신경 쓰지 않는다. 그런 점이 지유리다웠다. 여전했다.

지유리가 과거의 지유리에서 조금도 변하지 않았다면 분명 나와 맞지 않으리라. 떨어져 지낸 세월 동안 앙금은 자연스럽게 풀리지 않았고 우리 남매는 그저 서로를 별종처럼 대하는 비뚤어진 사이가 됐다.

"……지유리, 어쩐 일이야. 여기서 뭐 해?"

다소 거리감이 느껴지는 서먹한 말투로 물으며 눈앞에 나타난 여동생을 견제했다. 지유리는 바이크에 걸터앉은 채로 담백하게 선언했다.

"미대 입시가 코앞이라 오빠 집에서 머물려고."

발랄하게 움직이는 손이 브레이크 바를 부러뜨리지 않을까 거슬렸다. 그런 짓을 하고도 남을 아이였다. 마치 바이크를 인질로 삼은 듯하다고 생각하며 물었다.

"미대? ……어느 학교?"

왜 굳이 내 집에 묵으려는 것일까?

가장 궁금한 점이었다. 저도 모르게 침을 삼키며 탐색하듯 동생을 살폈다. 한동안 말이 없던 지유리가 퉁명스럽게 대답했다.

"데이토 예대 첨단예술학과."

그렇구나, 역시 데이토 예대였군.

"데이토 예대는 알겠는데 첨단예술이라니?"

지유리는 그 말에는 대답하지 않은 채 당당하게 바이크에서 내렸다.

마지막으로 지유리를 만났을 때는 2년 전이었는데 놀라울 정도로 변하지 않았다. 앞머리만 파란색으로 매쉬 염색한 긴 검은 머리도, 검은색 세일러복 교복도 그대로였다.

"지유리, 졸업 안 했어?"

나와 지유리는 다섯 살 터울이다. 내가 스물네 살이니 지유리는 올해 열아홉 살이다. 요란하게 유급이라도 하지 않았다면 이미 졸업했을 나이다.

"졸업했는데 시험 볼 때 교복 입고 갈 거야."

"아, 그래."

"그 정도는 당연한 거 아냐?"

지유리가 쓸데없는 한마디를 쌀쌀맞게 덧붙였다.

이래 보여도 지유리는 재수생이다. 예대 입시를 목표로 열심히 노력하다가 고등학교 3학년 가을에 갑자기 이집트로 날아갔기 때문이다. 여름방학에 그린 작품이 '일본-이집트 교류 미술상'에서 우수상을 받았다. 물론 상을 받으려고 구태여 이집트까지 갈 필요는 없었다. 하지만 지유리는 "내 그림을 평가해준 사람들에게 직접 감사 인사를 전하고 싶어"라며 다니던 고등학교에 홈스테이 보조금을 신청해 반년 동안 이집트에서 홈스테이를 했다.

지유리가 국제적으로 인정받는 그림을 그린 점도 대단했지만 그보다 홀로 이집트로 날아갈 수 있는 배짱이 더 존경스러웠다. 나라면 엄두도 못 낼 대담한 행동이었다. 이집트의 높으신 분에게 받은 상장을 들고 활짝 웃는 지유리의 사진은 본가 현관과 고등학교 내빈실에 걸려 있다고 한다. 나는 영상만 받았다.

지유리의 미소에는 사람을 끌어당기는 매력이 있다. 동생의 또렷한 이목구비는 신비한 인력을 품고 있었다. 마땅한 재능이 있어야 할 그릇에 담겨 있는 모습에 왜인지 나는 마음이 놓였다. 그릇에 담긴 음식이 쓸데없이 비어져 나오지 않은 모습을 보는 듯 안심이 됐다. 내 동생은 미술 재능을 타고난 사람으로서 완벽했다.

그런 동생이 내 집에 머물겠다고 한다.

"오빠, 방 좀 빌릴게. 집 구조를 봤을 때부터 정했어. 남향 구석에 있는 2.5평짜리 방 쓸래."

"아니, 거긴 창고로 쓰고 있는데."

"별수 없지. 오빠만 괜찮다면 내가 적당히 치울게."

지유리는 한숨 섞인 목소리로 말하고 성큼성큼 걸어갔다.

이럴 때 지유리는 다른 사람의 말을 듣지 않고 무엇이든 마음대로 행동한다. 말려도 소용없다. 나는 그런 동생의 결정을 거역하지 못한다. 덜컹덜컹 요란하게 문손잡이를 돌리는 지유리를 말리며 체념한 채 문을 열었다.

"의외로 깔끔하네."

"아아, 응……. 그런가?"

솔직히 말하면 지유리가 노리는 2.5평짜리 방도 그렇게까지 물건이 많지 않다. 여차하면 친구가 자고 갈 때 쓰려고 니토리*에서 산 손님용 이불도 있다. 이 집에서 지내기에 더할 나위 없는 환경이었다.

"시험은 언제부터야?"

"내일."

"내일……."

집을 차지한 지유리는 신이 나서 짐을 풀었다.

"……너, 별로 안 변했네. 1년 넘게 못 봤는데."

"그런가? 뭐, 그것도 그거대로 괜찮네."

"……그래?"

"응, 좋아."

지유리가 뒤돌아보며 대답했고 나는 한마디도 대꾸하지 못했다. 지유리가 이곳에 있다는 것은 분명 부모님과도 이야기가 되었다는 뜻일 테고, 그렇다면 두 분은 절대 내 편을 들어주지 않으리라. 며칠 재워달라는 부탁을 거절하면 결국 "오빠가 돼서 어떻게 정 없이 그러니"라거나 "지유리가 딱해"라면서 타박할 부모님의 모습이 눈에 선했다.

며칠만 참으면 곧 나갈 테니까.

나는 스스로 달래며 등을 구부리고 앉은 지유리의 뒷모

---

* 가구, 인테리어 용품, 생활 잡화 등을 판매하는 일본 기업.

습을 물끄러미 바라봤다.

지유리를 보면 반드시 떠오르는 기억이 있다.

내가 고등학교 3학년, 지유리가 중학교 1학년이었을 무렵의 일이다.

중학교에 입학하기 전부터 그림 잘 그리는 초등학생으로 유명했던 지유리, 그러니까 단나이 지유리는 중학교에 입학하자마자 미술부 선배들과 부딪쳤다. 그때 나는 고분고분하지 않은 후배를 밟는 문화가 미술계에도 있다는 사실에 놀랐다. 예술이 사람의 마음을 풍요롭게 한다는 이야기는 어디로 갔을까.

얼마 전까지만 해도 란도셀*을 멨던 지유리지만 선배들 앞에서 전혀 기죽지 않았다. 자신의 그림 실력이 뛰어나다는 사실을 절대 부정하지 않고 그림으로 정면 승부를 걸었던 것이다.

대결 소식을 들었을 때 솔직히 나는 당황했다. 그림을 잘 그렸는지 못 그렸는지는 시험 점수 매기듯 평가할 수 없지 않은가. 심지어 같은 미술부 선배들이 평가한다고 했다. 이

---

* 일본 초등학생들이 메고 다니는 책가방.

길 수 없는 싸움이었다.

그러나 투지에 불타는 지유리에게 그런 사실은 전혀 문제 되지 않았다.

아직 익숙하지 않은 교복 재킷을 입은 지유리는 폭풍처럼 집에 돌아와 거실에서 멍하니 TV를 보던 내게 말했다.

"오빠, 그림 좀 빌릴게."

"아, 응."

내가 고개를 끄덕이는 모습을 확인하자 지유리는 곧바로 방에 틀어박혔다. 순간 나는 거절은커녕 생각할 틈도 없었다. 내가 조금만 이성적이었다면 분명 승부를 말렸을 터다.

지유리는 어휘의 폭군이었다. 캔버스도 액자도 전부 '그림'이라고 불렀다. 나는 동생의 줄임말 사전을 참고해서 방금 빌려달라는 그림은 캔버스를 말한 것이리라 짐작했다. 오빠의 역할이라고 해봤자 그 사전을 빨리 넘기는 일뿐이었다.

다행히 내 방 벽장에는 미술 수업에 사용하지 않는 캔버스가 많았다.

그렇게 지유리는 한동안 방에 틀어박혔다. 무엇을 그리는지는 부모님에게도 내게도 비밀에 부친 채 그림에 몰두했다. 어린 동생이 염려됐지만 한편으로는 신의 사랑을 받아 찬란한 재능을 타고난 사람은 과연 어떤 작품을 내놓을까 궁금하기도 했다.

그러나 나는 그 대결을 직접 보지 못 하고 전해 듣기만 했다. 본인에게도 이야기를 들었지만 전설이란 종종 다른 사람에게 듣는 편이 훨씬 흥미진진한 법이다.

드디어 다가온 발표 날, 지유리는 새하얀 캔버스를 들고 나타났다. 정확히 표현하면 흰 유화 물감을 빈틈없이 칠한 캔버스였다.

선배와 관객, 심지어 동아리 고문 선생님까지 미술실에 모두 모였다. 사태가 심각해져서 따돌림으로 번질까 봐 우려하는 마음도 있었겠지만 다들 반쯤은 흥미로워하지 않았나 싶다.

새하얀 캔버스를 본 순간 모두가 지유리의 패배를 확신했다. 흰 캔버스를 온통 하얗게 칠했을 뿐 특별한 점은 없었기 때문이다. 기이한 점은 돋보였지만 그래봤자 상상의 범주에서 돋보이는 기이함이었다.

그에 비해 선배는 중학생치고는 훌륭한 장미 그림을 그려왔다. 어두운 분위기를 풍기는 고딕풍 유화는 나름 반응이 좋았다고 한다.

"지유리, 이길 마음이 있기는 한 거야?"

승리를 확신한 선배가 무시하는 투로 웃었다.

"선배, 그림은 지금부터 그릴 거예요."

지유리는 이젤에 작품을 세워 놓은 뒤 페인팅 나이프를 꺼냈다. 새하얀 캔버스는 순백의 설원 같았다.

지유리의 페인팅 나이프가 그 설원을 누볐다.

버걱버걱.

반쯤 광기에 찬 듯 보일 정도로 오로지 그림에만 집중하며 힘차게 긁어냈다.

하얀 물감이 꽃잎처럼 흩날렸다.

꽃잎이 점점 많아졌고 새하얀 캔버스에는 한 형상이 나타났다.

모습을 드러낸 그림을 보고 사람들은 여신이나 천사라고 표현했지만 나는 오빠의 특권으로 그것이 이름 없는 여성의 옆모습이라는 사실을 알았다. 하얀 어둠을 가르고 모습을 드러낸 여인을 보고 관객들은 숨을 삼켰다. 미술실 바닥에 하얗게 쌓인 눈, 그 위에 선 지유리는 마치 눈의 여왕 같았다.

"이것이 제 작품이에요."

지유리가 뒤돌아보며 당당하게 선언했다. 시름에 잠긴 여인의 옆모습은 분명하게 나타났지만 하얀 물감으로 뒤덮여 있던 탓에 색이 다소 옅어지고 말았다.

그 점이 또 매력적이었다.

아무도 눈을 떼지 못했다.

시선을 돌리면 그림이 연기처럼 사라질 것만 같았기 때문이다.

어디선가 시작된 박수가 승리의 환성이었다.

그 순간 분위기가 결정됐다. 쏟아지는 박수 속에서 지유리는 공손히 머리를 숙였다.

승패는 분명했다.

그저 퍼포먼스일 뿐이었지만 그렇기에 오히려 중학생에게 통했다. 분위기에 휩쓸려 이런 대결을 만든 아이들은 그 퍼포먼스에 말려들어 지유리를 승자라고 인정했다.

놀라운 점은 직접 대결한 선배까지 지유리의 승리를 인정했다는 사실이다. 그런 자리에서 섣불리 발끈하기보다 솔직하게 상대를 인정하는 편이 낫겠다고 판단했으리라. 선배는 작품을 칭찬하면서 지유리를 미술부원으로 받아들이기로 했다. 지유리는 지유리답게 두 번 다시 후배에게 이런 짓을 하지 않겠다는 약속을 받아내고 가입 허가를 받아들였다.

이렇게 중학교에 입학한 지 2주 만에 미술부를 평정했다.

그것이 바로 단나이 지유리였다.

지유리의 전설은 반쯤 살이 붙어 퍼져나갔고 해당 작품은 학교 현관 옆에 걸렸다. 하얀 물감 아래 그림조차 군데군데 지워진 희끄무레한 여인의 초상은 지유리의 이름과 함께 여러 차례 회자됐다.

나도 중학교 문화제 때 그 그림을 직접 본 적 있다.

액자에 담겨 지유리의 전설로 가공된 그림은 왜인지 매우 잘 그린 작품처럼 보였다. 원래는 평범했을 그림을 특별하게 만든 사람은 지유리였다.

그때 나는 지유리가 진정한 천재라고 확신했다.

그와 동시에 피를 나눈 여동생을 죽을 만큼 미워하게 되고 말았다.

그렇다고 해도 나와 지유리는 어쩔 수 없이 남매 사이다. 1, 2년 떨어져 살았다고 끊어낼 수 없는지라 동생을 박대하면 부모님에게 무슨 말을 들을지 몰랐다. 지유리가 미대 입시를 치르려고 내 집에 머물겠다면 순순히 받아들여야 하는 처지였다. 집에 들어오자마자 물건이란 물건은 모조리 헤집는 지유리를 보며 생각했다.

"아, 그러고 보니 오빠 집에는 서프라이즈가 없네."

"딱히 서프라이즈한 일상을 보내지 않으니까. ……이불, 이제 꺼내도 되지?"

"뭐, 자러 온 거나 마찬가지니까. 상관없어."

지유리는 거실에 유일하게 놓여 있는 소파에 앉으며 말했다.

"……그런데 호텔에 묵는 게 낫지 않아? 여기보다. 내 집에서 못 묵게 됐으면 어쩔 뻔했어."

"오빠가 이사라도 가지 않은 한 그럴 일은 없지."

"……아아, 그렇군."

"무엇보다 입시는 체력 승부니까. 편히 머물 공간이 필요하잖아."

내 소파에 몸을 파묻은 채 지유리가 말했다.

"미대 입학시험에서는 뭘 해?"

"음…… 일단 그림을 그려. 이론 시험도 있지만 그건 준비운동이지 뭐."

"준비운동."

"그러니까 별로 신경 안 써도 돼. 데이토 예대 실기는 1, 2부로 나눠서 실시하는데 내일은 A부인 소묘이고, 모레부터는 B부인 유화야. 이틀 동안 진행돼."

그렇구나.

솔직히 놀랐다. 나는 사립대학 문학부 출신이기 때문에 미대 입시 구조를 잘 몰랐다.

"그럼 이제 실기만 열심히 하면 된다는 말인가? 괜찮아 보이네."

"오빠는 일에 집중해. 난 여기서 잠깐 잠만 자는 거니까. 사정 좀 봐줘."

"'사정 좀 봐달라'는 말은 내가 싫은 소리 했을 때나 네가 끈질기게 물고 늘어질 때나 하는 말 아닌가? ……어쩌겠어. 이미 왔는데 뭘."

"그건 그렇고 싫은 눈치인데?"

지유리가 눈을 가늘게 뜨며 말했다.

"아니야."

부정했지만 남들보다 예리한 지유리는 내 마음속 깊은 곳에 존재하는 싫은 감정을 꿰뚫어 봤다.

짐작대로였다.

지유리를 집에 들이고 싶지 않았다.

단순히 동생이 싫기도 했지만 그보다 훨씬 곤란한 이유가 있었다.

그러나 '그렇지 않다'라는 내 말을 일단 믿었는지 지유리가 화제를 돌렸다. 동생의 시선이 TV 앞 게임기로 향했다.

"역시 에너미에서 나온 게임이 많네. 애사심이 투철해."

"응?"

"아니지, 자기 회사에서 출시한 게임은 굳이 돈 내고 안 사도 회사에서 받을 수 있나?"

지유리가 혼자서 이해한 듯 고개를 끄덕였다.

"오빠가 작업한 게임도 있어?"

"아, 아니……. 나는 아직 신입이기도 하고, 저기 있는 시리즈는 전부터 기획에 참여한 사람들이 맡고 있을걸."

"흐음. 아직 제대로 된 업무는 못 맡았구나."

지유리는 아주 조금 실망한 얼굴이었지만 분위기를 바꾸듯 말했다.

"에너미는 역시 대단하네……. 내가 다 자랑스럽다. 게임에 요만큼도 관심 없는 사람이 아닌 이상 다들 알잖아."

"……확실히 그럴지도."

"자랑스러워할 만한 직장이야. 정말 잘됐어."

지유리는 눈을 희미하게 빛내며 나란히 늘어서 있는 게임 소프트를 손가락으로 훑었다. 내가 제작팀의 일원이 되어 그 유명 게임들을 만드는 날을 상상하고 있는 듯했다.

그러나 그런 날은 오지 않는다.

나는 에너미사의 직원이 아니며 그 게임들은 전부 취미로 사 모은 것이기 때문이다.

바로 이 사실을 들키기 싫어서 지유리와 다시는 만나기 싫었다.

이런 상황에 처한 데에는 이유가 있다.

2년 전, 당시 취업 준비를 하던 나는 에너미사에 지원했다. 에너미라고 하면 국내에서도 손꼽는 게임 회사다. 비디오 게임부터 보드게임까지 폭넓게 제작하는 곳이었다. 나는 에너미에서 제작하는 게임의 팬이기도 해서 예전부터 이 회사를 동경했다.

처음 입사 지원을 했을 때는 그저 팬으로서 기념한다는 마음이었다. 그런데 무슨 바람이 불었는지 최종 전형까지 올라갔다. 최종 전형은 직원과의 그룹 토킹으로 진행되었는데 무려 사장까지 직접 보러 온다는 소식을 들었다.

"이런 일이 자주 있나요?"

―아니, 보통은 없는데 사장님이 무슨 일이 있어도 단나이 씨를 꼭 만나고 싶다고 하셔서요. 특별 케이스예요.

수화기 너머 직원도 다소 친근하게 말했다. 면접장에 사장이 온다는 말을 넌지시 전하는 점도 그렇고 자신을 거의 한식구처럼 대우하는 느낌이었다. 인터뷰에서 여러 번 얼굴을 본 적이 있는 그 사장이 나를 만나고 싶어 한다니, 매우 대단한 일이었다.

"오빠, 취직 준비는 잘 돼가?"

바로 그 시점에 지유리가 물었다. 같은 집에 살면서도 이미 그전부터 지유리를 피해 다녔기 때문에 이렇게 대화를 나누는 것도 오랜만이었다.

"엄마가 걱정하던데. 오빠 아직 직장이 안 정해진 것 같다나, 오빠는 역시 하고 싶은 일이 아무것도 없다고."

그 말에 내 속 어딘가에 있던 제어장치가 풀린 것 같았다.

남들 눈에는 취업 준비가 순조롭지 못해 보이거나 하고 싶은 일이 없어 보일지도 모른다. 그런데 그 대단한 에너미의 사장이 내게 기대를 품고 면접장까지 직접 보러 온다고 하지 않나. 나는 두 사람이 미덥지 않다고 치부할 만한 사람이 아니다. 내게도 지유리 못지않게 빛나는 부분이 있다.

그렇게 주장하고 싶어서 미주알고주알 이야기했다.

사실은 어떤지 모르는 수화기 너머의 진의도, 어쩌면 착각일 가족처럼 대해주는 분위기도 전부 말하고 말았다.

그러자 평소에는 쿨하고 속을 알 수 없던 지유리가 그때만큼은 몹시 흥분했다.

"와, 진짜? 대단하다! 거기 디시전 네오 만든 회사지?"

디시전 네오는 나와 지유리가 어릴 적에 빠져 살던 트레이딩 카드 게임*이었다. 여덟 살이던 어린 지유리는 이 게임의 천재였는데, 중학생이었던 나는 매번 지유리의 콤보**에 정신을 못 차렸지만 그래도 무척 즐거웠다.

지유리는 마음에 드는 카드를 베껴 그리면서 자신만의 방식으로 변형해 새로운 카드를 만들었다. 그것이 또 재밌어서 깔깔 웃던 기억이 난다.

그래, 그 무렵만 해도 아직은 순수하게 지유리는 대단하다며 감탄했고 그 아이를 가식없이 좋아할 수 있었다.

"오빠한테 엄청 잘 어울리는 것 같아. 잘됐네."

지유리가 지금껏 본 적 없는 부드러운 미소를 지으며 말했다.

"정말?"

어리둥절하며 물었다. 지유리가 나를 칭찬한 적은 거의

---

* 정해진 규칙에 따라 대전하고, 원하는 카드를 상대와 자유롭게 거래할 수 있는 게임. 트레이딩 카드란 본래 스포츠 선수 등이 그려진 수집용 카드였는데, 카드에 각각 가치를 부여하여 거래할 수 있는 오락용 카드를 만들어 게임으로 즐기는 것이 트레이딩 카드 게임이다.
** 트레이딩 카드 게임에서 카드 2장 이상을 조합해 효과를 극대화하는 것.

없었기 때문이다. 지유리가 조금 착잡한 얼굴로 분명하게 말했다.

"이상하게 생각하지 마. 정말로 그렇게 생각하니까."

최종 전형까지 올라간 것보다 지유리에게 그런 말을 들었다는 사실이 더 기뻤다. 에너미에 입사하는 것은 저 대단한 지유리조차 인정할 만한 성과인 셈이다.

그 무렵에도 지유리는 눈에 띄는 존재였다. 가령 고등학교에 입학하자마자 학생회 가입을 권유받거나 구기대회에서 에이스를 맡았다.

지금 생각해보면 반에서 조금 돋보이는 여자아이의 활약상일 뿐, 전혀 대단한 일이 아니었다. 지유리의 본분은 그림이고, 그 방면의 재능으로 찬양받는 일보다는 괴롭지 않았다.

하지만 나는 그조차 샘이 나서 견딜 수 없었다.

'학생회 가입을 권유받는다고? 학교 드라마 주인공 같네, 엄청 멋지잖아.'

그렇지만 아무리 지유리라도 아직 고등학생이었기에 보여줄 수 있는 활약에 한계가 있었다.

오랜만에 느끼는 우월감과 충족감. 지유리의 인생이 지금은 찬란하게 빛날지 몰라도 어쩌면 나중에는 취업에 실패

할지도 모른다.

그날이 오면 내가 지유리보다 위다.

"뭐, 붙을지 떨어질지는 아직 모르지."

나는 마음에도 없는 말을 하며 지유리를 바라봤다.

이때 면접에 합격했다면 정말 아무 문제도 없었을 터다.

정말로 느낌이 좋았고 사장까지 나를 보러 왔지만 결국 탈락했다. 도대체 나 말고 누가 어떤 이유로 합격했는지 알고 싶을 정도였다. 불합격 통보를 뚫어지게 응시하며 이 글자가 무슨 암호는 아닐지 몇 번이나 확인했다.

면접에서 실수는 없었다고 생각한다. 마음이 여유로웠기 때문에 질문에도 자신 있게 대답했다. 직원도 사장도 미소 지으며 나와 대화했고 어떤 게임을 만들고 싶은지까지 이야기했는데……

막상 면접일 직전까지만 해도 실제로 사장이 나타날지 반신반의했다. 자신을 위해 그렇게까지 시간을 할애할 줄은 상상도 못했다. 그래서 실제로 사장을 만났을 때는 합격을 확신했건만…….

사장이 일부러 나를 만나러 온 사실이 오히려 독이 됐는지도 모른다.

줄곧 동경하던 그 대단한 사람의 눈에 '고작 이런 사람'으로 보인 자신에게 무슨 가치가 있을까? 일반인보다 사람 보는 눈이 훨씬 정확할 인물이 내게 부적격 선고를 내렸다니.

비틀즈 멤버에서 해고당한 피트 베스트*가 떠올랐다. 그는 존 레논에게 예리하지 못하다는 평을 들었고 결국 음악계에서 사라지고 말았다.

아마 에너미의 사장이 내 드럼을 박살 냈으리라.

그러나 최종 면접까지 올랐지만 시시하게 탈락한 사실을 지유리에게는 말할 수 없었다. 자존심 때문이기도 했지만 그보다 지유리를 조금이라도 실망시키고 싶지 않았기 때문이다.

동생에게 솔직하게 말할 수 없으니 부모님에게도 거짓말을 했다. 그동안 속 썩이지 않고 살아온 만큼 아무도 나를 의심하지 않았다. 합격을 기대하지 않았다는 점도 한몫했을 것이다. 아니면 부모님은 게임을 잘 모르니까 '지유리가 신이 나서 떠드는 모습'을 보고 에너미가 얼마나 대단한지 어렴풋이 짐작했는지도 모른다.

나는 몰래 회사의 면접을 보고 도쿄에 있는 비즈니스호텔에 취직했다. 어쩐지 적성에 맞을 것 같은 느낌이 들어서

---

* 비틀즈 멤버로 활동하다가 데뷔 직전에 해고된 드러머.

였다.

독립해서 따로 살면 실제로 내가 어떤 일을 하는지 모를 것이다. 부모님은 에너미의 업무 내용을 모르기에 참견하지 않았고 애초에 지유리와는 최근 들어 대화를 나누지 않았다. 내 거짓말은 들통날 기회조차 없었다.

이렇게 지유리가 갑자기 집에 찾아오지만 않았더라면.

엎친 데 덮친 격으로 오늘은 야간 근무였다.

밤 11시부터 아침 8시까지 근무에 휴게 한 시간까지 알차게 들어 있었다. 일반 회사라면 진작 근무가 끝났을 시간에 출근하는 셈이었다.

지유리는 분명 의아해할 것이다. 게임회사가 그렇게까지 사람을 혹사시키는 곳인지. 아니, 거기서 끝나면 그나마 다행이다. 그러다가 진실을 눈치채면 곤란했다.

그런 줄도 모르고 지유리는 다시 짐을 풀기 시작했다. 갈아입을 옷 등이 든 커다란 배낭에서 모양이 납작한 세련된 가죽 배낭을 꺼냈다. 마치 마트료시카 같았다.

"그 납작한 배낭은 뭐야?"

"첫째 날 소묘 시험 때 사용할 연필이랑 지갑이랑 에너지바를 넣어둔 가방."

지유리가 가방을 열어 보여줬다. 세련되고 스타일리시하

지만 지유리가 말한 물건만 넣어도 꽉 찼다.

"다른 것도 더 챙겨야 하는 거 아냐?"

"수험표는 코트 주머니에 넣어뒀어."

"그런 건 가방에 넣어야지."

"가방은 깜빡할 수 있지만 코트는 안 까먹을 거 아냐. 아직 날이 추우니까. 코트를 안 입고 밖에 나가면 바로 생각이 날 거야."

"그건 그렇지만 누가 깜빡하고 가방을 두고 다녀."

"가끔 그래."

들고 보니 그런 적이 있다. 지유리는 초등학교 1학년 때 란도셀을 집에 두고 학교에 간 적이 있다. 그때 나와 지유리는 1교시를 포기하고 같이 집으로 돌아갔다. 어린 지유리의 손을 붙잡고 집으로 돌아가던 중 이렇게 어린 지유리가 정말로 혼자서 학교에 다닐 수 있을지 걱정됐다.

나는 아무것도 몰랐다.

란도셀을 잃어버렸다고 오빠까지 대동해 함께 집으로 돌아간 지유리가 알게 모르게 주변 사람들에게 사랑받고 있다는 사실을. 그런 지유리가 학교에서 힘든 일을 겪을 리 없다는 것을.

"발걸음이 가벼워야 갈 수 있는 곳도 있으니까."

지유리가 문득 의미심장한 얼굴로 고개를 끄덕이고는 빙 긋 웃었다.

아무래도 내일 시험 준비는 완벽히 끝낸 듯하다. 진심으로 내 집을 본진 삼아 진지하게 시험을 치르려는 것 같았다.

그렇다면 이대로 질질 끌 수도 없는 노릇이다. 나는 결심하고 말했다.

"저기 말이야, 사실 널 우리 집에서 재우는 게 내키지 않는 분명한 이유가 있어."

"……오빠가 나를 싫어하니까?"

지유리가 갑자기 떠올랐다는 듯 내뱉은 말에 등줄기가 서늘했다. 저 말에 얼마나 진심이 담겨 있을까? 나는 당황해 대꾸했다.

"그런 건 아니야."

그러고는 지유리가 먼저 말을 꺼내기 전에 내가 선수를 쳤다.

"사실은…… 내일까지 마무리해야 하는 일이 있어서 회사에 가 봐야 해. ……9시쯤에."

근무 시간에 임박해서 나가면 눈치챌까 봐 굳이 한 시간 이르게 말했다. 아니지, 9시도 너무 늦은 시간일까. 차라리 7시쯤부터 아침까지 회사에 있는다고 하는 편이 자연스러웠을지도 모른다.

지유리는 순순히 내 말을 믿었다.

"그래? 돈 버는 것도 보통 일이 아니구나. 꿈꾸던 일이지만 꿈같지 않네."

이렇게 착실한 길을 걸어왔으니 꿈의 직장이 되는 거라고 아는 척 말하려다가 그만뒀다. 실제로 어떤지도 모르면서 이상한 말을 해서는 안 된다.

그런데 지유리가 말했다.

"그렇게 착실한 길을 걸어왔으니 꿈의 직장이 된 걸지도 모르겠네."

같은 피가 흐르는 사이다웠다.

"그런데 나도 7시 되기 전에 나가야 해."

"시험 전날인데 어디 가려고?"

"모처럼 왔으니 도쿄에 사는 친구랑 밥 먹으려고. 오빠는 언제 집에 와?"

"음……, 아마 아침은 되어야 올 수 있을 거야."

"아침까지 일한다고? 그럼 밤새는 거야? 오빠 일이 기적적으로 순조롭게 끝난다고 해도?"

"응……. 아침까지 걸릴 것 같아……."

왜냐하면 야간 근무니까. 아무리 열심히 일해도 끝나는

시간이 달라지지는 않는다.

그 순간 퍼뜩 떠올랐다. 그러면 시험 첫날 지유리를 배웅하지 못한다. 모레는 낮부터 근무하므로 배웅할 수 있겠지만 이틀째보다 첫날이 훨씬 긴장될 터다.

"첫날이라고 신경 쓸 거 없어. 배웅이니 마중이니 안 와도 괜찮아."

지유리가 단호하게 말했다. 당당한 그 태도에서는 아무런 불안감도 찾아볼 수 없었다.

"……모레는 꼭 배웅할게. 시험에 집중할 수 있도록 최대한 도울게."

"바이크에 올라탄 나를 도끼눈으로 쳐다본 사람치고는 헌신적이네."

"헌신적일 수도 있지, 왜. 아, 맞다, 이거."

나는 품에서 작은 은색 열쇠를 꺼냈다.

"문 잠그고 나갈 거니까 열쇠 줄게."

"괜찮겠어? 오빠 열쇠잖아."

"여벌 열쇠 있어. 그거 하나 너 줄게."

"여벌 열쇠……. 그걸 벌써 줘도 괜찮겠어?"

지유리는 열쇠를 두 손으로 받으며 말끄러미 쳐다봤다. 마치 손바닥 위에 햄스터라도 올려놓은 얼굴이었다.

"왜 여자친구가 보일 법한 반응을 하고 그래."

"아니, 좋아서 그렇지."

지유리는 그렇게 말하며 여벌 열쇠에 커다란 코끼리 캐릭터를 달았다. 5백 밀리리터 페트병과 크기가 거의 비슷한 코끼리를 단 내 여벌 열쇠가 공중에서 달랑거렸다.

"그 정도면 캐릭터가 본체 아냐? 괜찮겠어?"

"상관없어, 이러면 잘 안 잃어버리겠지. 그리고 본체라니. 오빠는 관에 누운 시신을 보고 '와아, 시신을 넣은 관이다!' 라고 말하는 유형은 아니잖아? '관에 들어간 시신이다!'라고 말하지."

"그렇긴 한데……. 그런 셈인가……."

"아무튼 고마워."

지유리가 미소 지었다. 그 얼굴은 나를 해치려는 사람이 아니라 내가 지켜줘야 하는 여동생의 그것이었다.

체면을 차리는 것은 나쁜 일이 아니라고 생각했다. 그렇지 않으면 하루하루 버티기 힘들 때도 있는 법이다. 내가 바로 그런 상태였다. 지유리와 만날 때는 늘 자랑스러운 오빠이고 싶다. 앞으로도 변하지 않을 마음이다.

하지만 막상 그런 생각으로 여동생과 마주하니 내 마음은 너덜너덜 허물어져 거짓과 진실의 경계가 모호해졌다.

친구와 식사하러 간다는 지유리를 배웅하고 적당히 컵라면으로 요기하니 눈 깜빡할 사이에 출근 시간이 됐다.

내가 근무하는 호텔 '엑셀'은 오늘도 이상 없이 영업한다. 게임회사는 아니지만 그래도 내가 좋아하는 직장이었다.

오늘은 투숙객이 많은 듯 프런트가 붐볐다. 도저히 머물수 없을 정도로 너절하지 않으면서도 너무 고급스럽지도 않은 엑셀 호텔에는 다양한 손님이 넘쳐난다. 도쿄로 여행온 듯 보이는 가족, 불안해 보이는 남성(이런 손님은 대부분 밀회를 즐기러 온 부류다), 교복 차림의 여고생도 있었다.

저 여고생도 지유리처럼 입학시험을 치르러 왔을까?

그런 생각을 하니 가슴이 꽉 막히는 기분이었다. 잘되기를 바라지만 지유리와 같은 예대 지원자라면 응원하고 싶지 않았다. 입시란 참 잔인한 제도다. 그런 생각을 하면서 직원실로 향했다.

"단나이, 수고가 많아! 얼굴이 창백해 보이는데?"

사장이자 지배인인 다치키 씨가 오늘도 기운차게 인사했다. 다치키 씨는 예순두 살이지만 먼저 세상을 떠난 남편의 뒤를 이어 엑셀을 운영하는 여장부다. 풍성하게 빛나는 백발에 굵은 웨이브를 넣은, 멋을 아는 사람이었다. 오늘의 립스틱 색은 보라색이다.

"제 얼굴이 창백해요? 밥은 제대로 챙겨 먹었는데요."

"무슨 고민이라도 있어?"

"동생이 대학 입시 때문에 제 집에 묵고 있거든요. 내일이
시험인데……. 그래서 긴장했나 봐요."

"왜 자기가 긴장을 해!"

다치키 씨가 웃었다. 아마도 시험 때문에 긴장했다는 말
로 이해했겠지만 사실은 달랐다. 지유리가 내 집에 머문다
는 사실이 나를 옥죄었다.

"하긴 피를 나눈 동생이니. 걱정될 만하지. 단나이, 전에
도 동생 이야기를 한 적 있지? 동생이 옛날에 운동장 라인
기로 학교에 십자말풀이를 그렸던 일화 말이야."

술자리에서 무심코 꺼낸 이야기를 아직도 기억하는 듯했
다. 나는 씁쓸한 감정을 감추며 대답했다.

"네, 그랬죠……. 고등학교 2학년 때 신입생 환영 목적으
로 그렸어요."

"하지만 너무 커서 칸을 잘 만들지 못하는 바람에 열심히
풀려고 해도 답을 찾을 수 없는 문제가 되었다며."

"세로 여섯 글자의 답은 선샤인(サンシャイン)이었는데 아
무리 세어 봐도 칸이 다섯 개뿐이어서 난리가 났죠."

물론 지유리는 호되게 혼났지만 퇴학이나 정학 처분을

흔한 잠

203

받지는 않았다. 오히려 그 십자말풀이 사건이 지역 신문에 실리면서 SNS에서 큰 화제가 됐다.

담임 선생님이 지유리가 저지른 일을 이런저런 표현으로 조심스럽게 포장해 설명하면서 우리 학교 교풍은 그런 개성 강한 학생을 자유로운 분위기에서 육성한다는 식으로 사건은 마무리됐다.

어디로 튈지 모르는 단나이 지유리의 이름이 긍정적인 쪽으로 영향을 발휘한 결과였다. 생각해보면 그랬다. 지유리가 지금까지 해 온 기행은 오히려 모두가 즐겁게 떠들며 추억할 수 있는 일화가 되어 있었다.

그 일도 축복받은 지유리를 빛나게 하는 일화로 탈바꿈했다. 지유리는 매 순간을 아름다운 전기의 한 페이지로 바꾸며 마음껏 달려왔다.

"재미있는 아이네. 이름이 뭐라고 했지?"

"지유리입니다."

"그래, 맞아 지유리千百合. 자네 이름은 단나이 가즈히사一寿지. 일一과 천千이네."

"동생과는 구백구십구 만큼 차이가 나네요."

그 숫자가 바로 나와 지유리의 주목도를 나타내는 것만 같았다.

학교 운동장에 십자말풀이를 그린다. 나도 생각해낼 수 있을 법한 절묘한 라인. 만약 내가 먼저 떠올려 실행에 옮겼다면 신문에 실린 것은 내 이름이었겠지.

"자, 동생을 위해서라도 힘내야겠네."

"네."

내가 열심히 일하는 것과 지유리의 시험이 무슨 상관인가 싶으면서도 대답했다. 만약 그 둘 사이에 관계가 있다면 오늘 나는 열심히 일하기 싫었다.

그런 생각을 하고서 스스로도 놀랐다.

나는 지유리가 데이토예술대학에 합격하지 않기를 바란다.

다치키 씨의 말이 씨가 됐는지 오늘 호텔은 손님으로 붐볐다. 사람들이 연신 프런트로 찾아왔고 로비에서 대화를 나누는 손님도 많아서 전체적으로 북적북적했다.

나는 정신없이 손님을 응대했고 내선으로 요청이 들어오면 LAN 케이블을 들고 달려갔다. 오늘 하루만 해도 객실과 프런트를 얼마나 오갔는지 모르겠다.

엘리베이터 이용자도 많아서 나중에는 계단으로 오르락내리락했다. 숨을 헐떡이며 오늘 상황이 정말로 지유리의 합격과 연관 있을지도 모른다고 생각했다.

바로 그때, 층계참에서 모자와 마스크, 선글라스로 얼굴을 가린 여자가 스쳐 지나갔다.

키가 꽤 컸다. 지유리보다 머리 반쯤은 더 커 보였다. 투숙객 같지는 않고 사적인 방문객이거나 업무차 방문한 손님이리라. 이 호텔에는 비즈니스 관계자도 많이 드나든다. 가끔은 교체된 담당자와 마주치기도 한다.

하지만 일부러 계단을 이용하는 사람은 드물었다. 터무니없는 가격표를 떼지도 않은, 번쩍번쩍 빛나는 새 토트백을 흔들던 여자가 화들짝 놀란 모습으로 나를 쳐다본 것 같았다. 사실 표정 따위 보지 못했으니 그저 느낌일 뿐이었다.

이렇게까지 수상한 차림으로 보통 손님들은 사용하지 않는 계단을 굳이 이용하는 사람은 누구일까?

그러나 내가 추측하기 전에 여자가 먼저 허둥지둥 뛰어내려갔다.

몇 초 동안 멈춰 서서 멀어지는 발소리를 들었다.

그러다가 투숙객이 가습기를 기다린다는 사실이 떠올랐다. 여자는 곧바로 기억에서 사라졌다.

자정을 지날 무렵 마침내 상황이 진정됐다. 체크인하는

투숙객이 줄어들었고 방에 머무는 손님도 잠들었기 때문이다. 내선으로 호출하는 손님도 없다시피 해서 이 틈을 타 비품을 정리하고 프런트를 청소했다.

그때 갑자기 유니폼 주머니에 넣어둔 휴대폰이 진동했다.

지유리의 전화였다. 심지어 내가 알아차리지 못한 사이에 부재중 전화가 두 통이나 찍혀 있었다. 나는 아무 생각도 못하고 지유리의 세 번째 전화를 받았다.

무슨 일이라도 생긴 걸까?

"여보세요, 지유리?"

─오빠? 드디어 받는구나…….

"미안, 좀 바빠서…….”

목소리를 낮추며 말했다. 통화를 짧게 끝내려고 용건을 물으려는데 다치키 씨의 목소리가 쩌렁쩌렁 들렸다.

"단나이? 단나이? 미안한데 501호 말이야!"

황급히 휴대폰 송화부를 손으로 막았다. 내가 어디에 있는지도 모르면서 큰소리로 계속 말하는 다치키 씨가 대단했다. 강적이다.

─오빠?

전화 너머에서 지유리가 다시 불렀다. 대답하려는 순간 땀을 뻘뻘 흘리는 남자가 프런트로 달려왔다.

"죄송합니다! 조금 문제가 생기는 바람에 너무 늦었네요. 앗, 미쓰이라는 이름으로 예약했습니다!"

"네, 괜찮습니다. 어서 오세요!"

나를 부르던 다치키 씨는 땀투성이가 된 남자를 응대하기 시작했다. 간발의 차로 위기에서 벗어났다⋯⋯고 할 수도 없었다. 다치키 씨의 목소리가 여전히 주변에 쩌렁쩌렁 울렸기 때문이다.

─오빠? 아까부터 왜 그래?

큰일 났다. 이대로라면 거짓말을 들킨다. 지유리는 이상할 정도로 눈치가 빨라서 어쩌면 알아차릴 수도 있다.

"미안! 잠깐만 기다려! 전화가 잘 안 터지는 것 같으니 자리 좀 옮길게!"

나는 작정하고 청소용 마스터키를 챙겨 빛과 같은 속도로 2층 객실로 달려갔다. 그리고 욕실로 뛰어 들어가 샤워기를 틀었다.

쏴아아아아.

물이 쏟아지는 소리가 울리는 것을 확인하고는 말했다.

"지유리, 무슨 일이야? 갑자기 전화해서 깜짝 놀랐잖아."

─아아, 응⋯⋯. 일하는 중에 미안해. 심지어 중요한 일을 하고 있는데.

"괜찮아. 신경 쓰지 마. 용건이 뭔데?"

—용건이라고 해야 하나…….

지유리가 말끝을 흐렸다.

말하기 난감한 일인가?

시간이 조금 흐른 후에 지유리가 조심스러운 목소리로 말했다.

—내 착각인가 싶지만…… 전화에서…… 물소리가 나는데…….

"물소리? 폭포인가."

—폭포? 웬 폭포?

의아한 목소리. 실수였다.

"미안, 폭포는 아니고……."

—아, 목욕해? 목소리가 울리는데…… 어? 지금 일하는 시간 아니야? 그런데 웬 목욕!?

"그럴 때도 있지."

등 뒤로 샤워기를 틀어놓은 채로 억지를 부렸다. 지유리의 성격상 슬슬 집요하게 따져 물으리라 생각했는데 의외로 순순히 대답했다.

—그러기도 하는구나.

궁금한 점은 늘 직성이 풀릴 때까지 물고 늘어지는 지유리가 이렇게 쉽게 넘어가다니 드문 일이었다.

그래서 알아차렸다. 지유리의 목소리가 희미하게 떨린다는 사실을.

지유리는 불안에 떨고 있었다.

무서운 것 없는 이 아이도 대학 입학시험 전날 밤에는 은근히 불안감을 느끼는구나. 지금 분명 잠 못 이루는 밤을 보내고 있을 터였다.

시험 전날 밤이니 오늘만큼은 근무 일정을 조정해서라도 동생 곁에 있어줘야 했는지도 모른다. 그러지 않은 이유는 일이 중요한 것 이상으로 지유리가 껄끄러웠기 때문이다. 내심 불합격을 바라는 마음도 있기 때문이었다.

하지만 그런 생각은 불안에 떠는 지유리의 목소리를 듣는 순간 펑 하고 사라져버렸다. 그리고 스스로도 신기할 정도로 동생이 걱정됐다. 긴장해서 시험을 망치면 어떻게 하나 걱정될 정도였다.

등 뒤에서 들리는 샤워기 소리가 빗소리 같았다.

지금 당장 퇴근해야 하나?

아니, 그보다 지금 당장 무슨 말이라도 해야지.

"지유리."

—응?

지유리가 전화 너머에서 숨을 삼켰다. 샤워기에서 쏟아지는 물줄기에 바지가 대책 없이 젖었을 때쯤 말했다.

"……넌 잘할 거야. 뭐든 잘하는 아이잖아. 나는 매번 너한테 놀라거든. 네 모습을 있는 그대로 보여주면 어떤 일이든 다 잘 될 거야. 넌 아무 문제 없으니까 걱정하지 마."

—진짜? 정말로 그렇게 생각해?

"그럼. 너라면 뭐든 잘할 거야."

혼자서 미술부 선배들의 콧대를 꺾은 지유리를 기억한다. 그 시절 눈부셨던 모습만 간직하고 있다면 지유리가 못 할 일은 없다.

"그러니까 마음 놓고 얼른 자. 푹 안 자면 아무리 대단한 너라도 그림 못 그린다?"

—……응, 그렇지. 알겠어. 오빠 말 들을게. 나 이만 잘게, 오빠.

"잘 자."

그렇게 전화를 끊었다. 샤워기도 껐다. 서둘러 옷을 갈아입고 업무에 복귀해야 한다. 지유리를 홀로 남겨 두면서까지 출근했으니 아무 탈 없이 끝까지 일해야 한다.

하지만 그러지 못했다. 근무를 무사히 마치지 못했다.

내가 일하는 호텔에서 무려 사람이 죽었기 때문이다.

퇴근 시간은 오전 8시다.

그러므로 아무리 용을 써도 지유리를 제때 시험장까지 바래다줄 수 없다. 부족하지만 라인(LINE)으로 '힘내'라는 격려 메시지를 보냈다. 지유리는 읽지 않았다. 집중했을지도 모르는데 괜한 짓을 했다.

시험은 오후 3시에 끝나니까 선잠을 자고서 지유리를 데리러 가면 딱 맞겠지.

그러나 내 계획은 깨끗이 좌절됐다.

"미안해 단나이! 마카베 씨네 아이가 갑자기 입원했다나 봐! 혹시 11시까지 일해 줄 수 있어?"

다치키 씨가 진심으로 미안한 기색으로 부탁했다. 마카베 씨는 나와 교대 근무할 직원이었다.

"마카베 씨네 남편이 조퇴한다니까 점심 지나고서는 출근할 수 있을 것 같은데……."

"네!? 아……, 사정이 그러면 당연히 제가 남아야죠. 그런데 오후에는 출근해도 괜찮대요? 남편분이 조퇴한다고 해도 아이를 간호해야 하지 않나……. 아무래도 걱정될 텐데요."

"하지만 아무리 애를 써도 오늘 손이 부족할 것 같아서……. 자기도 눈 좀 붙여야지. 야간 근무했는데 시간 외

근무까지 해야 하잖아."

"하루쯤은 안 자도 괜찮을 거예요."

"그래도 역시 손님들 앞에서는 티 나지 않았으면 좋겠어. 그건 싫으니까. 무리한 부탁이지만 감당할 수 있을 정도로만 부탁해요."

"정말 괜찮습니다."

그렇게 말하면서도 지유리를 생각했다. 선잠을 자지 않고 지유리를 마중 나가도 괜찮을까. 하지만 상황이 이러하니 도리가 없었다.

차례차례 업무를 처리하는데 아르바이트 직원인 미즈하시가 출근했다. 호텔은 체크아웃이 몰리는 오전에도 매우 분주하다. 미즈하시는 손님이 떠난 방을 청소하는 일을 맡고 있다. 가장 바쁘고 고된 일이었다.

그래서 그런 미즈하시가 곤란한 얼굴로 "단나이 씨, 확인해주셨으면 하는 게 있는데요"라고 부탁했을 때 거절할 수 없었다.

"305호에 체크인한 노무라 씨가 10시에 체크아웃해야 하는데 아직도 방에서 나오지 않아서요. 벨을 눌러도 아무 응답도 없고……."

"이런, 그냥 늦잠이면 좋겠지만 벨을 눌러도 안 나오면 약을 했을 수도 있잖아."

다치키 씨가 불길한 말을 했다. 과거에도 비슷한 사건이 있었기 때문에 웃을 수 없었다. 호텔이라는 밀실에서는 어떤 일이든 일어날 수 있다.

"알겠어. 제가 보고 올게요."

"아니야, 문제가 심각해질 수도 있으니 나도 같이 가. 그 대신 미즈하시가 프런트 보고 있어."

다치키 씨가 마스터키를 집어 들고 엘리베이터에 올라 탔다.

"다치키 씨가 가시면 저는 안 가도 되지 않을까요?"

3층 버튼을 누르면 말했다.

"으음……."

다치키 씨가 고민스러운 소리를 내더니 말했다.

"그렇기는 한데 왠지 예감이 안 좋아서."

"예감이 안 좋다고요?"

"약에 취한 약쟁이가 방에 있던 때와 같은 예감이 들어."

"노무라 씨가 그런 느낌이었어요?"

"아니, 전혀. 오히려 상당히 말쑥한 신사였지."

다치키 씨가 305호의 벨을 눌렀다. 하지만 여러 번 눌러도 대답은 없었다.

"실례합니다! 손님? 괜찮으십니까? 문 열고 들어가겠습니다."

다치키 씨가 노크하며 크게 소리쳤다. 그렇게까지 했는데도 노무라 씨는 아무 반응이 없었다. 다치키 씨가 한숨을 쉬며 마스터키를 꽂았다.

"깊이 잠들었을 수도 있죠."

"그런 거라면 다행인데."

다치키 씨가 중얼거리는 동시에 305호 문이 열렸다.

문제의 노무라 씨가 묵은 방은 트윈룸으로 침대가 두 개였다. 그 두 침대 중 문에서 가까운 침대에 노무라 씨가 누워 있었다. 큰대자로 누운 노무라 씨에게서 관록이 느껴졌고, 목구멍에 박혀 있는 칼 같은 것만 없으면 잠든 사람처럼 보였다. 그 은색 날붙이만 없었다면.

"뭐, 뭐야 저게……. 설마, 주, 죽었나?"

다치키 씨는 비명을 지르지 않았다. 오랫동안 호텔을 운영하면 어떤 상황에도 침착하게 대처할 수 있는 기술이 생기는지도 몰랐다. 다치키 씨의 떨리는 목소리조차 오늘 처음 들었다.

기이한 광경이었다.

노무라 씨는 방을 꽤 깔끔하게 쓰는 유형인 듯 물건이 가지런히 정돈되어 있었다. 다른 방보다 청소하기 수고스럽지 않은, 호텔 입장에서는 기꺼운 부류였다. 그렇기에 오히려 죽은 채로 아무렇게나 방치된 노무라 씨가 이상하게 눈에 띄었다.

"범인은 진작 도망갔나 보네. 숨을 곳이 있는 방은 아니니. 어딘가로 사라졌겠지."

"밖으로 나갔겠죠……? 이것 좀 보세요, 이게 있으니까."

305실 창문을 열어 보니 바로 옆에 비상계단이 있었다. 조금 위험한 경로지만 이 계단을 이용하면 쉽게 밖으로 나갈 수 있으리라. 이러니저러니 해도 지금까지 무전숙박 하려는 투숙객이 없었기에 그대로 방치하던 길이었다.

"아아 내가 못 살아, 정말. 경찰…… 경찰에 신고해야지."

"그러니까요……."

"우리 호텔 지금 위기라고. 위기."

다치키 씨가 분통을 터뜨리며 말했다. 시신을 발견해서 충격을 받기도 했지만 무엇보다 호텔의 앞날이 걱정인 듯했다. 다치키 씨는 머리를 마구 흐트러뜨리면서도 휴대폰으로 방 사진을 찍었다.

"뭐 하세요?"

"경찰이 방을 뒤집어놓기 전에 사진을 찍어놓지 않으면

보험회사에 보험금을 청구할 수 없을지도 몰라. 그런데 살인사건이면 어떤 걸로 보험을 받을 수 있지?"

　신고한 지 20분도 지나지 않아서 경찰이 대거 들이닥쳤다. 우왕좌왕하는 사이에 305호가 봉쇄되고 조사가 시작됐다. 호텔은 정상 영업해도 된다고 했지만 체크아웃을 한 뒤에도 남아 있던 투숙객들은 불안해하며 술렁거렸다.

　다치키 씨는 경찰에 무언가 이야기를 하고 있었다. 이런 상황에서는 대개 피해자가 체크인했을 때나 발견 당시 상황을 반복해서 설명할 것이다. 호텔 CCTV는 프런트 카운터를 찍는 한 대와 엘리베이터 안, 그리고 각 층 엘리베이터 앞에만 설치되어 있어서 그 부분을 추궁당하는 듯했다. 하지만 어쩔 수 없는 노릇이었다. 다치키 씨도 살인사건이 일어날 줄 알았다면 CCTV를 여기저기 많이 설치했을 터다.

　시간은 이미 12시를 넘었다. 원래라면 퇴근했을 시간이지만 지금은 칼같이 퇴근하기에도 난처한 상황이었다. 그러나 더 늦으면 지유리를 제때 데리러 가지 못할 것이다.

　살인사건이 일어났는데 동생 마중을 더 신경 쓰는 내가 이상할까?

　안절부절못하며 시계를 흘끔거리는데 타이밍 좋게 다치

키 씨가 뒤돌아봤다. 그리고 경찰에게 말했다.

"저기, 저 친구는 돌려보내도 될까요? 야간근무하느라 밤을 꼬박 샜거든요. 저 상태로 조사받기는 힘들 것 같아요. 단나이 씨는 계속 프런트를 지켰습니다."

뜻밖의 지원사격이었다. 경찰들은 무언가 대화를 나누더니 이내 고개를 끄덕였다.

"감사합니다, 다치키 씨."

"자기를 더 붙잡고 있기에도 민망하니까."

그렇게 말하며 내 등을 토닥였다.

근무하는 호텔에서 살인이 발생했지만 밤샘 근무를 이유로 풀려났다. 내가 거의 프런트에만 있었다는 증언에 무게를 둔 판단일 수도 있지만 어쨌든 고마웠다. 이로써 지유리를 데리러 갈 수 있게 됐다.

서둘러 집에 돌아가 갈아입을 옷을 찾아 헤맸다. 이때가 오후 2시 30분. 30분 뒤에 시험이 끝난다. 다행이다, 늦지 않겠다.

지유리는 의외로 방을 깨끗하게 사용해서 나갈 때 본 모습과 거의 다르지 않았다. 오도카니 앉아 있는 코끼리 캐릭터가 '수고했어, 어서 와'라고 말하는 듯했다.

우선 샤워를 했다. 샤워기에서 쏟아지는 뜨거운 물에 조금 전 시신을 목격한 충격도, 지유리의 시험 때문에 불안한 마음도 함께 씻겨내려가는 듯했다. 잠을 자지 못해 머리가 다소 멍한 것이 오히려 좋은 완충재 역할을 했을지도 모른다.

옷을 갈아입고 라인 메시지를 확인했다.

—데리러 갈까? 택시로.

이렇게 보냈던 메시지에 답장이 온 참이었다.

—응. 방금 끝났어. 지금 와. 그 바이크 타고 싶어.

—나 퇴근하고 와서 아직 한숨도 못 잤는데.

—사고 나기 딱 좋네.

—농담 아니야.

지유리는 곧바로 메시지를 확인했지만 답장하지 않았다. 머리를 말리며 스스로에게 물었다. 앞으로 한 시간 정도면 조금 더 힘을 낼 수 있을까. 지유리를 태운 채 사고를 낼 수는 없다. 그런 생각을 하니 갑자기 정신이 말똥말똥해졌다. 갈 수 있다.

조금 검색하니 데이토 예대는 집보다 엑셀 호텔에서 더 가까웠다. 옷을 갈아입지 않고 호텔에서 바로 출발하는 편이 좋았을지도 모른다.

—20분 정도 걸릴 것 같아.

지유리는 이번에도 곧바로 메시지를 확인했지만 답장하지 않았다. 이모티콘을 쓰는 성격도 아니었다. 나는 문을 닫고 본네빌에 올라탔다.

　동생이 나를 기다린다.

　우뚝 서 있는 데이토 예대는 생각보다 컸다. 캠퍼스가 상당히 넓어 보였다. 정문 앞에서는 학교 건물조차 잘 보이지 않았다. 지유리는 존재 자체가 화려하니 못 보고 놓칠 리 없고, 여차하면 휴대폰도 있다. 만나지 못할 이유가 없지만 지유리와 영원히 만나지 못한다고 생각하면 등골이 서늘했다.

　역시, 지유리를 금방 발견했다. 멀리서도 한눈에 알아봤다. 왜인지 종종걸음치는 모습 때문에 인파 속에서도 눈에 띄었다.

　지유리는 후드집업에 더플코트를 받쳐 입었다. 코트 단추를 단단히 잠가서 정확히는 모르겠지만 후드가 살짝 나온 모습을 보아 확실히 교복은 아니었다. 교복 차림으로 시험을 치른다더니 어떻게 된 일일까. 재수생 주제에 교복을 입기 창피해졌을지도 모른다. 다행이라고 속으로 중얼거렸다.

　신기한 일이었다. 지유리의 얼굴을 보자마자 내 안에 있던 지유리를 향한 걱정과 오빠 노릇을 해야 한다는 다짐이

삽시간에 시들어버렸다.

지유리는 내게 지나치게 눈부신 동생이자 꼴도 보기 싫은 존재였다.

내가 바이크를 끌고 마중 온 사람은 전화 너머에서 불안에 떨던 지유리다. 이 지유리가 아니다.

무슨 까닭인지 지유리는 마법에서 풀려난 나를 향해 기분 좋게 다가왔다. 한치도 망설이지 않고 걸어와 신이 난 듯 헬멧을 들었다.

"고생했어. 시험은 어땠어?"

"데리러 와줘서 고마워. 이렇게까지 신경 써주다니."

"기특한 말도 할 줄 아네."

시험이 어땠냐는 물음에는 답하지 않았지만 분위기를 봐서는 잘 마무리한 듯했다. 어쩌면 평소처럼 자신감을 되찾은 지유리에게는 시험 결과를 묻는 일조차 촌스러웠을지 모른다.

"저기……, 옷은?"

"옷?"

"교복 입고 간다며."

"아……."

지유리가 더플코트의 단추를 만지작거렸다.

"이왕이면 마지막 날 입을까 싶어서. 그날은 앞치마도 안 하고 그 검은색 세일러복에 물감 덕지덕지 묻힐 거야."

"아, 그렇구나."

내가 대수롭지 않게 대답하자 지유리가 말없이 엄지손가락을 치켜세웠다. 헬멧이 잘 어울렸다.

"꽉 잡아. 위험하니까."

"오케이."

본네빌에 올라탄 지유리가 나를 꼭 껴안았다. 뒤에 사람을 처음 태운 것은 아니다. 뒷자리에 탄 사람이 이렇게 뒤에서 나를 안은 적이 몇 번 있다.

그런데 이번에는 가족을 태워서 그런지 껴안는 힘이 묘했다. 지유리는 거침없이 나를 꼭 껴안았다. 그 힘이 내장을 압박하는 수준이어서 속이 조금 울렁거렸다. 지유리는 거리낌이 없다.

"역시 집이 최고다."

지유리가 집에 들어가자마자 말하며 만족스러운 미소를 지었다.

여기는 네 집이 아니라 내 집이라고.

불퉁하게 대꾸하고 싶었다. 지유리에게 품었던 자애로운

당신에게 보내는 도전장

222

마음이 흔적도 없이 사라졌다. 지금은 그저 지유리가 하루 빨리 본가로 돌아가는 날만 기다릴 뿐이었다.

그렇게 손을 씻고 이런저런 일을 하는데 다치키 씨에게서 전화가 왔다.

"네, 단나이입니다."

—아! 받았다! 자기가 퇴근한 후에 큰일이 있었어. 드디어 전화를 받는구나! 피해자가 데이토 예대 교수래. 아마 노무라 신이라고 검색하면 유튜브에 인터뷰 같은 게 뜰 것 같은데.

"네?"

데이토 예대.

그 이름에 움찔 몸이 떨렸다. 조금 전까지 내가 있던 곳이다. 지유리를 데리러 갔던 동경하던 미대. 그 대학 교수가 입학시험 전날 살해당했다? 내가 근무하는 호텔에서? 우연치고는 너무 절묘하지 않은가.

지유리가 데이토 예대의 입학시험을 치르는 사실을 모르는 다치키 씨는 별다른 의도 없이 계속 말했다.

—그런 대단한 사람이 우리 호텔에 묵다니 대단하지? 이게 어쩐 일이래, 갑자기 호텔 등급이 올라간 것 같네.

"그래 봤자 사람이 죽었잖아요……."

흔한 잠

―자살 처리되지 않을까……. 아무래도 살인이 발생한 방보다 자살한 방이 그나마 낫잖아?

다치키 씨가 대수롭지 않게 말했다. 이것이 경영자의 힘일까.

"……그렇게 칼을 꽂아서 자살하는 사람도 있어요?"

―칼이 아닌가 봐. 페이퍼 나이프라던데.

흉기가 무엇이든 목을 찔렀다는 사실은 변하지 않는다. 게다가 페이퍼 나이프라서 오히려 더 자살 같지 않았다.

―찌른 뒤에 흉기를 빼지 않아서 출혈이 거의 없었다나 봐. 노무라 씨도 똑똑하네. 칼을 빼면 피가 뿜어져 나오니까 자기가 죽는다는 걸 알았을 테니. 그래도 결국 죽었지만. 우리 입장에서는 배려 있는 손님이지.

맞는 말이었다. 매트리스까지 피로 푹 젖었으면 침대를 통째로 교체해야 할 것이다. 아니, 애초에 사람이 죽은 침대이니 어쨌거나 바꾸는 편이 좋을 테지만.

다만 트윈룸인 305호는 싱글베드가 두 개다. 다소 부자연스러워도 침대 하나를 빼고 싱글룸으로 운영하는 편이 나을 수도 있다.

그런 생각을 하는데 다치키 씨가 생각지도 못한 이야기를 했다.

—하나는 시신이 누워 있던 침대, 하나는 살인범이 누운 침대니까 그 방을 쓰기는 힘들겠지?

"네?"

　—그게 말이야, 나머지 한 침대에 누가 누웠던 흔적이 있대. 당연히 범인 아니겠어?

"누가 누웠던 흔적이요?"

　—푹 잤나 봐. 아마 일곱 시간쯤은 잤을 거야.

　다치키 씨가 신의 계시처럼 말했다. 마치 직접 보고 온 사람 같은 말투였다. 호텔에 관한 이야기라면 다치키 씨는 그 정도로 단언해도 된다.

"그럼 범인이 호텔에 묵었단 말이네요? 자고 일어나 이른 아침에 둘이 싸우다가 찔렸다는 말인가요?"

　—역시 새벽은 마의 시간인가 봐. 남자와 여자가 싸운다면 꼭 그 시간이라니까.

　그렇다면 범인과 노무라 교수가 각자 침대에서 자다가 어떠한 일로 새벽에 서로 실랑이를 벌이던 중 노무라 교수가 살해당했을까. 하지만 내 짤막한 추측은 깨끗하게 부정당했다.

　—보통 그렇게 생각하잖아? 그런데 노무라 씨가 사망한 시간이 자정쯤이래.

"네? 그럼……."

―범인이 침대에서 잔 것은 살인 전이 아니라 후라는 말이지. 자고 일어나서 다툰 게 아니야. 죽인 다음에 그 침대에서 잤지. 시신이 있다는 사실을 알면서도 잤다니까? 어마어마하지?

누구나 당연히 그렇게 생각하리라. 보통은 시신이 있는 곳에서 자지 않으니까. 사람을 죽이고 기진맥진해서 잠든 킬러가 나오는 영화가 떠올랐다. 하지만 현실은 그런 느와르 세계와 다르지 않나.

"정말로 거기서 잤다고요?"

―경찰이 대화하는 걸 들으려고 귀를 얼마나 쫑긋 세웠는데. 그리고 베개에 침을 흘린 흔적도 있다나 봐.

"네? 침이요……?"

언뜻 황당한 이야기였지만 나도 잘 때 자주 침을 흘리고 지유리도 어떨 때는 침으로 베개를 적시기도 한다. 그 사실을 지유리에게 지적하면 불같이 화를 내니 말하지 않을 뿐이다.

"침으로 범인을 찾을 수는 없나요?"

―자네 미스터리 소설 같은 거 안 읽어? 침으로 알 수 있는 건 고작 혈액형 정도래. 그걸로는 범인이 누군지 알 수

없을걸.

"아, 그거 무슨 만화였죠? 만화에서 본 적 있어요."

내가 말하자 왜인지 다치키 씨가 낮게 속삭였다.

―그리고 땀도 흘린 것 같던데.

"아아…… 그래요? 그러면…… 그건 범인을 찾는 데 도움
이 되겠네요."

―하지만 범인이 치밀한 사람인지 돌돌이로 머리카락 같
은 건 다 치웠나 봐. 그럴 거면 차라리 자지를 말던가. 왜 굳
이 시신 옆에서 잤을까…….

"그 점이 확실히 마음에 걸리네요……. 애초에 호텔 방에
서 땀 줄줄 흘려가며 자지 않았으면 됐을 텐데……."

―내 생각에는 역시 시신 옆에서 자는 게 범인에게 중요
한 일이었을 것 같아.

"……그건 무슨 주장이죠?"

―……내 견해랄까?

전화 너머에서 다치키 씨가 "으음" 소리를 냈다. 마치 명
탐정이라도 된 듯했다. 범인이 자고 갔다는 사실도 간파했
으니 다치키 씨는 호텔 전문 탐정이 될 수 있을지 모른다.
이 사건을 다치키 씨가 화려하게 해결하는 모습이 머릿속
에 그려졌다.

"그러고 보니 근무 중에 이상한 사람을 봤어요. 계단에서 얼굴을 가린 여자와 마주쳤거든요."

—뭐? 그거 범인 아냐?

"그 사람이 범인이라면……. 글쎄요, 어떨는지. 수상하긴 수상하지만."

하지만 그렇다면 노무라 교수 살해 시간과 맞지 않는다. 고민된다.

—아, 맞다. 퇴근하고 잠은 좀 잤어?

"아……, 결국 못 잤어요. 동생을 데리러 가느라."

—그러면 안 된다니까! 얼른 자! 내일도 출근해야 하는데 얼마 못 자면 안 되지. 오전 출근이잖아.

"내일 근무에는 지장 없도록 할게요."

—아무튼 조만간 경찰과도 이야기해야겠지. 푹 자둬. 살인범도 잠을 자는 판국에.

묘한 충고를 마지막으로 전화를 끊었다.

그러고 보니 졸음이 몰려왔다. 지유리의 얼굴을 보고 안심한 이유도 있을 테지. 하지만 이대로 잠들기 전에 한 가지 알아둬야 할 일이 있다. 검색창에 '노무라 신'을 입력했다.

데이토 예술대학, 노무라 신 교수. 유화 전공. 첨단예술학과 소속.

나는 잘 모르지만 인터넷에 이렇게나 떡 하니 이름과 얼굴이 공개되어 있다면 아마 유명인이자 대단한 사람일 것이다. 게다가 첨단예술학과 교수니 지유리가 순조롭게 합격하면 이 교수 밑에서 배웠으리라.

노무라 교수가 첨단예술학과 입학시험에 관여하지 않았을 가능성은 작았다.

시험은……, 시험은 어떻게 될까?

지유리의 인생이 걸린 입학시험이 중단된다면 그 아이는 또 이집트로 날아갈까?

"오빠, 무슨 일이야?"

지유리가 의아한 눈으로 쳐다봤다.

"저기……, 시험은 별일 없었어? 시험을 중단하니 마니 하는 안내방송이라든가……."

"응? 딱히 없었는데. 엇, 뭐야? 오빠 데이토 예대 관계자야?"

"그건 아니고……."

그렇다면 교수 한 명이 사망해도 입학시험에는 아무런 영향이 없다는 뜻인가.

"좀 이상한데?"

지유리가 눈을 가늘게 뜨고 나를 지그시 응시했다. 말 없는 추궁에 가시방석에 앉은 것 같았다. 그렇다고 솔직히 말하면 내가 직장을 속였다는 사실을 들키고 만다. 어떻게 해야 좋을까. 지유리가 말하지 않는다는 것은 교수의 사망이 입시에 특별한 영향을 미치지 않는다는 뜻으로 받아들여도 괜찮을까.

"진짜, 뭐야?"

"아니, 별다른 일 없었으면 됐어. 네 시험이 너무 걱정되니까 그렇지. 무슨 일이라도 생기면 어쩌나 싶어서."

"아무리 봐도 이상해."

"맞다. TV 틀까? 집에 오자마자 TV를 안 틀면 허전하단 말이야."

나는 마음을 바꿔서 TV를 틀기로 했다. 만약 호텔에서 일어난 사건이 뉴스에 나온다면 그것을 핑계 삼아 노무라 교수 이야기를 꺼낼 수 있다. 살인사건이 어떤 절차로 보도되는지는 모르지만 뭐든 뉴스에 보도되는 세상이다. 분명 방송에 나올 것이다.

예상대로 사건은 자막과 함께 속보로 보도됐다.

―피해자는 50대 남성으로 보이며

피해자의 이름은 아직 보도되지 않았다. 데이토 예대 교수라는 사실도 알려지지 않은 듯했다. 이렇게 어중간해서야 이야기를 꺼내기 어려웠다.

무엇보다 이 이야기를 꺼내도 괜찮을까 싶었다. 내 직장이 이렇게나 떠들썩하게 보도된다는 것은 언론도 호텔에 자주 드나든다는 의미였기 때문이다. 그렇다면 호텔에서 일하는 나를 엉뚱한 타이밍에 지유리가 발견할 수도 있다. 여러 가지 의미로 난감했다.

어쩌면 좋지?

차라리 다 말하는 편이 좋을까?

하지만 그러면 지유리가 나를 경멸할지도 모른다. 혹은 불같이 화낼 수도 있다. 게다가 창피했다. 사장이 면접장에 직접 온다더니 결국 탈락했다고 생각할까 봐 싫었다. 상상만으로도 얼굴이 화끈거렸다.

아니면 아무 말 하지 않을 수도 있다. 거짓말한 나를 측은히 여겨 어색하게 시선을 피할 수도 있다.

아아, 알겠어. 하긴 오빠는 고등학생 때부터 그랬잖아?

"오호, 살인사건이네. SNS에서 난리가 났겠네."

그런 나를 신경 쓰지 않는 지유리는 손에 든 스마트폰을 만지작거렸다. 십중팔구 사건을 검색하고 있을 터다. 오늘따라 유난히 행동력이 좋았다. 언제부터 그렇게 살인사건에 관심이 있었다고. 그러나 검색하는 손놀림을 저지하지 못했다.

"……뭐가 좀 나와?"

"으음, 별다른 정보는 없는 것 같아. 사건 현장인 호텔 사진을 올린 구경꾼은 많은데 죄다 외관 사진뿐이야."

지유리는 내게도 화면이 보이는 자세로 사진을 넘겼다.

"이거 봐, 사건이 발생한 호텔이 잘 보이네. 외관뿐이지만."

"진짜네……."

익숙한 곳이기에 즐거움도 놀라움도 없었다. 지유리의 손가락이 화면 위를 오갔다. 그러다가 갑자기 소리를 냈다.

"아."

"왜 그래?"

"본네빌이다."

호텔 뒤쪽을 찍은 사진에 경찰 관계자 몇 명과 경찰차, 그리고 조금 전 지유리를 태운 본네빌이 여 보란 듯 찍혀 있었다.

발상력과 행동력으로 명성을 떨친 지유리는 중학교에 입학할 무렵 외모로도 유명했다.

솔직히 지유리는 예쁘다.

내가 아버지의 외모를 물려받아 평범한 반면 지유리는 어머니를 닮아 예쁘다. 곰곰이 생각해보면 초등학생 무렵에 여러 사람에게 사랑받았던 이유가 그 외모 덕분인 것 같지만 보통은 자기 가족이 얼마나 예쁜지 금방 알아차리지 못하는 법이다.

세상은 SNS 전성기, 온 국민이 카메라맨인 시대다. 지유리의 사진은 여기저기 나돌았고 끊임없이 평가받았다.

깨물어주고 싶을 정도로 귀엽다. 그 정도는 아니다. 이 근방에서는 천 년에 한 번 나올 만한 미소녀. 확실히 다른 아이들이랑 같이 있는 모습을 보니 그럭저럭 인정할 만하다.

"덕분에 집 앞 편의점도 대충 나갈 수가 없다니까."

지유리가 소파에서 셀카를 찍으며 입술을 삐죽였다.

여기저기서 사진을 찍히면서도 셀카라니.

"이 사진은 내가 올리는 용이야."

지유리가 보충 설명하며 말을 이었다.

"다른 사람한테 찍힌 사진으로 예쁘니 안 예쁘니 소리 들으면 어이없으니까. 가장 자신 있는 사진을 올리고 싶거든."

"너 그런 소리 하면 또 자의식과잉이니 나르시스트니 소리 들을걸."

"오빠는 사람들이 나를 뭐라고 욕하는지 아주 잘 아네?"

농담조로 한 말에 순간 가슴이 철렁했다. 당황했다는 사실을 들키지 않으려고 말을 돌렸다.

"그런 소리 들으면 싫지 않아?"

"싫기는 하지만 좋은 소리가 더 많으니까. 못생긴 얼굴로 태어나서 주목받는 것보다는 이게 더 낫지. 도움이 될 때도 많고."

"성격이 비뚤어진 거 아니야?"

"틀린 말은 아니잖아?"

"꾸미지 않으면 편의점도 갈 수 없는 인생이라니 피곤할 것 같아."

나는 어떻게든 지유리의 기를 죽이려고 했지만 아무런 타격도 주지 못한 듯했다. 늘 카메라에 찍히는 삶과 언제든 카메라에 찍힐 일 없는 인생 중 어느 쪽이 더 나을까. 사람마다 생각이 다르겠지만 지유리도 나도 전자가 훨씬 멋지다고 생각했다.

그리고 지금, 오랜 세월이 흘러 가장 나쁜 타이밍에 카메라가 나를 찍은 것이다.

무서운 사회다. 그 사진이 찍혔을 때는 아직 사건이 보도되지 않았을 텐데. 설마 발뺌도 못할 증거가 남았을 줄이야.

게시자는 '경찰이 바글바글하기에 무슨 일인가 싶었는데

이 사건 때문이었나 보네. 사진 찍어두다니 운이 좋았어'라고 적었다. 도대체 무슨 운이 좋았다는 뜻인지 모르겠다.

자세히 보니 게시된 사진은 어느 정도 유포된 상태였다. 지유리처럼 곧바로 호텔 이름을 검색해 본 사람들 때문이리라.

'누군가의 바이크가 찍혔어요. 가려야 하는 거 아닌가요?'라고 댓글을 단 사람도 있었지만 번호판이 찍히지 않아서 삭제하지는 않은 듯했다.

아무튼 제법 많은 사람이 반응을 보였다. 반응이 뜨거운 게시글을 삭제하는 데는 용기가 필요하다. 이 운 좋은 게시자는 오늘 하루 특별한 기분을 만끽할 것이다. 본네빌의 멋진 자태를 칭찬하는 댓글이 있다는 사실이 유일한 위안이었다.

이미 게시된 이상 후회해도 소용없다. 내 비밀을 제물 삼아 하루 종일 기분이 좋을 게시자를 욕해 봤자 시간을 되돌릴 수 없다. 내가 할 수 있는 일은 한 가지뿐이었다. 나는 지유리를 외면한 채 말했다.

"지유리……, 미안……."

"갑자기 웬 사과?"

"……널 속였어…… 거짓말해서 미안……. 원한다면 무릎이라도 꿇을게⋯⋯."

스스로가 한심할 정도로 허둥댔다. 나를 바라보고 있을 지유리의 침묵이 뼈아팠다. 그 얼굴에 드러났을 실망도 분노도, 어쩌면 동정도 보고 싶지 않았다. 지유리의 눈에 한심한 인간으로 비치고 싶지 않았다.

"오빠, 나 좀 봐."

"싫어. 무슨 낯짝으로 고개를 들겠어."

"오빠가 호텔에서 일한다고 내가 불이익을 받는 것도 아니잖아."

"무슨 말이 그래."

"처음부터 솔직하게 말해줬으면 좋았을걸."

그 말을 듣고 겨우 지유리를 향해 고개를 돌렸다.

동생의 얼굴에는 실망도 분노도 없었다. 기가 막히면서 거북해 보이는 표정에 이 상황을 어떻게 넘겨야 좋을지 모르겠다는 당황스러움이 묻어 났다. 예상은 했지만 가장 싫은 상황이었다. 나를 불쌍한 인간으로 여긴다. 직장이나 속이는 못난 오빠라고.

"⋯⋯미안."

"그만하라고, 괜찮다고."

"아니, 이건⋯⋯ 내가 못나서 미안하다는 뜻이야. 부끄럽잖아. 오빠가 이 모양이라."

"안 부끄러워. 당황스럽기는 하지만."

지유리가 내 앞에 자세를 바르게 고쳐 앉고는 고개를 조금 갸웃했다.

아직 말을 고르는 기색이지만 왜 거짓말을 했는지는 묻지 않았다. 정말 배려심 깊고 똑똑한 아이였다. 내가 그 회사에 합격하지 못해서 얼마나 상처받고 자존심을 크게 다쳤는지 분명하게 이해하는 것이다.

그 사실을 군이 입에 담지 않는 배려가 더욱 싫었다. 지유리는 앞으로 대학에 입학하고 취직할 것이다. 분명 나보다 훨씬 좋은 회사에 입사하겠지. 에너미에 합격할지도 모른다. 그런 여유 덕분에 나를 너그럽게 받아주는 것이다.

불편한 침묵이 흐른 뒤 마침내 지유리가 입을 열었다.

"그건 그렇고 오빠 직장에서 살인사건이 일어나다니."

"나도 설마 이런 일이 일어날 줄 몰랐어."

"시험 때 무슨 일 있었냐고 물은 이유가 이 사건 때문이야? 살인사건이 데이토 예대 입시와 관련 있어?"

이쯤 되면 더는 숨길 것이 없었다.

"피해자가 데이토 예대 교수래. 혹시 알아? 노무라 신이라던데. 첨단예술학과 시험에도 관여하지 않았을까?"

"알아. 유명한 사람이고 유튜브에도 자주 나오고 강연회도 하니까. 우리 고등학교에도 미술 특강하러 온 적 있어."

"그렇구나……. 그럼 아는 사람이 죽은 셈인가."

"오빠가 아는 팝스타들을 다 아는 사람이라고 한다면."

지유리의 담박한 말에 거리감을 파악했다. 그렇다면 충격은 크지 않으리라.

"그 사건 때문에 입시에 무슨 영향이라도 갈까 싶었어. 교수가 죽었으니 안내방송이 나왔을까 싶었지."

"아마 시험이 한창일 때는 아직 죽었는지 살았는지도 몰랐을 거야. 단순히 지각이라고만 생각했을 수도 있지. 시험 내용이나 과제도 딱히 바뀌지 않았고."

"그렇구나……."

"노무라 신이 시험 전체를 총괄하는 사람은 아닐 테니까."

지유리는 막힘 없이 말하고는 작게 한숨을 쉬었다.

"그 사건 때문에 올해 시험이 취소되는 일은 없을 테니까 별로 영향받지 않을 거야. 취재진이 데이토 예대로 찾아올지 모르지만."

"그러면 시험에 방해되잖아."

"취재는 흔쾌히 받아줄 수 있지만 프로필에 재수생이라고 나오는 건 짜증 나."

"그런 게 신경 쓰인다고?"

말은 그렇게 했지만 조금 안심했다. 최선을 다해 입학시험을 치르러 왔는데 허사가 되면 마음 아플 테니까. 지유리가 그린 그림이 합격 수준이라면 합격이라는 영예를 반드시 차지했으면 좋겠다고 생각했다.

"상사의 전화를 받고 사망자가 데이토 예대 교수라는 말을 들었을 때 네 시험에 영향을 끼칠까 봐 걱정했어. 그래서……."

"괜찮을 거야. 살인사건 정도로는 시험이 중단되지 않는다는 좋은 사례가 될 거야."

"그럼, 뭐…… 괜찮겠지."

"아, 그런데 오빠가 날 데리러 오기 힘들어질 수도 있겠다. 호텔에 세워둔 본네빌이랑 데이토 예대에 여동생을 데리러 온 사람의 본네빌이 같은 바이크라는 걸 누가 알아차리면 어떡해."

지유리의 말을 듣기 전까지 까맣게 잊고 있었다.

살인 현장이 되어버린 호텔과 살해된 교수가 근무하던 데이토 예대. 그 두 가지 사실 사이에 내 본네빌이 있다. 이게 도대체 무슨 일일까?

두뇌를 풀가동해서 생각하다 보니 머리가 갑자기 무거워

졌다. 잠을 자지 않은 바람에 결국 체력에 한계가 온 듯했다. 이제는 눈을 뜰 수조차 없었다.

"졸려?"

"아, 응……. 졸려."

"얼른 자. 일단."

안방에 늘 깔려 있는 내 이부자리를 지유리가 손가락으로 가리켰다. 모든 것을 허락받은 기분이 들어 시키는 대로 얌전히 이불로 들어갔다. 지유리가 그 모습을 보고는 웃었다.

"잘 자. 좋은 꿈 꿔."

"응" 하고 대답했다고 생각했는데 제대로 전달됐는지 모르겠다. 그 소리를 들었기를 바라며 의식의 끈을 놓았다.

지유리의 꿈을 꿨다.

중학생 시절 지유리가 나왔다.

교복 재킷을 입은 지유리는 조금 어른스러워 보였다. 중학교 2학년이나 3학년 즈음 잠깐 고민하던 지유리가 내게 말했다.

"오빠, 요즘 나 피하는 거 맞지?"

그 말에 나는 지유리가 3학년 때의 일임을 깨달았다. 봄이었다. 지유리는 미술부 졸업 작품을 어떻게 할지 벌써 고민하던 무렵이었다. 나는 대학 생활이 바쁘다는 핑계로 지유리를 노골적으로 피하면서 상담조차 받아주지 않았다.

"아닌데."

"거짓말. 다 눈치챘거든."

"바빠서 그래. 알잖아. 너도 대학 가면 이렇게 돼."

그 어설픈 거짓말이 통할 리 없다. 지유리는 말없이 나를 쏘아봤다. 하지만 더 추궁해봤자 지유리에게는 그다지 유쾌하지 않은 사실만 튀어나올 뿐이다.

내가…… 진심으로 지유리를 싫어한다는 사실이.

지유리가 미술의 길을 걷는다는 말을 듣고 나는 어째서인지 오히려 질린 기분이었다. 역시 지유리다운 진로였다. 그림 실력이 뛰어난 지유리에게 걸맞은 선택이라는 생각이 들었다. 혜성같이 등장한 신인 아티스트로 칭송받는 모습 또한 쉽게 상상됐다.

"안 그럴 거야. 난 안 그래."

지유리가 말을 이었다.

"우리는 둘 뿐인 남매니까."

그 장면을 끝으로 눈을 떴다. 현실로 돌아온 나를 지유리가 정면에서 응시하고 있었다.

"아, 일어났네."

"⋯⋯어? 응⋯⋯."

"오후 8시야. 네 시간 정도밖에 못 잤지만 저녁 먹기에는 괜찮은 시간이니 일단 일어나."

지유리가 무릎에 올려놓은 스케치북을 내려놓고 부엌으로 향했다. 혹시 잠든 내 모습을 그렸나 싶어 확인했는데 스케치북에는 의문의 수식만 빼곡하게 적혀 있었다.

"이게 뭐야?"

"나는 수학을 꽤 잘해."

"그런 재주가 있었어?"

"상 받으러 이집트 갔을 때 샤힌이라는 이집트인이 가르쳐줬어. 제로에 얽힌 숫자 이야기. 이집트인은 아무것도 없다는 사실을 발견한 대단한 민족에 피라미드도 지었다더라고. 얼마나 감명받았는지 알아? 역시 이집트는 대단해."

나는 곰곰히 생각했다. 샤힌은 제로의 발견을 이집트의 업적이라고 태연하게 말했지만 사실 제로를 발견한 사람은 인도인이다. 따라서 지유리가 받은 감명의 절반 정도는 인도의 몫인 셈이다.

생각에 잠긴 나를 두고 지유리가 팔각형 상자를 열었다. 상자 속에서 알록달록한 토핑을 얹은 피자가 모습을 드러냈다.

"시켰어?"

"응. 오빠가 일어나기만 기다렸어. 피자 파티 하자."

"내일도 시험인데 이래도 돼?"

"지금 와서 새삼 뭘 하느니 차라리 자거나 먹는 게 더 나아."

지유리가 똑부러지게 말했다. 그림 실력이 하루아침에 극적으로 발전하거나 갑자기 센스가 더 좋아지지는 않을 테니 맞는 말이기도 하다.

"소묘는 어땠어?"

"시시했어. 정해진 물체를 그렸거든. 그냥 그리기만 했으니까. 그런데 이 대학 입시에서는 그림을 세 장 제출해야 해. 각각 구도를 다르게 그려야 해서 궁리를 좀 해야 해."

"각도를 바꾼다거나?"

"그러는 게 좋을지 안 좋을지도 잘 모르겠지만 말이야."

지유리는 치즈를 주욱 늘어뜨리며 대답했다.

"뭘 그렸어?"

"말해도 모를걸."

천연한 지유리의 말에 아주 조금 발끈했다.

"나도 예전에 미술부였어, 어지간한 건 안다고. 마르스 석

고상이라든가. 아, 그런 흔한 건 예대 입시에 안 나오려나."

"슈거애플."

"그게 뭐야?"

"거봐, 모르잖아."

지유리가 의기양양하게 말하기에 그 자리에서 스마트폰으로 검색했다. 알알이 모여 굳어진 것처럼 생긴 녹색 나무 열매였다. 덜 익은 솔방울 같아 보이기도 했다. 석가두라는 별칭을 보고 이해했다. 확실히 부처의 머리와 닮았다.

"슈거애플뿐 아니라 이상한 사각형 물체도 시험 과제였는데 메인은 그거였어. 다들 꽤 놀랐어. 살면서 한 번도 본적 없는 과일이 나왔으니까. 그래서 어떻게 그려야 할지 고민한 아이들도 있더라고."

"처음 보는 것은 그리기 어렵나?"

"오빠도 알잖아. 그림을 얼마나 잘 그리냐는 그리는 방법을 얼마나 익혔느냐에 좌우된다는 걸. 본 대로 그릴 수 있다면 연습 따위 필요 없겠지. 손으로 어떻게 재현하는지 익힐 때까지 몇백 시간이나 연습한다고."

지유리가 웃으며 말했다.

"한 번이라도 본 적 있는 것을 그리는 것과 생전 처음 보는 것을 그리는 건 난이도가 완전히 다르니까."

"혹시 너 슈거애플을 본 적 있어?"

"안타깝게도 이집트에는 없었어."

지유리가 손가락을 핥으며 말했다. 찬찬히 읽어 보니 슈거애플은 대만에서 유명한 과일이라고 적혀 있었다.

그렇구나, 이집트에는 없는 과일인가 보구나.

"그건 그렇고 사건 이야기 좀 해 봐. 거기서 무슨 영감을 받을 수도 있잖아."

그런 뒤숭숭한 영감을 받아서야 되겠나 생각하면서 엑셀 호텔 305실에서 일어난 사건을 설명했다. 노무라 교수가 사망한 현장부터 나를 스쳐 지나간 의문의 여자까지.

설명하다 보니 단순한 사건이었다. 흉기도 피해자도 분명했다. 다만 범인이 사건 현장에서 잠을 잔 이유만은 알 수 없었다.

설명을 들은 지유리는 피자를 먹으며 생각에 잠겼다. 이럴 때 지유리는 마치 소설 속 명탐정 같았다.

"흐음, 너무 단순해서 어려운 문제네."

"그러니까 말이야, 어렵지?"

"오빠가 봤다는 여자, 어떤 특징이 있었는지 기억해?"

"어? 모자랑 선글라스, 마스크랑……."

"그거 말고. 완전 새것이었다는 토트백이 중요해. 그 사

람, 어쩌면 호텔 사람 아닐까? 평소 쓰던 가방을 호텔 사람
이 보면 곤란해서 새 가방을 들고 온 걸 수도 있어."

"……그런가?"

"생각해봐. 누가 호텔에 가격표가 붙은 새 토트백을 가져
가겠어. 계단으로 올라간 것도 이상하잖아."

듣고 보니 맞는 말 같았다. 지유리는 의외로 추리에 소질
이 있는지 모른다. 내친김에 나는 이 단순한 사건에서 가장
이해할 수 없는 부분을 꺼내놓았다.

"……다치키 씨가 범인이 시신이 있는 방에서 잤다고 했
거든. 살인을 저지른 뒤에 쿨쿨. ……이 사건에서 가장 이해
할 수 없는 점인 것 같은데 ……. 네 생각은 어때?"

지유리가 동그란 눈을 깜빡였다. 그 표정이 순간 유난히
어른스러워서 마치 낯선 사람 같았다. 오랜만에 만난 지유
리를 어떻게 알아봤는지 순간 이해할 수 없을 정도였다.

그리고 그 아이의 입이 천천히 열렸다.

"비커즈 아이 원트 투 노우."

일부러 그렇게 발음했다는 의도가 느껴질 정도로 일본인
다운 영어로 말했다.

"뭐라고?"

"알고 싶으니까."

"뭘?……침대가 얼마나 편한지?"

"자기가 살해한 시신과 함께 자는 기분이 어떤지 분명 몰랐을 테니까. 그러니까 잔 거야."

농담하는 것 같지는 않았다. 오히려 자신이라면 그런 이유로 살인 현장에서 잤으리라 선언하는 듯 보였다. 지유리는 어려서부터 빨리 잠들던 아이였으니 살인 현장에서도 별다른 영향을 받지 않고 잘 수 있을지 모른다.

"……그런 걸 알아서 뭐하게?"

"알아서 뭘 어쩌겠다는 건 아니지만 그런 기분을 안다는 이유로 나름 할 수 있는 일이 생길 수도 있잖아. 그렇다면 시신과 함께 잘 가치가 있어."

지유리는 주장을 굽히지 않았다. 어떤 경험이든 그것이 자신의 밑거름이 된다면 괜찮다는 사고방식이었다.

그러니 아마 그 말도 진심이리라. 만약 범인이 지유리 같은 사람이라면……. 보통 사람들과는 사뭇 다른 감성을 지닌 사람이라면 그런 이유로 시신 옆에서 잤을지도 모른다.

"하지만 흠, 실제로 사람을 죽이고서 그 경험을 살리고자 한다면 잠자는 것 말고 다른 일을 하지 않을까?"

지유리는 몹시 진지한 얼굴로 말했다. 방금 느꼈던 이해할 수 없고 낯설었던 분위기가 사라졌다. 평소 지유리였다.

"미스터리 측면에서 보면 재밌긴 한데 그것이 범인을 밝히는 실마리가 될지 생각해보면 묘하네. 말하자면 그 의문점이 사건의 핵심이잖아."

"핵심……. 거기서 잠을 잔 이유를 파악하면 범인이 어떤 사람인지도 저절로 알게 되지 않을까. 상당히 비상식적인 행동이기도 하니까……."

"솔직히 이쯤 되면 시신 옆에서 자는 걸 엄청 좋아하는 사람이라는 편이 더 설득력 있겠어. 범인은 시신 옆에서 자는 것을 가장 좋아하는 사람이라고."

"아니, 변태성욕설은 적절하지 않아. 아니지, 적절한가? 오히려 그게 더 맞을지도 모르겠다."

영문을 알 수 없는 사태는 그런 식으로 받아들이는 편이 나을지도 모른다. 어지간히 타당한 설이 없는 이상 더 생각하는 것은 시간 낭비다. 시신 옆에서 자는 것을 가장 좋아하는 연쇄살인범은 상상만으로도 소름끼치지만 지유리의 '알고 싶으니까' 설보다는 이해하기 쉬웠다.

정신을 차리고 보니 지유리가 나를 빤히 응시하고 있었다. 구멍이라도 낼 기세로 뚫어지게 쳐다보는 바람에 숨을 삼켰다.

"……왜? 내 얼굴에 뭐 묻었어?"

"오빠가 근무하는 호텔에서 살인사건이 일어난 건 운명의 장난 같아."

"그래? 확실히 흔한 일은 아니지."

"정말로 운명의 장난이야. 이 일은."

지유리가 엄숙하게 선언했다. 마치 신탁을 받은 무녀 같았다. 갑자기 몹시 싫은 예감이 나를 덮쳤다. 잠시 후 지유리가 입을 열었다.

"오빠가 탐정처럼 사건을 해결하는 게 에너미에 입사하는 것보다 대단한 일이라고 생각해."

"뭐라고?"

"에너미 직원은 만 명이 넘지만 살인사건을 해결하는 사람은 흔치 않잖아. 그렇다면 후자가 더 대단하지. 해결하면 내 시험 결과도 좋을지 몰라."

"그거랑 이게 무슨 상관이라고."

나는 다치키 씨의 말을 떠올리며 말했다. 내가 열심히 일하거나 사건을 해결하는 것이 지유리의 시험에 어떤 영향을 미친다는 말인가.

"아이참, 맞장구 좀 쳐주지."

지유리가 열쇠에 달았던 코끼리 캐릭터를 입가에 대며 조금 높은 목소리로 말했다.

"그거 달았던 열쇠는?"

"아이참, 코끼리냐 열쇠냐가 중요한 게 아니라니까. 열쇠는 코트 주머니에 있어."

"그게 낫겠네. 거치적거리지 않고."

그런데 이유도 모르게 허전한 마음이 들어 이상했다.

지유리가 나를 서서히 잠식해가는지도 몰랐다.

베이브 루스가 어린이 환자를 위해 홈런을 친 뒤 병이 나았다거나 온 국민이 스포츠를 보고 힘을 얻는다는 이야기와 비슷한 맥락에서 내 탐정 노릇에 지유리의 입시 성공이 달려 있다. 베이브 루스의 홈런볼이 어린이들에게 용기를 줬다. 그럼 내가 지유리에게 건네야 할 것은 무엇일까? 범인의 신병? 그러면 지유리는 기쁘게 그림을 완성할 수 있을까.

결국 지유리에게는 저 나름대로 특별한 오빠를 동경하는 마음이 있는지도 모른다. 이 상황에서 내가 명탐정이 되면 지유리는 게임회사에 근무하는 오빠보다 나를 훨씬 자랑스러워할 것이다. 최근 이어지는 현실감 없는 나날이 입시 때문에 긴장한 지유리의 마음을 풀어주리라.

하지만 그렇다고는 해도 지유리가 바라는 것처럼 순조롭

게 일이 진행될 리 없었다. 호텔 '엑셀'은 사건이 벌어지자
마자 예약이 대거 취소되는 역풍을 맞았다. 출근하자마자
다치키 씨가 불만스럽게 말했다.

"차라리 H.H. 홈스* 이름이라도 팔아서 막 나가 볼까."

"그 사람이 누구였죠?"

"시카고에 있던 살인 호텔의 주인. 호텔 투숙객을 고문하
고 죽였대. 피해자 수나 정확한 내용은 전혀 모르지만."

"아아, 그랬죠. 예전에 방송에서 본 적 있어요. 그런데 사실
호텔 영업은 하지 않고 거의 살인 저택으로 썼다던데……."

"그래도 상관없어. 어차피 살인 호텔이라고 부르니까 우
리도 뻔뻔하게 나가는 거지."

다치키 씨가 말한 전략은 자살행위지만 어떤 심정으로
하는 말인지는 이해했다. 그래도 그런 방식이 호텔을 살리
지는 못할 터다.

다치키 씨의 곁에는 여전히 출입이 금지된 305호 객실
의 사진이 몇 장 있었다. 정성스럽게 출력까지 한 듯했다.
하지만 이 사진으로 보험금을 받을 수 있을까? 시신이 찍혔

---

* 미국 최초의 연쇄살인범 헨리 하워드 홈스. 자신이 소유한 시카고 '월드
페어 호텔'에서 연쇄 살인을 저질렀다.

다는 사실 외에 이상한 점은 하나도 없었다. 비품도 빠짐없이 그대로였다.

"이대로 예약이 줄어들면 아르바이트생이나 파트타임 직원들에게 휴직을 권고해야 할 텐데, 그 생각만 하면 심란해. 오늘도 갑자기 손님은 줄었는데 그래도 마카베 씨는 출근할 테니까."

"아, 그래요? 아이 상태가 괜찮은가 보네요."

내 말을 들은 다치키 씨가 의미심장한 표정을 지었다.

"아니 사실은……, 마카베 씨네 아이가 입원하지 않은 것 같아."

"네?"

"입원을 안 했다고 해야 하나, 마카베 씨가 출근하지 않은 이유가 의심스럽다고 해야 하나……."

다치키 씨가 곤란한 얼굴로 말했다.

"마카베 씨와 같은 시기에 들어온 아르바이트생 에조에 있잖아. 에조에가 마카베 씨 아들이 멀쩡하게 지나가는 모습을 봤대."

"에조에와 마카베 씨의 아이……. 아니, 에조에와 마카베 씨의 아들이 서로 아는 사이인가요?"

"동창이라나 봐."

애조에는 올해 스무 살이니 있을 법한 이야기다.

"그렇다는 말은……."

"수고하십니다."

다치키 씨의 말이 마카베 씨의 목소리에 지워졌다.

두 사람 사이에 거북한 침묵이 흘렀다. 마카베 씨는 눈에 띄게 난처한 모습이었다. 어디서부터 들었는지 모르지만 표정이 평소와는 달랐다.

"아……. 마카베 씨. 수고 많으십니다."

"……단나이 씨, 어제는 정말 미안해요."

"아, 아뇨…… 아이 때문에 그러신 걸요 뭘."

말하자마자 거북한 분위기가 한층 더 짙게 감돌았다. 아들 이야기가 거짓이었다는 사실이 방금 드러난 참이다. 비꼬는 말로 들렸을지도 모른다.

마카베 씨는 불편한 듯 시선을 내리깔았다. 눈에 익은 출근용 붉은 천 가방을 손에 들고 있었다. 지유리의 말이 떠올랐다. 마카베 씨도 키가 큰 편이었다.

나는 명탐정이 아니다. 화려한 추리력과 발상력은 없다.

하지만 직장에서 일어난 살인사건이기에 주변에서부터 접근할 수 있다. 차근차근. 그런데 이로써 사건은 해결된 것 아닌가? 수상한 사람을 몰아붙이기만 하면 되니까 말이다.

어떤 의미로 그것은 정공법이었다.

"그러면 저—."

"잠시만요! 자, 잠시만 시간 괜찮으세요?"

직원실로 향하려는 마카베 씨를 붙잡아 프런트 카운터로
끌고 갔다. 그리고 단도직입으로 물었다.

"마카베 씨, 그저께 밤에 이 호텔에 있었죠? 저와 계단에
서 마주쳤던 것 같은데……."

"왜 갑자기 그런 걸 물어?"

마카베 씨는 분명하게 동요했다. 이러면 그다지 숨길 마
음도 들지 않았다. 내가 추궁당하는 것도 아닌데 심장이 쿵
쾅쿵쾅 요란하게 뛰었다. 기세를 몰아 말했다.

"마카베 씨, 305호에 묵은 노무라 신 씨, 데이토 예대의
노무라 교수를 만나러 오지 않았어요?"

다그치듯 말하며 속을 떠봤다. 마카베 씨는 엑셀 호텔의
직원이다. 예약이 들어왔을 때 노무라 교수가 그 방에 묵는
다는 사실을 알았으리라. 그러니 그를 만나러 가는 것은 일
도 아니었다.

계단에서 마주친 그 사람이 마카베 씨였다면 다음 날 출
근하지 못한 이유도 짐작 간다. 사람을 죽인 뒤 태연하게 출
근할 수 있는 사람은 거의 없을 터다. 마카베 씨는 노무라

교수의 시신이 발견될 때까지 호텔을 떠나 있으려고 한 것이다.

마카베 씨가 도움을 구하듯 주위를 두리번거렸지만 다치키 씨는 이미 린넨실을 점검하러 가고 없었다. 다치키 씨의 이런 행동도 어이없었다. 먼저 분위기를 껄끄럽게 만든 사람은 다름 아닌 다치키 씨 아닌가.

그런데 그 말이 결정타였는지 마카베 씨는 울상으로 일그러진 얼굴로 말했다.

"나는……, 나는 죽이지 않았어! 누명을 씌우다니 이게 무슨 짓이야! 내가 관련됐다는 사실이 알려지면 안 돼, 에이타에게 피해가 갈 거야……."

비통에 가득 찬 얼굴을 보고 나도 모르게 흠칫 놀랐다. 마치 내가 마카베 씨에게 없는 죄를 뒤집어씌우려는 사람 같지 않나. 조금 전까지만 해도 그녀가 범인이리라 확신했는데 갑자기 가슴이 아파 왔다. 도대체 탐정은 어떻게 이 고통을 다스리는 것일까.

나는 되도록 마카베 씨를 자극하지 않도록 짐짓 상냥하게 물었다.

"저기, 에이타에게 피해를 준다는 말이 무슨 뜻이죠……? 아드님은 입원한 거 아닌가요?"

"미안해. 그건 출근 안 하려고 핑계 댄 거야. ……에이타, 지금 대학 입시를 치르는 중이야. 중요한 시기거든……. 삼수생이라 본인도 더는 물러설 곳이 없다고 말할 정도야."

마카베 씨의 아들이 스무 살이라는 정보는 다치키 씨에게 들었지만 삼수생이라는 사실은 몰랐다. 삼수라니.

"하긴 입시 기간에 어머니가 체포되면 큰 영향을 받겠지만……. 그래도 마카베 씨가 한 일이 아니라고 한다면—."

"저기 말이야, 그게 아니라고. 그거 때문이라면 나도 이렇게 당황하지 않지. 알아듣겠어? 단나이 씨, 이해하겠냐고."

마카베 씨는 말귀를 이해하지 못하는 아이를 타이르듯 말했다. 갑작스러운 태도 변화에 솔직히 당혹스러운 마음을 숨기지 못했다.

"죄송해요. 그런데…… 무슨 말씀이신지?"

"나는 노무라 교수와 만났다는 사실이 알려지는 게 싫어…… 무슨 의심이라도 받으면 어떡해."

그 말을 듣고는 퍼뜩 깨달았다.

갑자기 모든 것이 연결되면서 문득 마음이 불편해졌다. 마카베 씨는 매력적인 여성이었고 노무라 신 교수는 아직 그런 쪽으로 열정이 넘치던 인물이었는지도 몰랐다.

이런 말을 본인에게 직접 들으니 민망했다. 나는 황급히

거들었다.

"아……, 그렇…… 그렇군요. 마카베 씨는…… 저기, 가정이 있으니까……."

"뭐라고?"

"아니, 죄송해요……. 그런 말을 꺼내게 해서."

"왜 가정이 있느니 하는 이야기가 나오는 거야?"

당황한 기색이 온데 간데 없어진 마카베 씨가 반쯤 경멸 섞인 눈빛으로 나를 쳐다봤다. 무언가 오해를 한 듯했다.

"……아니, 저기, 네? 그럼 어째서……."

"설마 내가 노무라 교수와 성관계를 했다고 생각했어? 왜?……그동안 나를 그런 사람으로 본 거야?"

"네? 아니, 그러니까…… 그럼, 왜……."

그것 말고는 아들에게 말하기 어려운 이야기가 떠오르지 않았다. 직원이 투숙객을 만나러 가는 행위는 직업윤리에 어긋나지만 그렇다고 해서 에이타가 과연 그 사실에 영향을 받을까?

그때 마카베 씨가 순순히 대답했다.

"……에이타는 데이토 예대 시험을 치르고 있어."

마카베 씨의 목소리는 어둠에 잠겼지만 내 고막에 또렷이 닿았다. 그럴 수밖에 없었다는 생각이 들 만한 간단하고 명쾌한 답이었다.

"……아드님이 미대 지망생이에요?"

"그래. 그림 그리기를 좋아하는 아이라……. 그런데 이제
는 본인도 힘들대. 그래도 그동안 그렇게나 노력했는데 아
무 보상도 받지 못하면 너무 절망스럽잖아. 그래서 올해는
꼭 합격해야 해."

삼수생. 절묘한 타이밍에 시행되는 시험. 어째서 금방 연
결 짓지 못했을까. 미대 입시를 치르는 사람은 지유리처럼
몇 안되는 사람뿐이라는 선입견이 있었을까? 굉장한 착각
이었다. 아무나 데이토 예대에 지원할 수 없다면 애초에 경
쟁률이 그리 높지도 않았을 터다.

"예약자 명단에서 노무라 신 교수의 이름을 발견했을 때
무슨 생각이 들었는지 알아? 흔한 이름은 아니잖아. 주소도
대학 근처고. 틀림없이 그 노무라 교수이리라 생각했어."

"그래서 만나러 갔어요……?"

"우리 에이타는 그림을 정말 잘 그려. 학원 평가에서도 상
위권을 벗어난 적 없고. 그런데 입시에서 두 번이나 떨어진
거야. 이유를 모르겠어. 그림을 그렇게나 잘 그리는데. 교수
가 보기에는 어떤지 평가해달라고 찾아간 게 그렇게 잘못
이야?"

한탄하는 마카베 씨가 과거의 자신과 겹쳐 보였다. 과거를 떠올리면 안 되는 순간에 나쁜 기억을 떠올리고 말았다.

어떤 그림이 뛰어나고 어떤 그림이 그렇지 않은가.

평가하는 사람에게 명쾌한 답을 듣고 싶은 심정을, 그 이유를 알고 싶은 마음을.

"직접 물어보러 갔어……. 아니, 사실은 좋게 봐줄 수 없겠냐고 부탁하러 갔지. 어차피 교수 마음에 따라 합격이 결정된다면 직접 부탁해보면 결과가 바뀌지 않을까 해서."

"……그래서 부탁하러 갔어요?"

"50만 엔. 이 정도면 되겠지 싶었어."

내가 파고들기 전에 마카베 씨가 체념한 듯 말했다. 그리고 눈을 살짝 치켜뜬 채로 말했다.

"50만 엔이면 큰돈이잖아? 아들의 합격을 위해서 그만큼이나 쓰다니 제법 좋은 엄마지?"

"확실히…… 그럴 수도 있겠네요."

만약 50만 엔으로 지유리의 합격을 보증할 수 있다면 누구라도 기꺼이 그 돈을 내놓을 것이다. 결코 적지 않은 금액이었다.

"잘 됐어요?"

"아니. 아예 상대도 안 해줬어. 벨을 눌렀더니 노무라 교수가 나오긴 했는데. 나를 소름 끼친다는 얼굴로 쳐다보더라고. 내가 이야기만이라도 들어달라고 사정했더니 완전히 기가 질린 얼굴이 되어서는……. 하긴 나 같아도 소름 끼쳤을 거야. 알지도 못하는 여자가 대뜸 찾아와서 그러면. 하지만 나도 더는 물러설 곳이 없어서 현금이 든 봉투를 그 사람 손에 쥐여주려고 했어. 그렇게 돈을 주겠다고 했는데도 씨알도 안 먹혔어."

노무라 교수는 돈에 집착하지 않는 사람이었을까? 아니면 무서운 기세로 들이닥친 마카베 씨에게 겁을 먹었을까? 마카베 씨에게 말려들어 부정한 돈을 받았다면 발목을 잡히리라 본능적으로 깨닫기라도 했을까? 아마 세 가지 이유 모두 맞을 것이다. 마카베 씨의 말투는 차분했지만 어딘가 모르게 묘한 광기가 느껴졌다.

"마카베 씨의 제안을 받아들이면 노무라 교수의 입지도 위태로워질 게 뻔하니까요. 보통 사람은 그런 일에 자기 손을 더럽히지 않을 거예요."

"그런데 그런 이야기가 나돌아."

마카베 씨가 진지하게 말했다.

"사실 노무라 교수가 여러 번 그런 적 있다는 소문이 있거든. 누가 봐도 실력이 떨어지는 학생을 편애하면서 합격시

컸다고. 매년 노무라 전형이 있다는 소문이 있어."

"그냥 소문일 뿐이잖아요?"

"아니 뗀 굴뚝에 연기 나겠어? ……안 그래?"

하지만 결국 노무라 교수는 마카베 씨의 제안을 단박에 거절했다. 50만 엔이라는 큰돈을 제시했지만 흔들리지 않았다는 사실은 소문이 그저 소문일 뿐이라는 증거 아닐까?

혹은 매우 단순하게 50만 엔으로는 노무라 교수의 마음을 움직일 수 없다는 뜻 아닐까?

"그저 노무라 교수에게 남들은 알아보지 못하는 재능을 알아보는 능력이 있을 수도 있죠."

"많은 사람이 의문을 느끼는 재능은 아무 의미 없어. 예술은 주변 사람이 가치를 정해주는 거거든."

마카베 씨는 분통이 터진다는 듯이 말했다. 그러더니 갑자기 한숨을 토하고는 벽에 기댔다.

"……상황이 이렇게 돼서 정말로 난감해. 나는 노무라 교수의 방에 무작정 찾아갔잖아. 심지어 그 교수가 체크아웃할 때 마주치기 싫어서 오전 근무를 쉬기까지 했어. 의심받고도 남지. 상황은 잘 모르지만 경찰 수사 결과 내가 살해 혐의를 받으면 어떡하지?"

"정말로 죽이지 않았다면 괜찮지 않을까요……? 아니면

차라리 마카베 씨가 범인을 찾으면 어때요?"

"아무리 그래도 내가 어떻게 그러겠어."

마카베 씨가 넋이 나간 모습으로 허탈하게 말했다.

어떻게 하지?

마카베 씨를 더 의심해 봤자 새로운 정보는 나오지 않고 무언가 흥미로운 추리를 내놓을 가능성……도 없어 보인다. 마카베 씨는 노무라 교수가 죽기 전에 만난 사람이다. 다른 사람보다 훨씬 많은 힌트를 목격했을 것이다. 고민 끝에 물었다.

"아. 저기…… 범인이 살인을 저지른 뒤 그 방 침대에서 잤다나 봐요. 왜 그랬을까요?"

"……응? 정말? 모르겠는데……. 노무라 교수를 죽인 다음에 그랬다고?"

"그런가 봐요."

"사람을 죽이는 것은 보통 일이 아니니까 지쳐서 잠든 것 아닐까?"

"……으음, 역시 그런 이유일까요?"

"졸리면 잘 수도 있지 않을까. 사람은 꽤 뻔뻔하거든. 하지만 자기가 살인을 저지른 방에서 묵고 간다니 위험부담이 있잖아. 집에 돌아가서 자면 되는데."

"제 생각도 그래요. 호텔이니 그럴 일은 없겠지만 만에 하나 누가 방에 들어오기라도 하면 그대로 끝장이잖아요. 꼭 이성적인 판단이 아니라 감정적으로라도 방을 벗어나고 싶다고 생각할 법한데……."

"그러게……. 아, 혹시 그거 아냐? 기면증. 범인은 수면 장애 환자인데 사람을 죽인 충격으로 극심한 수면욕을 느낀 거지."

"말이 안 되는 건 아닌데……. 기면증이 그런 병이었나요? 게다가…… 스트레스 때문에 졸린다고 살인을 저지른 뒤에 곧바로 잠드는 경우가 있을까요?"

내 말에 마카베 씨는 눈에 띄게 짜증 난 표정을 지었다. 모처럼 같이 고민할 마음이 들었는데 꼬치꼬치 반박해 대니 그런 듯했다. 결국 이 문제는 뒤로 미룰 수밖에 없겠다.

"죄송해요, 이상한 소리를 해서."

"괜찮아. 나도 범인이 잡혔으면 좋겠으니까. ……이대로 가면 내가 의심받을 수도 있고."

마카베 씨는 305호 사진으로 시선을 돌렸다. 시신이 찍힌 사진은 피하면서도 한편으로 이상한 점이 없는지 확인하는 듯했다.

그렇게 사진 몇 장을 넘겨보다가 마카베 씨가 작게 중얼거렸다.

"……좀 이상한데."

"뭐가요?"

"저기……, 방에 억지로 들어가려고 했을 때 방 안에 있는 탁자가 언뜻 보였거든. 그 위에 뭐가 있었던 것 같은데……."

"그게 뭔데요?"

"나도 그때 절박한 상황이라 잘 기억은 안 나는데……, 메론빵 같았어."

마카베 씨가 손짓하며 설명했다. 확실히 큼지막한 빵과 비슷했다.

"메론빵이요?"

"탁자 위에 딱 놓여 있었어. 메론빵을 그대로 둘 것 같지는 않은데……. 심지어 세 개 정도 있었거든. 그러니까…… 지금 생각해보면 착각한 것 같아. 그런데 그게 어디 갔을까?"

만약 그것이 정말로 메론빵이었다면 먹었다는 설이 가장 유력할 것이다. 노무라 교수 혹은 범인이 먹지 않았을까. 하지만 굳이 호텔까지 와서 둘이서 메론빵을 먹는 상황은 너무 비현실적이었다. 둥근 모양에 색이 비슷한, 메론빵과 닮은 다른 물체 아닐까?

그 순간 문득 떠올랐다. 떠오른 것의 사진을 스마트폰으로 검색해 마카베 씨에게 내밀었다.

"마카베 씨, 혹시 탁자 위에 있던 물체가 이거 아니었나요?"

"확실히 이거였던 것도 같고……. 그래, 맞아. 이거일지도 몰라. 이게 뭐야?"

사진을 보고도 마카베 씨는 이것의 정체를 모르는 듯했다. 애초에 이것의 이름을 아는 사람이 얼마나 될까. 나는 말해줘도 모르리라는 것을 알면서도 대답했다.

"슈거애플이요."

노무라 신은 데이토 예대 교수이므로 그가 슈거애플을 갖고 있었다는 사실 자체는 이상하지 않다. 다음 날 시험장에 많은 슈거애플이 공개될 예정이었으니 두세 개쯤은 어렵지 않게 미리 얻을 수 있었다.

혹은 노무라 교수가 슈거애플을 좋아했을 가능성도 있다. 슈거애플은 이름처럼 매우 달고 맛있다고 한다. 죽을 만큼 당도가 높아서 혈당과 혈압수치를 순식간에 올린다. 익은 것은 껍질을 손으로 깔 수 있어서 먹기 편한 과일로 알려졌다.

노무라 교수가 머물던 방에 정말로 슈거애플이 있었다면 그것이 지금은 어디로 사라졌을까. 과일이니 먹었다는 가설이 가장 타당했다.

하지만 그렇다면 껍질과 씨는 어디로 갔을까 의문이 생긴다. 평범하게 먹었다면 방 쓰레기통에 버렸을 터다. 그런데 발견되지 않았다는 것은 범인이 슈거애플 씨를 가지고 갔다는 뜻이다.

범인은 왜 씨를 가지고 갔을까.

내가 세운 가설대로 범인은 슈거애플을 매우 사랑하는 사람일 가능성……도 제로는 아니다. 좋아하는 과일을 시신 옆에서 먹기 싫었기 때문에 가져갔다. 범인이 침대에서 자고 갔다면 아침 식사 대용으로 가지고 갔을 수도 있다.

아니지, 이 가설은 너무 멀리 간 생각이다. 국내에서는 흔히 볼 수 없는 슈거애플을 일부러 가지고 갈 수밖에 없는 사람은 누구일까?

명탐정이 아닌 나에게는 기묘한 상황을 재빨리 해결할 능력이 없다. 그러니까 조금 더 진득하게 생각해야 한다. 기이한 사건이 일어나면 그 일이 왜 일어났는지를 찬찬히 생각해야 한다.

슈거애플을 가지고 갔다고 가정하면 범인이 그것을 방에 남겨두고 싶지 않았던 이유가 있을 터다.

슈거애플이 남아 있으면 범인에게 불리했으리라.

즉 슈거애플로 유추할 수 있는 인물.

주변에 힌트가 많아서인지 오히려 마카베 씨 같은 사례가 흔하다고 느껴질 정도였다.

그날 밤 슈거애플을 보고 기뻐할 인물. 다음 날 아침 슈거애플이 발견되면 곤란할 인물.

이 두 가지 조건을 충족하는 사람은 데이토 예대에 지원한 수험생이다.

노무라 신 교수는 데이토 예대 수험생을 자신의 방으로 불러 슈거애플을 보여줬다. 다음 날 소묘 시험 주제라면서. 수험생은 기뻐했으리라. 고작 시험 주제를 보여줬을 뿐이지만 지유리의 말처럼 '한 번이라도 본 적 있는 것을 그리는 것과 정말로 처음 보는 것을 그리는 것은 난이도가 완전히 다르기 때문'이다.

노무라 교수는 '노무라 전형'으로 입학할 학생을 이미 정해둔 상태였다. 호텔 방으로 부를 정도였으니. 슈거애플을 보여주기만 한 것이 아니라 시험도 좋게 봐주겠다고 약속이라도 하지 않았을까. 슈거애플은 심리적 담보 같은 존재였다.

그래서 범인이 슈거애플을 들고 간 것이다. 부피가 큰 그 과일을 어딘가에 넣어서.

갑자기 사건의 해상도가 높아지며 범인상이 뚜렷해졌다. 희뿌연 안갯속에서 합격 욕구가 넘치는 사람이 보이기 시작했다.

그렇지만 나는 오전 8시부터 오후 5시까지 근무하는 호텔 직원이다. 명탐정처럼 생각이 번뜩 떠올랐다고 그대로 자리를 박차고 나갈 수는 없었다. 시계를 확인했다. 오전 11시를 조금 넘은 시간이었다.

지유리는 오늘도 그림을 그리고 있겠지. 유화를 그릴 시간이 되어 물감을 들고 캔버스를 마주하고 있으리라.

코미디언 콤비 가운데 인기 없는 멤버만 엮은 특집 방송을 TV에서 볼 때면 고통과 동정심을 동시에 느낀다. 내가 단나이 지유리가 아닌 단나이 가즈히사인 탓이다. 우리 남매가 같은 학교에 다닌 기간은 짧았다. 그러나 우연히 모교에 방문했을 때 선생님이 친근하게 군다며 "넌 단나이 남매 중 눈에 띄지 않는 쪽이었지"라고 말하며 웃었다.

중학교를 졸업한 지유리는 당연하다는 듯 내가 다니는

고등학교에 입학했다. 그래서 나는 모교 현관에 걸린 지유리의 그림을 볼 수밖에 없었다.

이제 막 날개짓을 배운 커다란 새.

그 새가 서툴지만 힘차게 날개짓한다.

그렇게 풋내나던 어린 새는 점점 아름다운 천사로 변한다.

그 가슴 벅찬 과정을 표현한 그림의 환상적인 주제와 과감한 표현은 보는 사람의 상상을 자극했다. 그림에 담긴 메세지는 학교 현관에 걸린 그림답게 미래를 향한 희망과 젊은이의 무궁무진한 가능성이었다.

"이 그림 대단하지?"

지유리가 속한 미술부 고문 선생님이 자랑스럽게 말했다.

"이건…… 상 받은 그림인가요?"

"아니, 아니. 그런 건 아니야. 애초에 표준 사이즈보다 훨씬 크잖니. 왜 이렇게 큰 그림을 그릴까 싶었는데 아마 지유리는 이곳에 그림이 걸릴 걸 내다봤나 봐."

지유리는 자신이 그리고 싶은 그림을 마음껏 그린다. 사이즈건 뭐건 개의치 않았다. 그런 사람이었다.

"완성된 그림을 보고 생각했지. 단나이 지유리는 대단하다고. 확실히 테크닉이 평범하고 개선해야 할 점도 많아. 하지만 지유리의 그림은 단순히 그런 것만으로 평가할 수 없어. 그림을 보면 감정이 울컥 치밀어 오르거든. 그립기도 하고 새롭기도 하고, 이게 무슨 감정인지 정의할 수 없지만 울고 싶어지기도 해. 재능이란 결국 이런 거겠지. 논리를 뛰어넘어 사람을 감동시키는 힘말이야."

"……선생님은 전에도 그렇게 말씀하셨죠. 피카소나 샤갈처럼 사람을 감동시키는 힘이 있는 그림을 그리는 사람들에게는 그런 재능이 있다고."

"피카소는 그림도 잘 그리지만 말이야!"

고문 선생님은 그렇게 말하며 웃었다. 나는 다시 한번 지유리의 그림을 올려다봤다.

"지유리의 그림이 여기 걸리고 나서 학교에 오는 사람들의 얼굴이 밝아진 것 같아. 이 그림은 뭐냐고 묻는 사람도 많고."

"……그런가요."

"그러니까 말이야……, 지유리 오빠."

"네?"

"그 녀석을 잘 지켜주렴."

선생님이 진지한 얼굴로 말했다.

"지유리는 진정한 천재야. 다른 사람을 끌어당기는 사람이라고. 그래서 오히려 불필요하게 화를 입을 수도 있어. 지난번 치한 사건 아니?"

나는 고개를 끄덕였다. 그렇게나 화제가 된 사건을 모를 리 없다. 심지어 나는 가족이지 않나.

얼마 전 지유리는 고등학교 근처에서 상습범인 치한을 붙잡았다. 일부러 범행 대상이 될 만한 시간에 학교 주변을 어슬렁거렸다. 그러자 예상대로 치한이 나타나 지유리를 성추행하려 했고 기회를 틈타 지유리의 남자 친구들이 그를 붙잡았다고 한다. 뭐랄까, 여러 가지로 상상을 초월한 이야기였다.

"위험한 행동이었어요. 애초에 그런 짓은 하지 말았어야 했어요. 경찰이 해야 할 일에 멋대로 나서서 위험한 일에 뛰어들다니. 경찰에게도 한소리 들었어요."

그때만큼은 부모님도 정색하고 지유리를 야단쳤다. 학교 측도 도저히 간과할 수 없는 일이라며 얼굴을 찌푸려서 나는 드물게 지유리를 감쌌다. 평소에는 생각할 수 없을 정도로 지유리가 크게 혼났기 때문이다. 그때 그 모습을 본 나는 아주 조금 기분이 좋아져서 "지유리도 위험한 일을 당할 뻔했잖아요"라며 동생을 두둔했다.

지유리가 주변 사람들에게서 냉대받을 때 나는 동생에게 다정해졌다.

하지만 그 일화가 무용담으로 전해지며 지유리가 마치 동네의 안전을 지키는 정의의 사도처럼 알려지자 나는 머쓱해졌다. 쓸데없는 짓을 하지 않았으면 경찰이 범인을 잡았을 텐데.

"그때는 선생님도 지유리가 무모했다고 생각해. 정의감은 대단하지만. 그 녀석은 너무 올곧아서 위험해."

선생님이 미간을 잔뜩 찌푸렸다. 부모님과 똑같은 표정이었다.

"하긴 한결같은 마음을 잃는다면 그 녀석이 아니지. 머리보다 몸이 먼저 움직이는 건 녀석의 장점이란다. 하지만 계속 이렇게 행동하면 위험에 처할지도 몰라. 지유리를 잘 지켜봐줄 사람이 있어야 할 텐데."

"꼭 지켜봐야 할까요?"

내가 툭 던진 말에 선생님이 놀란 표정을 지었다. 그리고 농담으로 넘길까 고민하더니 진지한 목소리로 말했다.

"설마 너, 동생을 질투하니?"

내가 대답하지 않자 선생님은 오히려 반가운 얼굴로 내 어깨를 두드렸다.

"선생님도 나보다 남동생이 더 잘났어. 변변치 않은 학교 선생인 나와 달리 죽도록 공부를 잘했던 동생은 지방 대학

소속이긴 해도 교수야. 아무 생각 안 든다면 거짓말이지."

선생님이 다시 어깨를 두드렸다.

"하지만 말이야, 꼭 그런 출세만이 인생의 성공과 실패를 결정하는 건 아니야. 의외로 평범한 인생이 더 행복하기도 하거든. 곧 익숙해질 거야."

병에 걸렸지만 웃어넘기는 듯한 얼굴로 고문 선생님이 말했다. 나는 날개 달린 사람의 그림을 바라봤다. 선생님이 당부하듯 말했다.

"질투가 나거나 후회된다면 지금 이 순간 죽을 만큼 노력해야 해. 잠 자는 것처럼 살 게 아니라."

학교 다닐 때 선생님은 나를 당연하다는 듯 '지유리 오빠'라고 불렀다. 만약 나와 지유리가 학교에 다닌 기간이 겹치지 않았다면 선생님은 지유리를 '단나이 가즈히사의 동생'이라고 불렀을까?

투숙객이 적어서 별 탈 없이 근무가 끝났다. 경찰은 여전히 호텔에 드나들며 손님들을 주시했다. 슬슬 호텔의 앞날이 걱정됐다.

나도 주차장에 세워둔 본네빌에 대해 몇 가지 질문을 받았다. 얼마나 탔는지, 왜 본네빌을 타는지. 이런 질문이 과연 수사에 얼마나 도움이 될까.

본네빌을 타고 데이토 예대까지 지유리를 데리러 가는 것은 피하는 편이 좋겠다고 생각했다. 어차피 3시 넘어서 시험이 끝난 지유리는 벌써 집에 돌아왔으리라.

적당히 회를 사 들고 집으로 돌아갔다. 지유리는 소파에서 잠들어 있었다. 천진하게 잠든 얼굴을 보니 왜인지 옛 생각이 났다. 놀라지 않도록 몸을 조심스럽게 흔들었더니 지유리가 크게 기지개를 켰다.

"어, 왔어?"

"응. 유화는 어땠어?"

"으음……, 글쎄. 과제가 과제인지라."

"주제가 뭐였는데?"

"'침묵'을 그리세요."

몹시 추상적인 주제였다. 어제 슈거애플 소묘와는 달리 수험생의 해석과 상상력을 테스트하는 문제였다. 그림은 시각적인 시험인데 눈에 보이지 않는 것을 표현해야 한다니. 그 주제에 다시 침묵이 깔렸다.

"……어렵네. 침묵이 뭔데?"

"침묵. 사일런스. 소리가 나지 않는 상태. 고요한 상태. 엔도 슈사쿠의 소설."

연상 게임처럼 지유리가 대답했다. 과연 그것들을 그림으로 표현하면 어떤 결과물이 나올까?

아무도 없는 이른 아침 수영장.

허물어지고 폐허가 된 성.

한 치 앞도 보이지 않는 심해.

바람 한 점 불지 않는 눈 내리는 밤.

상상을 거듭하는 내 머릿속을 들여다보기라도 한 듯 지유리가 물었다.

"오빠는 뭐라고 생각해? 침묵 말이야."

"응? 음……, 어렵네. 글쎄, 고요한 장소가 떠오르기는 하지만 침묵 자체가 뭔지는 잘 모르겠어. 아, 그런데."

"뭔가 떠올랐어?"

"아마, 그 사건 때문에 영향을 받을 것 같은데. 난 침묵이 잠 같기도 해. 평온하게 잠든 사람은 조용하잖아? 침묵, 하면 조금 무서운 느낌도 들지만 잠들었을 때의 침묵……이라면 그런 무서운 이미지와도 완전히 분리돼서 좋지 않을까?"

살인 현장에서 자는 잠은 조금 소름 끼치지만 원래 잠을 자면 행복하다. 그리고 그 행복한 침묵에 잠긴 나를 가만히 지켜봐주는 이가 있다면 더욱 기쁠 것이다. 지유리가 잠든 내 모습을 곁에서 지켜봐줬을 때는 깨어나서 피자를 본 순간보다 더 행복했다.

행복한 시간은 조용했다.

"너는? 너는 뭘 그렸는데?"

"……그건 비밀. 말로 설명할 수 없기도 하고. 설명할 수 있는 그림 같은 건 안 그려."

지유리가 어딘가 초연한 모습으로 말했다.

하긴, 맞는 말일지도 모른다. 말로 표현할 수 없는 것을 위해 단나이 지유리의 그림이 존재할 테니까. 나는 심오한 메시지가 담긴 학교 현관의 그 그림을 떠올렸다.

"합격 작품 전시한댔지? 네 그림도 볼 수 있으려나."

"그럼 봄까지 기다려야 해. 우에노에서 볼 수 있어."

지유리가 자신만만한 얼굴로 웃었다.

"저녁 뭐 먹어?"

"아, 회 사왔어. 그런데 너 회랑 흰쌀밥 같이 안 먹었던가?"

"연어만 있으면 괜찮은데……."

"세 조각밖에 없네……. 네가 여기 있으니까 저녁 먹기 불편해."

"내일이면 끝이잖아."

지유리가 툭 말했다.

입시는 내일로 끝난다. 시험이 끝나면 3주 후에 발표될 합격자 명단을 기다릴 뿐이다.

"내일 시험이 끝나면 돌아가?"

"그야 뭐. 돌아가야지."

"아아, 그렇구나……."

지유리가 여기 왔을 때는 빨리 집으로 돌아갔으면 좋겠다고만 생각했다. 그런데 지금은 기분이 싱숭생숭했다.

조금 전에 집에 돌아와서 지유리의 잠든 얼굴을 봤을 때 왜인지 마음이 불안했다. 잠에 빠진 지유리의 피부는 투명할 정도로 하얘서 생기가 느껴지지 않았다.

잠과 죽음이 서로 지나치게 가까워 왈칵 겁이 났다.

나는 비닐봉지 속을 살피는 지유리를 향해 말했다.

"저기, 지유리."

"왜?"

"옛날에……네가 학교 근처에 나타난 치한을 잡은 적 있잖아."

"아아, 응. 그런 적이 있지."

"안 무서웠어? 그때."

지유리는 순간 어리둥절한 표정을 짓더니 묘한 얼굴로 쳐다봤다. 내 표정을 살피는 듯, 혹은 나를 시험하는 듯했다. 잠시 말이 없던 지유리가 말했다.

"무서웠지만 머리보다 몸이 먼저 움직였어. 용서할 수 없었으니까."

지유리의 눈빛이 평소보다 훨씬 더 냉정해졌다. 가족인 나조차 등줄기가 서늘해지는 눈빛이었다. 정의감이 강하다고 했던 선생님의 말이 생각났다.

"그렇구나. 하긴 그러니까 그렇게 행동했겠지."

"그렇지? 지금은 그때 참 무모했다 싶지만. 그래도 범인을 잡았으니 잘한 일이라고 생각해. ……물론 내가 안 그랬어도 경찰이 잡았겠지만."

지유리가 나를 힐끗 쳐다보며 말했다. 당시 내 생각을 그대로 말하는 말투에 조금 석연치 않은 기분이 들었다. 기억은 나지 않지만 그때 내가 지유리에게 똑같은 말을 했던가?

"이상한 소리 해서 미안."

"아니, 딱히 상관없는데……."

"밥 다 되면 먹자."

나는 그렇게 말하며 방에 틀어박혀 스마트폰을 만지작거렸다. 우리가 다닌 고등학교 이름과 노무라 신을 인터넷에 검색했다.

그리고 노무라 교수가 우리 모교에 강연하러 왔던 영상을 찾아냈다. 노무라 신의 유튜브 채널에 그대로 업로드되어 있었다. 노무라 교수는 웃는 얼굴로 미술에 대해 말하며 고등학생들에게 미대 진학을 권했다.

돈벌이는 안 될지 몰라도 얻을 수 있는 것은 그 어느 것보다 많다.

강연이 끝난 뒤에는 캔버스로 향하는 학생들 사이를 돌아다니며 조언했다.

목에 칼이 꽂힌 채 죽어 있던 노무라 신이 살아 움직이고 있었다. 생긋생긋 웃는 모습이 자상하고 좋은 교수 같아 보였다.

교수의 인품을 느꼈는지 여학생 한 명이 친근하게 말을 걸었다.

대화 내용은 모른다. 영상에는 차분한 배경음악만 흘렀고 대화 자체는 담기지 않았다.

그러나 이야기를 나누는 학생이 누구인지 알았다. 영상 속 학생은 지금보다 조금 어렸다.

내 여동생, 단나이 지유리였다.

지유리는 비뚤어진 것을 혐오하는 정의감 강한 성격이다. 그러나 노무라 신은 연줄을 이용한 부정 입학을 상습적으로 허용하는 것으로 유명한 인물이다. 치명적일 만큼 나쁜 궁합이었다. 부정을 용납하지 않는 지유리가 노무라 교수의 목에 칼을 꽂는 장면이 저절로 상상됐다. 하지만 아무리 그래도 너무 과한 생각이었다.

앞으로 자신을 가르칠 악덕 교수와 학교 주변에 출몰하던 치한을 같은 선상에 놓을 수 있을까? 중요한 대학 입학 시험 전날 그를 어떻게든 죽이러 갈 정도로?

납득이 가지 않는다. 타이밍이 있는 법이니까.

게다가 지유리가 범인이라면 이해할 수 없는 행동이 너무 많다. 사라진 슈거애플, 그곳에서 자고 간 범인 등.

만약 그때 지유리가 한 말이 단순히 농담이 아니라 정말로 본인이 겪기 어려운 경험을 위해 살인 현장에서 잠든 것이라면…….

내가 보기에 지유리는 특이하지만 그렇게까지 별난 사람은 아니다. 재능은 있지만 천성이 괴짜는 아니다.

……과연 무엇이 다를까?

다시 막다른 골목에 부딪혔다.

그게 아닌가? 정당한 경험이 아니라 다른 사람에게 말할 수 없는 경험이니까? 아니, 자신의 경험을 작품으로 승화시키는 예술가는 수없이 많고 우리는 빛의 근원이 무엇인지도 모른 채 그 작품들을 감상하고 찬양한다.

그 둘은 그만한 차이밖에 없다.

그렇게 생각한 순간 들고 있던 스마트폰이 울렸다. 황급히 화면을 터치하자 오랜만에 어머니의 목소리가 들렸다.

─여보세요. 가즈히사? 오랜만에 통화하네. 동생 잘 돌보고 있지? 지유리 컨디션은 어떻니?

"음……, 컨디션이라니? 좋아 보이던데. 시험도 순탄하게 치르는 것 같고."

─아아, 그래?

"그 대단한 지유리가 시험 같은 거에 긴장할까 봐?"

조금 심술궂게 대답했다. 그러자 전화기 너머에서 한숨 섞인 목소리가 들렸다.

─다행이다……. 그럼 지유리 괜찮은 거지?

괜찮다는 말이 무슨 뜻일까? 내가 당황하자 어머니가 힘없는 목소리로 말했다.

─걔가 요즘 좀 이상하거든. 기운도 없어 보이고…….

"그게 무슨 말이야?"

─미술학원을 그만뒀을 때는 이게 다 무슨 일인가 싶었다니까.

"잠깐. 지유리가 학원을 그만뒀다고? 언제?"

내가 독립해 살기 시작한 지 시간이 꽤 흘렀다. 그 사이에

도대체 무슨 일이 있었을까?

—이유를 물어도 말하지를 않으니, 원. 그때도 너와 의논할까 싶었는데 지유리가 절대 말하지 말라고 해서……. 그런데 이제 알지? 지유리를 만났으니 들었겠지.

그런 말은 한마디도 듣지 못했다. 지유리가 학원을 그만뒀다고? 그렇게나 그림 외길 인생이라고 여기던, 일편단심으로 미대 입학만 생각하던 지유리가?

—그런데 짐작 가는 게 있긴 해…….

어머니의 목소리가 어두워졌다.

— 지유리가 미술학원에 다닐 때, 재수하던 선배가 자살을 시도한 일이 있거든. 미수에 그쳤지만.

"……자살미수?"

—그래. 지유리와 같은 데이토 예대 입학을 준비하던 아이인데 아마 지원 학과도 같았을걸.

"첨단예술?"

—응. 유화 같은 게 아니었으니 기억에 남았지.

첨단예술이라면 지도교수는 노무라 신이다. 연례 행사처럼 존재한다는 노무라 전형.

"지유리가 그 선배와 친했어?"

—엄마는 모르지만 그럴 수도 있어. 지유리는 누구와도

잘 사귀는 편이니까. 학원을 그만둘 이유도 그것밖에 없는 것 같고. ……착한 아이라서 분명 충격받았을 거야.

퍼즐이 점점 완성되었다.

지유리와 노무라 신 교수 사이에 또 다른 요소가 있다면 둘의 관계를 연결 지을 수 있다.

"그 선배 이름이 뭔지 알아?"

―응. 니시무라 선배. 풀네임은…… 아마 니시무라 유였을 거야. 무척 예쁜 아이였어.

어머니의 분명한 대답에 나는 숨을 삼켰다.

니시무라 유.

지유리에게 복수라는 동기가 있다.

거실로 나가자 지유리는 이미 회를 꺼내 밥에 연어를 얹어 먹고 있었다. 세 점 중 두 점을 선점하고 한 점은 남겨줬다. 지유리의 다정한 면모가 간신히 엿보였다. 동생의 응석이 나머지 대부분을 차지했지만.

"연어……."

"한 점은 남겼어."

지유리가 당당하게 말했다. 이미 알아, 속으로 생각하며 고개를 끄덕였다.

"고마워. 착하네."

"당연하지."

"겸손하지 않은 점이 너다워서 좋네."

"그런데 나는 오빠가 더 착하다고 생각해."

지유리가 갑자기 눈을 가늘게 뜨며 말했다.

"……지유리, 학원 그만뒀어?"

"응."

한숨 섞인 목소리로 대답했다.

"왜 그만뒀어?"

평정을 가장하며 물었다.

그러자 지유리가 생각지도 못한 말을 꺼냈다.

"오빠도 그만뒀잖아. 그러니까 마찬가지지."

"뭐가 같아."

곧바로 대꾸했다.

같지 않다. 지유리와 나는 전혀 다르다. 무엇보다 나는 미대를 지망하지 않았다. 일반대학 문과 계열에 지원했다. 그림과는 완전히 연을 끊었다.

마음을 가라앉히고 지유리를 다시 바라봤다. 그리고 니시무라 유의 이름을 꺼내려는 순간 동생이 말했다.

"오빠가 내 그림 보러 온 거, 중학교 입구에 걸렸던 그림이 마지막이었지?"

"듣고 보니 그렇네."

거짓말이었다.

마지막으로 본 그림은 고등학교 입구에 걸렸던 천사 그림이었다. 이후에는 집에서 한창 그리고 있던 그림이나 소묘만 기억에 남아 있다. 그렇기에 기억 속 그 그림이 더욱 선명했다.

그러나 지유리는 아니었다.

지유리의 시간은.

"오빠, 그때 엄청 칭찬했잖아."

"응."

"엄마도 칭찬했어. 지유리는 천재라고."

"응."

맞장구치면서도 이야기의 흐름이 의아했다.

왜 하필 지금 그 이야기를 할까. 그 시절 추억은 내 안에 눈부신 기억으로 남아 있다. 그리운 추억이었다.

그러나 이야기를 꺼낸 지유리의 의도는 명백히 그와는 달랐다.

지유리는 목적을 숨긴 채 말을 이었다.

"그런데 그때 하얀 물감 아래 그렸던 그림, 오빠가 그린 그림이었잖아."

"응."

그래, 그랬지.

그렇기는 하지만 그뿐이다.

지유리의 말버릇은 파격적이고 타의 추종을 불허했다. 캔버스도 그림도 한데 묶어 전부 '그림'이라고 부르며 자신만의 언어를 사용했다. 그래서 나는 당시 동생이 빌려 간 것이 캔버스라고 생각했다. 그러나 착각이었다.

지유리는 정말로 '그림'을 빌린 것이다.

내가 그린 그림을.

사실만 말하면 나는 지유리보다 그림을 훨씬 잘 그렸다. 중학생이라고 생각할 수 없을 정도로 실력이 좋은 편이었다. 은상이지만 콩쿠르도 휩쓸었다. 하지만 그뿐이었다.

전에 없던 부류인 지유리를 목격하고 만 것이다.

타고난 재능과 맞딱뜨린 순간, 온몸을 옭아맨 무력감이 나를 암담한 늪으로 끌고 들어갔다. 세상이 순식간에 깨져 버렸다. 그러나 한편으로는 눈에 띄는 천재성이 앞으로 어떻게 빛을 낼지 궁금하기도 했다. 그렇게 열네 살에 찾아간 어느 예대 졸업전에서 모든 것을 이해했다. 불가항력의 깨달음이었다.

자신은 그릴 수 없는 작품들이었다. 그들 미래의 종착지에는 샤갈이나 피카소가 있으리라는 현실을 깨달았다.

나는 외면하는 심정이 아니라 내 인생을 구원하기 위해 그림의 길을 포기했다. 학원도 그만뒀다. 앞으로는 그림이 아닌 다른 일에 시간을 쓰고 싶었다.

그렇게 나는 그때까지 그린 그림을 버리지 않고, 잘 그린 그림도 그렇지 않은 그림도 한데 모아 방 벽장에 봉인했다. 그러고는 기회를 봐서 버릴 생각이라고 지유리에게 말했다. 지유리가 빌렸어도 상관없을 그림이었다.

그중 하나를 활용해 지유리는 전설을 만들었다.

"그래서 칭찬받으면서도 난감했어. 그걸 빌려 가서 사실은 오빠가 기분 나빠할까 봐 걱정했거든."

"……아니야. 대단하다고 생각했어."

거짓말을 했다. 당연히 싫었다. 그런 내 속마음을 민감하게 포착한 듯 지유리가 말했다.

"오빠의 힘을 빌렸는데도?"

"그래도 내 그림이 좋은 평가를 받았잖아……. 무엇보다 그리 대단한 그림이 아니었으니 콩쿠르에 출품하지도 못하고 사람들에게 칭찬받지도 못한 채 잊혀진 거야……. 그냥 그 정도밖에 안 되는 그림이었던 거야."

"그래도 내 그림을 쓴 것보다 훨씬 효과가 좋았어. 그래서 오빠의 그림을 빌린 거야."

"그건 이제 네 작품이야. 변기 회사가 뒤샹의 '샘'을 자기네 작품이라고 하지는 않잖아."

"뒤샹과 이건 다르지."

"지유리의 재능이 그 정도라는 말이야."

발상력과 대담함. 예술적으로 돋보이는 자유분방함.

나는 그림을 잘 그린다는 점에서는 지유리를 이겼을지 몰라도 그뿐이었다. 게다가 계속 그림을 그려온 지유리와 달리 나는 그림에서 손을 놓은 지 오래다. 이제 적수가 되지 못한다.

그 이후 나는 지유리가 진심으로 싫었다.

내 그림을 그런 식으로 사용해서 싫었던 것은 아니다. 그 그림으로 화려하게 이름을 떨친 사실이 싫었다. 그 그림은 콩쿠르에서 입상하지도 못하고 누구에게도 호평받지 못한 작품이었다. 지유리가 그렇게 활용하지 않았다면 학교 현관에 걸릴 일도 없었다.

"……그러니까 그건 그거대로 잘된 일이야."

"그 일 이후로 오빠가 나와 거의 말도 안 하게 됐는데?"

"언제든 그렇게 될 일이었어. 그래도 두 번 다시 보기 싫을 정도는 아니었어. 이상한 소리지만 네가 여동생이라서 다행이라고 생각해. 남동생이 아니라. 남동생이었다면 아마…… 너무 비슷해서 힘들었을 거야."

"아아, 응. 이해해."

스스로 드러내기 어려운 감정을 지유리가 천천히 끄집어내렸다.

우리는 퍽 닮았다.

아픔을 느끼는 부분도, 마음이 약한 점도 비슷하다. 오랫동안 같은 상처를 품고 살아왔지만 서로의 상처를 외면하는 짐승처럼 줄곧 그렇게 곁에 붙어 있었다.

"내 상위호환 버전이 나와 닮은 모습이라는 사실이 참을 수 없었겠지. 아마 그랬던 것 같아……."

나는 그렇게 말하며 어머니와 전화로 나눈 대화를 떠올렸다. 그리고 이내 결심한 뒤 입을 열었다.

"지유리, 니시무라 선배 말인데."

"응?"

그때 지유리가 진심으로 이상하다는 표정을 지었다. 니시무라 유라는 사람을 전혀 기억하지 못하는 얼굴이었다.

그 순간, 나는 모든 것을 잘못 생각했다는 사실을 깨달았다.

세상이 뒤집혔다.

뭐야. 도대체 뭐야. 그런 거였구나. 처음부터 잘못 생각했구나.

"아아, 설마…… 니시무라 선배? 같은 학원에 다니던."

지유리가 뒤늦게 떠올렸지만 이제는 아무래도 좋았다. 니시무라 유의 이름을 듣고 곧바로 반응하지 않은 이상 지유리가 그녀를 대신해 복수하려고 노무라 교수를 만나러 간 것이 아니라는 사실이 확실해졌다.

그러니까 지유리에게는 다른 동기가 있다는 뜻이다.

"그 이야기는 됐어."

내 말에 지유리의 눈에 어렴풋이 두려움이 배어났다. 그 모습에 미안한 마음이 조금 들었다. 명탐정도 아니면서 지유리에게 겁을 주고 말았다.

"그럼 무슨 이야기를……."

"그 이야기 말고 사건 이야기를 해도 될까? 노무라 신 교수를 살해한 후 범인은 침대에서 잤어."

"기이한 사건이지? 범인이 왜 그랬는지 도무지 이해가 안 가."

"나도 그렇게 생각했어."

내 말에 지유리가 고개를 갸웃했다.

"그럼 지금은 안 이상하다는 말이야?"

"애초에 이상하지 않은 일일지도 몰라. 살인범이 현장에서 잠을 자는 것이 왜 이상할까 생각해봤거든? 그런데 살인을 저지른 사람도 어쨌든 사람이잖아. 잠 안 자고 계속 깨어 있을 수 없어. 사람은 잠을 잘 수밖에 없는 존재니까."

"살인범이 누구든 그 사람도 집이 있을 테니 돌아가서 자면 되잖아. 잠을 자는 건 당연할지 몰라도 살인 현장에서 자는 건 이상해."

지유리가 딱 잘라 말했다. 잠을 잔 그럴듯한 이유가 떠오르지 않을 것이다. 살인 현장에서 잠을 자는 것은 범인이라면 절대로 하지 않을 이상한 행위일 테니.

"이유는 단순해. 범인은 잘 곳이 그곳밖에 없었던 거야. 아무리 살인범이라도 잘 시간이 필요했겠지. 하지만 범인은 '집으로 돌아가서 자기 곤란한 상황'이었던 거야. 그래서 그 방에서 잤지."

"확실히 그런 이유라면 그럴 법도 하지만……."

"집에 돌아가지 못한 이유는 중요하지 않아. 얼마든지 있을 테니까. 어쩌면 살인범의 집에 불이 나서 다 타버렸을 수도 있고, 범인의 집이 호텔에서 엄청 멀 수도 있지."

내 추리를 술술 늘어놓았다. 황당무계하지만 부정할 수도 없는 가설을 지유리는 잠자코 듣기만 했다. 그러다가 입을 열었다.

"그런데 범인도 이상하지, 하루를 못 참나? 살인이라는 엄청난 일을 저질러 놓고. 보통 사람이라면 참을 거야, 누구라도 하룻밤은 샐 거라고."

"그럴 수도 있지."

"오빠도 날 데리러 왔잖아. 밤샘 근무하고서."

"나는 익숙하잖아. ……그런데 생각해보니 그 말도 맞아. 밤 새기란 힘들지만 못 할 일은 아니잖아. 그래도 범인은 그러기 싫었던 것 아닐까."

"왜?"

"범인에게 다음 날 중요한 일정이 있었을 거야."

나는 그동안 이 사건을 하나의 큰 이벤트로 바라보며 범인의 일상과 분리해서 생각했다. 그러나 범인에게도 일상이 있다는 사실을 깨달았다.

"다음 날 범인에게 중요한 일정이 있었다면 밤새고 가기 꺼려졌을 거야. 만약 다음 날에 집중력이 필요한 일정이 있었다면 더욱 그랬겠지."

"집중력이 필요한 일정이라고……? 그게 뭔지 상상이 안 가는데."

"미대 입학시험도 그런 일에 포함된다고 생각해."

지유리의 표정은 그다지 변하지 않았다. 놀란 기색이 없었다. 영화를 보다가 예고편과 똑같은 장면이 나올 때와 같은 표정이었다.

도대체 언제부터 지유리는 이 장면이 등장하리라고 예상했을까. 그녀의 예상과 비슷하게 내가 제대로 추리하고 있기를 바랐다. 나는 지유리를 궁지로 몰 듯 말했다.

"어제, 네가 집에 돌아와서 코끼리 캐릭터 키홀더를 열쇠에서 뺐다고 했을 때, 뭔가 이상하다고 느꼈어. 네가 왜 코끼리와 열쇠를 분리했을까 하고."

"그렇게나 마음에 들어 했는데 말이야."

"왜 그랬을까 고민하다가 퇴근하고 집에 막 돌아왔던 순간이 떠올랐어. 그때는 신경을 못 썼는데 코끼리 캐릭터, 거기 달린 열쇠는 집에 있었지."

나중에 코끼리와 열쇠가 각각 따로 있는 모습을 보여준 이유는 집에 들어왔을 때 본 코끼리 캐릭터가 열쇠와 떨어져 있다는 사실을 인식시키기 위해서였으리라. 그런데 바보 같은 나는 집에 막 돌아왔을 때 본 그것을 애초에 주의 깊게 생각하지 않았다.

내가 주목한 것은 언제나 지유리였다. 지유리가 코끼리

캐릭터를 떼어냈으니 무슨 일이 있었던 것 아닐까 생각했다. 나는 늘 여동생의 엉뚱한 행동을 기를 쓰고 이해하고 싶었으니까.

"지유리, 집 열쇠를 잃어버렸지? 그래서 집으로 돌아오지 못한 거야. 타이밍 나쁘게 내가 야간 근무를 하는 바람에 집에 아무도 없었으니까. 잘 곳이 없었겠지."

그때 지유리가 전화를 건 이유는 시험을 앞두고 불안해서가 아니었다. 훨씬 더 절실한 이유가 있었다. 눈앞에 닥친 위기를 해결하기 위해서였다. 내가 집으로 돌아올 수 있는지 없는지를, 그리고 지유리가 집으로 돌아올 수 있을지를 가늠하려던 것이다.

나는 지유리와 같은 호텔에서 샤워기 물을 틀어놓고 그녀의 희망을 산산이 부숴버렸다.

"집에 돌아갈 수 없다는 사실을 깨달은 너는 호텔 방에서 아침까지 시간을 보내야 했어. 살인을 저지른 사람이 시신과 같은 방에서 몇 시간을 보낼 때 어떤 식으로 행동해야 적절할지는 몰라. 앞으로의 일을 고민하며 계속 깨어 있을지. 건설적인 일을 해야 할지. 하지만 네게 가장 적절한 행동은 잠을 자는 것이었을 거야."

중요한 입학시험 전날이다. 조금이라도 더 많이 잠을 자두는 편이 좋다. 지유리의 판단은 옳았다.

"너는 호텔에서 잠을 잔 뒤 머리카락 같은 들키기 쉬운 증거를 돌돌이로 청소하고서 비상계단으로 내려가 그대로 시험장에 갔어. 그날 널 데리러 갔을 때는 눈치채지 못했는데 전날 입은 것과 같은 옷을 입고 있었지? 코트 단추를 단단히 잠근 바람에 알아차리지 못했지만. 사실은 아마 시험 첫날부터 교복을 입고 갈 계획이었을 거야."

집에 돌아오자마자 지유리는 방으로 들어가 코트 안에 입은 후드집업을 벗고 다른 옷으로 갈아입었으리라. 나는 그 옷이 후드집업이라는 사실은 확인했지만 같은 옷인 줄은 몰랐다. 그렇게 지유리는 무사히 집에서 시험장으로 간 학생이 된 것이다.

"반박해도 돼?"

지유리가 갑자기 말했다.

"내가 집 열쇠를 잃어버렸을 수도 있어. 하지만 그것만으로 범인 취급하면 곤란해. 친구 집에서 자고 바로 시험장에 갔을 수도 있으니까. 그거 말고 오빠가 나를 의심하는 이유는 뭐야?"

"그날 내 동료인 마카베 씨가 노무라 교수의 방에 들이닥쳤거든. 그 사람 아들도 데이토 예대에 지원했다나 봐. 삼수생이라 더는 물러설 곳이 없으니까 노무라 교수에게 뒷돈이라도 쥐여주고 합격을 보장받고 싶었던 것 아닌가 싶어. 그때 마카베 씨가 방에 있는 슈거애플을 목격했어."

"……슈거애플?"

"하지만 다음 날에는 사라졌지. 범인은 방에 슈거애플이 남아 있으면 그걸로 자신을 찾아낼 수 있겠다는 생각에 불안해서 없앴을 거야. 노무라 교수가 슈거애플을 보여준 상대, 다음 날 시험에 출제된 슈거애플을 보고 좋아할 사람은 아마 데이토 예대 수험생이겠지."

"과연. 슈거애플이 없어진 이유는 슈거애플이 남아 있으면 곤란한 인물이 범인이기 때문인가. 그렇다면 시험 내용을 미리 알고 싶어 한 수험생일 수도 있겠네. 하지만 내 배낭에 슈거애플 따위 안 들었어. 크기가 작거든."

지유리는 납작한 가죽 배낭을 손가락으로 가리키며 말했다. 최소한의 물건만 들어가는 가방이었다. 소묘용 연필이 든 필통과 칼로리 바, 그리고 지갑. 동그란 슈거애플이 들어갈 자리는 없었다.

"아무것도 갖고 가지 않았다고 우길 마음은 없어. 슈거애플은 과일이니까. 먹으면 끝이야. 껍질과 씨는 화장실 변기에 조금씩 흘려보내면 되고."

"그렇군. 맞는 말이야."

지유리가 형언할 수 없는 표정으로 웃었다. 그 표정을 보고 왜인지 견딜 수 없는 기분이 들어 더욱 몰아붙였다.

"생각해보면 눈치챌 만한 지점이 여러 군데 있었어. …… 네가 그렇게나 재빠르게 사건에 대해 조사한 이유도 사건이 어떤 식으로 보도되는지 궁금했기 때문이지?"

줄곧 함께 자라온 사이다. '지유리답지 않은 행동'에 대해 조금이라도 깊이 생각했으면 좋았을 텐데. 그랬다면 더 빨리 눈치챌 수 있었을 텐데. 이제야 비로소 샤워기를 틀어놓고 받은 전화의 무게가 느껴졌다.

지유리의 목소리가 불안했던 이유는 시험 전날이어서가 아니었다.

사람을 죽였기 때문이다.

지유리는 한동안 말이 없었다. 불편한 침묵이 흘렀다. 죄를 들킨 지유리보다 내가 더 겁이 났다.

그런 나를 이끈 사람 역시 지유리였다. 한동안 침묵이 흐른 뒤 입을 열었다.

"슈거애플, 달더라. 생긴 것만 봐서는 상상도 못 할 맛이었지. 아마 오빠가 생각하는 것보다 몇 배는 달 거야."

"아아…… 그렇구나."

"그래서 솔직히 세 개 다 먹기 힘들었어. 잠을 푹 잔 것도 아마 배불러서인 것 같아."

자백이라기에는 평소와 다르지 않은 너무나 일상적인 말투였다. 견딜 수 없이 불편한 분위기의 연장선에 동생이 저지른 살인이 있었다.

"설마 오빠가 그 호텔 직원이리라고는 생각도 못 해서 놀랐지 뭐야. 솔직히 나에게 불리했어."

"어째서……, 왜 그랬어? 무엇 때문에? 애초에 넌 왜 노무라 교수를 만나기로 한 거야?"

"슈거애플까지 간파했으면서 그걸 물어?"

지유리가 조금 공허하게 말했다.

그 말이 이 모든 일의 답이었다.

하지만 나는 아직 납득이 가지 않았다. 부정입시를 자행하는 악덕 교수에게 화가 난 것도 아니고 니시무라 선배의 자살미수와도 관련 없다. 게다가 정의나 심판으로 느끼는 카타르시스 때문이 아니라 다른 이유로 그를 죽였다니.

"……넌 그럴 필요가 없잖아."

마카베 씨 같은 행동을 할 이유가 없다.

지유리라면 반드시 합격할 테니까.

전날 노무라 교수에게 잘 봐달라고 청탁하고 시험 과제

를 미리 볼 필요가 없을 테니까.

도대체 왜 그렇게 생각했을까?

그 생각 때문에 나는 지유리에게 이런 말까지 하고 말았는데.

"나, 그림 별로 못 그려."

나는 지유리가 그린 그림을 떠올렸다. 미술부 선생님이 뛰어난 실력은 아니지만 사람의 마음을 사로잡는다고 한 그림이었다. 지유리가 그린 그림이 아니었다면 과연 그 그림이 학교 현관에 걸렸을까? 분명 그렇지 않았으리라.

"나는 데이토 예대에 못 들어가. 이대로라면 합격 못 해. 소묘도 열심히 그렸고 연습도 했어. 하지만 역부족이었어. 오빠가 칭찬한 발상력도 사실은 그렇게 대단한 수준도 아니고. 하지만 꼭 데이토 예대에 들어가고 싶었어. 그래서 305호에도 간 거야."

"……아니, 도대체 무슨."

"일단 학원 선생님은 그렇게 말했어. 스스로 판단했을 때도 그렇다고 생각했고. 내 그림은 평범해."

나는 지유리가 최근에 그린 그림을 보지 못했다. 완성한 작품 중 제대로 본 것은 학교 현관에 걸린 그 그림 정도다. 그 이후로는 전부 들은 이야기와 내 상상이었을 뿐이다. 지유리는 여전히 내가 질투하던 천재라고 순진하게 생각했다.

"내가 왜 이집트에 간 줄 알아?"

"……이집트에 가면 영감이 떠오를 것 같아서, 는 아니겠지? ……시간이 필요했어?"

이번에는 지유리에게 틈을 주지 않고 말했다. 자신의 실력이 대학 입시를 치를 수 있을 만한 수준에 오르지 않았다고 판단한 지유리는 문제를 미뤘을 것이다.

"오빠, …… 이집트 미술상 응모작이 얼마나 되는지 모르지?"

"……응, 몰라."

"알면 놀랄걸. 너무 적어서."

지유리는 피식 자조했다.

이제는 예상할 수 있었다.

지유리는 필사적으로 찾았을 것이다. 본인도 받을 수 있을 만한 그다지 유명하지 않은 상을. 그리고 일본-이집트 교류 미술상을 발견했다. 지유리가 상을 받았을 때 경쟁률을 몰랐던 나는 그저 지유리가 대단하다고 생각했다. 그 대단한 지유리가 받은 상이니까 분명 훌륭하리라고. 머나먼 외국에서 받은 상이다. 틀림없이 권위 있는 상일 것이다. 그 것이 지유리의 재능이자 실력이라고 생각했다.

하지만 그래서는 예대에 합격할 수 없었다.

"내 재능이 특별하지 않다는 사실을 깨달은 고등학교 2학년 때 노무라 교수를 만났어. 강연하러 온 노무라 교수는 내 그림을 칭찬했지. 재능이 있다면서. 데이토 예대로 오면 분명 좋은 제자가 될 거라며."

영상에서 본 그때의 이야기다. 노무라 교수에게 무언가 이야기하면서 기쁘게 웃던 지유리.

"그때부터 교수랑 연락을 주고받기 시작했어. 라인으로 가끔⋯⋯. 데이토 예대에 지원한다는 이야기나 이런 그림을 그리고 있다는 이야기. 대부분 노무라 교수가 내킬 때 먼저 연락해서 본인이 성에 찰 때까지 메시지를 주고받는 식이었지만."

"⋯⋯노무라 교수가 조언해줬어?"

"힘내라고는 했는데⋯⋯ 나중에는 근황 이야기만 하더라고. 내가 어떤 그림을 그리는지도 사실은 기억하지 못한 거 아닌가 싶어."

분명 많은 학생을 지켜볼 테니 지유리의 그림을 기억하지 못하는 것도 당연했고 어쩔 수 없는 일이었다. 그런데 그런 상황에서도 지유리와 지속적으로 연락을 주고받은 노무라 교수의 목적은 도대체 무엇이었을까?

그 답은 곧바로 밝혀졌다.

"이번에야말로 데이토 예대 입학시험을 본다고 말했더니 노무라 교수가 시험 전에 만나자고 했어. 강연 때 주고받은 대화가 즐거웠다면서. 도쿄에 오는 김에 만나서 이야기하고 싶다고. ……어쩌면 시험에 도움이 될 이야기가 나올지도 모른다고, 그렇게 말했어."

"약속 장소가 호텔이라는 걸 알고 의심 안 했어?"

"의심 안 했어."

숨을 얕게 내쉬며 지유리가 말을 이었다.

"그럴 작정으로 갔으니까."

그래서 지유리는 프런트에 사람이 몰리는 시간을 노리고 CCTV에 찍히지 않도록 세심하게 주의를 기울이며 305호로 향했다.

자신과 노무라 신의 만남이 부적절하다는 사실을 똑똑히 인지하고 있었기 때문이다.

"방에 들어가서 처음에는 정말로 이야기만 나눴어. 안부 인사나 최근에 좋았던 그림 이야기 말이야. 나도 안심했지. 교수에게 인정받은 것처럼 요즘 주목받는 신예 화가의 이름을 거론하기도 했어. 그러면 역시 이 아이는 데이토 예대에 입학해야 한다고 생각해주지 않을까 싶었거든."

거기까지 말한 지유리가 시선을 내리깔았다.

"노무라 교수는 정말로 나와 직접 만나 대화를 나눌 생각뿐이었나 싶었어. 하지만 화제는 점점 고갈되고…… 나를 합격시켜 줄 수 있냐는 핵심 화제도 입 밖으로 꺼낼 수 없어서……. 순간 그냥 돌아갈까 싶었어. 그랬더니 내 망설임을 꿰뚫어 본 듯 노무라 교수가 슈거애플을 꺼냈지. 소묘 과제였어."

이야기를 들으며 대단한 수법이라고 생각했다. 슈거애플은 사실 담보였다. 계속 이 방에 머무르면 슈거애플처럼 또 힌트를 주겠다고 암시한 셈이다.

"그때쯤 마카베 씨가 왔어. 나는 황급히 옷장에 숨었지. 아들의 합격이니 뭐니 하는 소리를 듣고 도리어 노무라 교수를 믿게 됐어. 부정입학에 관여한다고 소문 날 정도면 진짜겠구나 하고."

"마카베 씨는 매정하게 쫓겨났다던데."

"그럴 만해. 내가 없었다면 그 돈을 받고 마카베 씨의 청탁을 받아들였을지도 모르지만. ……내가 있는 한 눈앞에서 그런 이야기조차 할 수 없었던 거 아닐까."

지유리가 쓸쓸하게 말했다.

"마카베 씨가 돌아가자 슈거애플 이야기가 시작됐어. 이 문제는 자기가 만들었는데 출제 의도는 이렇고 저렇고……. 계속 떠들었어."

"어떤 의도였는데?"

"별로 중요하지 않은 이야기였어. 아마 슈거애플이 아니었어도 상관없었을걸. 하지만 나는 이해한 척 고개를 끄덕이고 집에 돌아갈 타이밍을 계속 쟀어. 그러다가 마침내 핵심을 꺼낼 시간이 찾아왔지. 어떻게 해야 내 입학을 도와줄지 노무라 교수가 알려줬어."

"그건……."

"흔해 빠진 이야기지 뭐. 딱히 특별할 것 없었어. 예상했던 일이 실제로 일어났을 뿐. 그럴 각오로 가기도 했으니까."

고통을 느끼지 않으려는 듯 지유리는 한없이 담담한 어조로 말했다.

"그런데 왜인지 직전에 다 싫어졌어. 지긋지긋하더라고. 그때 마치 주문이라도 한 듯 사이드보드에 페이퍼 나이프가 있었어. 상처만 낼 생각으로 찔렀다고, 이렇게 될 줄은 몰랐다고는 안 할게. 그럴 의도였으니까."

"……그건…… 그러니까, 노무라 신이 잘못한 거잖아, 그런 짓은……."

그렇다고 해서 지유리가 살인을 저질러도 된다는 뜻은

아니다. 그러나 오빠인 나는 지유리의 분노에 공감했다. 내가 그 자리에 있었다면 분명 지유리 대신 찔렀을 테니까.

"이런 일로 시험을 망치고 싶지 않아서 푹 자고 일어나서 시험장에 갔어. 왜인지 마음이 굉장히 허해서 오빠가 데리러 왔을 때 기뻤어. 할 말은 이게 다야."

재미없는 이야기라 미안.

지유리가 덧붙이듯 말했다.

"지유리."

"응."

"……자수, 하자. 경찰도 아마 조만간 널 찾아낼 거야. 그전에 자백하는 게 나아."

그러면 처벌도 훨씬 가벼워질 테니.

"노무라 신은 분명 같은 짓을 여러 번 저질렀을 테고 네가 증언하면 정상 참작해 줄 수도……."

"그런데 이제 나 어떻게 되는 걸까."

지유리는 꺼질 듯한 목소리로 말했다.

"이미 저지른 살인은 어쩔 수 없어. 내 잘못이니까. 하지만 그걸 증언하게 되면 어떻게 말해야 할까? 내가 무슨 말을 해야 좋을까?"

"……어……."

"부정입학을 저지르려다가 막판에 겁이 나서 남의 약점을 쥐고 흔드는 변태를 찔러 죽였다고 말할까?"

"하지만 그건······."

"사실이잖아. 지금까지 특별한 척해서 죄송하다고, 평생 사과해야 할까?"

지유리는 당장이라도 눈물을 쏟을 것 같았다.

그렇다.

지유리는 그저 살인을 속죄하기만 하면 되는 것이 아니었다.

훨씬 무거운 현실이 존재했다.

동네에서는 스타나 마찬가지였던 카리스마 있는 단나이 지유리가 아마 최악의 형태로 시궁창에 처박히리라. 부정입학 따위나 하려던 나약하고 비겁한 인간으로 사람들의 인식이 바뀔 것이다.

지유리는 친구가 많다. 이 사건은 분명 지유리가 그동안 만들어온 수많은 신화와 함께 안줏거리로 소비되리라.

상상만으로도 아찔했다. 사람들이 내 동생을 그저 인생의 낙오자로만 치부하며 제멋대로 떠들어대는 모습은 보기 싫었다.

"오빠, 전에 말했지?"

"……뭘?"

"꾸미지 않으면 편의점도 갈 수 없는 인생이라고."

지유리가 나를 바라봤다.

순간 등줄기에 소름이 끼쳤다.

지유리는 도대체 언제부터 단나이 지유리를 연기했을까?

란도셀을 집에 두고 오는 바람에 나와 손 잡고 집으로 돌아갔던 날?

학교 운동장에 십자말풀이를 그린 날?

무서웠다고 말하면서도 치한을 잡으려고 스스로 미끼가 된 그때?

지유리는 언제부터 모두가 바라는 지유리로 존재하기로 마음먹었을까.

지유리는 입학시험에 실패하지 않는다. 지유리는 평범한 대학이 아니라 데이토 예대에 지원한다.

어떤 의미로는 지유리에게 뒤가 없었다. 인생이 단판 승부였다. 만약 한 번이라도 실패하면 지유리라는 마법이 풀리고 만다. 지유리는 결코 넘어지지 않는다.

처음부터 마지막까지 아슬아슬 줄타기하는, 편의점도 편한 차림으로 가지 못하는 내 여동생.

그런 그녀를 보며 충동적으로 말이 튀어나왔다.

"……내가, 내가 대신할까?"

"응?"

"내가 범인이라고 출두하면 다 해결될지 몰라. 내가 프런트에 있었다고 다치키 씨가 증언할 수도 있지만 짬이 날 때 죽었다고 하면 어떻게든 해결돼. 네게 추근대던 노무라 신을 용서할 수 없었다고 하면 앞뒤는 맞을 테니까."

문득 머릿속에 그 그림이 떠올랐다. 지유리가 하얀 물감을 덧칠했던, 과거에는 평범한 그림이었던 '걸작'이.

그것은 스포트라이트를 한몸에 받는 지유리가 이용해야 할 그림이었다.

나는 못 하는 일.

지유리라서 그 그림을 살렸다.

사람의 가치는 같지 않다.

내가 아니라 지유리가 주목받아야 한다.

이번에도 마찬가지다.

노무라 신을 죽인 사람은 지유리가 아니라 나여야 한다.

곰곰이 생각하면 금방 알아차릴 수 있는 진상을 놓친 까닭은 지유리는 천재라고, 특별한 사람이라고 생각했기 때문이다. 그것이 죄가 아니라면 무엇이란 말인가?

"아니…… 괜찮아."

지유리는 천천히 고개를 저었다.

"그만해, 오빠."

"그만하라니…… 무슨 말이야."

"미안해. 그리고 고마워. 내 이야기를 계속 들어줘서."

지유리의 눈에 더 이상 좌절의 빛은 없었다. 두려움도 없었다. 모든 것을 놓아버린 눈빛도 아니었다.

나를 염려하는 눈이었다.

지유리는 나를 걱정한다. 그 사실을 깨달은 순간 울면 안되는데 눈물이 흘러내렸다. 목구멍에서 한심한 오열이 새어나왔다.

"……말도 안 되는 소리 마. 나는 너와 줄곧 다른 사람이었어. 그 대단한 단나이 지유리의 오빠 취급을 받았고 부모님도 나를 조연 취급하다시피 했어. 너는 우리 지유리라고 불렀지만 나는 그냥 가즈히사였지. 분명 부모님도 너보다내가 잡히는 걸 더 낫다고 생각하실 거야."

"……응."

"그런데도 데이토 예대 합격증서를 모두에게 안 보여주겠다고?"

"응. 나 이제 모두의 지유리 안 하려고."

지유리는 조용히 말했다.

"정말로 멍청한 짓을 저질러서 이미 모두의 기대를 저버렸어. 그래도 아직 오빠 동생 맞지?"

그 목소리가 눈물로 얼룩져 있어 나도 모르게 지유리를 꼭 끌어안았다. 생각해보면 다시 만난 뒤에 이렇게 똑바로 마주 보고 안아준 적은 처음이었다. 본네빌에 탔을 때는 지유리가 뒤에서 날 안았으니까.

만약 내가 조금 더 제대로 지유리를 마주했다면, 이 아이를 질투로 흐려진 눈으로 바라보지 않았다면 지유리는 평범한 사람으로 자랐을까? 나는 지유리의 진정한 모습을 꿰뚫어 보고서도 결국 이러이러한 존재로 있어 줬으면 좋겠다는 이기적이고 저주 같은 기도나 하고 말았다.

그런 것으로는 지유리를 구할 수 없었다.

죄를 대신할 수도, 과거로 돌아갈 수도 없는 나는 그저 지유리를 꼭 안아줄 수밖에 없었다. 품에 쏙 안긴 지유리를 보니 초등학생 시절이 떠올랐다.

"······미안. 마지막으로 이기적인 말 해도 돼?"

"뭔데? 말해 봐."

"나, 내일 유화 시험까지 치르고 싶어. 그 그림을 완성하고 싶거든. 그리고 오빠에게 보여주고 싶어. 자수는 그다음에 할게."

지유리가 결심한 듯 말했다. 그 말뿐이었지만 나는 동생이 무엇을 원하는지 이해했다. 그래서 그 다짐을 받아들이는 또렷한 목소리로 말했다.

"나만 믿어."

나흘.

우리가 진정한 남매가 되기에는 짧고 서로를 이해하기에는 너무 긴 시간.

정신을 차리고 보니 우리는 서로 껴안고 아이처럼 울고 있었다. 엉엉 울었더니 머리가 점점 무거워져서 눈이 가물가물 감기기 시작했다. 그리고 졸음이 찾아왔다. 눈물이 불러온 수마는 우리를 꿈속으로 끌고 들어갔다.

그러고 보니 어릴 적에는 이렇게 끌어안고 잠들고는 했다. 어머니는 그 모습을 보며 무척 우애 좋은 남매라고 생각했다고 한다. 하지만 사실 어느 집이나 남매는 다 그럴지 모른다.

어디에나 있는 흔한 잠.

이후 이야기 일부는 내 상상이다. 언젠가는 지유리의 이야기가 많은 사람의 입에 오르내리며 진실이 묻힐지도 모르지만 지금은 이것으로 만족한다.

중요한 시험을 앞둔 지유리는 일곱 시간 동안 푹 잤다. 아침을 먹고 수험표와 물감을 챙겨 버스를 타고 데이토 예대로 향했다. 나는 그런 지유리를 배웅했다.

지유리는 자리에 앉아 시험 과제와 마주했다. 등을 곧게 펴고 눈을 지그시 감은 뒤 크게 심호흡했다. 오로지 이젤과 자신만 존재하는 것처럼 집중했다. 세상도 침묵하듯 고요해졌다. 공들여 깎은 연필을 꺼냈다.

그림을 완성할 시간이었다.

시험이 시작된 지 세 시간. 데이토 예대의 시험 B '유화'가 한창 진행되는 도중, 지유리는 침묵을 깨듯 벌떡 일어나 캔버스를 들고 시험장을 뛰쳐나왔다.

미대 입시에서는 갑자기 엉뚱한 행동을 하거나 시험장에서 뛰쳐나가는 사람이 종종 있어서 그리 튀지 않는 행동이었을지도 모른다.

하지만 아니었다. 캔버스를 든 지유리는 전투에 나가는 전사처럼 늠름했다. 실제로 그녀는 싸우러 나왔다. 모든 것을 내려놓고 캔버스와 함께 달렸다.

자리를 박차고 나가는 지유리의 아름다운 모습이 그림을 그리던 수험생들의 눈길을 조금 빼앗았다. 인생에서 중요한 1막, 실수가 용납되지 않는 시험을 치르는 와중에 사람들은 단나이 지유리에게 몇 초 동안 주인공 자리를 내어주었다.

시험감독이 사정을 물으러 따라왔을지도 모른다. 하지만 진심을 해방시킨 지유리의 걸음은 빨랐다. 따라잡을 수 없었다.

지유리는 캔버스를 들고 계단을 뛰어 내려와 데이토 예대의 긴 메인 스트리트에서 마지막 스퍼트를 했다. 정문을 빠져나가면 이제 더 이상 지유리를 막을 사람은 없다.

그곳에는 지유리를 기다리는 본네빌이 있기 때문이다.

달려오는 지유리는 눈부셨다. 오른손에는 1호 캔버스를 들고 왼손으로는 공기를 갈랐다. 엄지손가락으로 캔버스를 꽉 쥐고 있는 탓에 그 아래 발린 물감이 지워졌다. 그 점까지 포함해 모두 단나이 지유리의 작품이었다.

새까만 교복에는 물감이 덕지덕지 묻어 있었다. 그 색이 너무나도 선명해 작위적이라고 느꼈다. 그러나 굳이 지적하는 촌스러운 짓은 하지 않았다.

고르고 고른 퍼포먼스였다.

단나이 지유리는 이래야 한다고 스스로 정한 모습이었다.

"지유리!"

내가 소리쳤다. 지유리는 달리며 고개를 끄덕였고 속도를 높였다. 그렇게 바람처럼 본네빌에 올라탔다. 나는 머리카

락에까지 물감이 묻은 지유리에게 헬멧을 씌웠다.

"마중 나와줘서 고마워."

"응. 푹 자고 왔으니 안전 운전 기대해."

"그것참 다행이네."

지유리가 아무것도 들지 않은 왼팔로 나를 꽉 붙잡았다. 그 힘에 등뼈가 부러질 것만 같았다. 캔버스를 든 오른손은 허공으로 쭉 뻗었다. 캔버스가 마치 펄럭이는 깃발 같았다.

"만족해?"

"응, 이제는."

"그 물감 밑에 도대체 뭐가 있는 거야? 그 상태라면……."

지유리가 든 캔버스에는 그 언젠가처럼 새하얀 물감이 가득 칠해져 있었다. 그것이 재연을 의식한 결과물임을 금방 알아차렸지만 이틀 동안 치르는 입학시험에서 이런 기법은 사용할 수 없을 터였다. 새하얀 물감을 벗겨내면 그 밑에 그린 그림도 함께 지워지기 때문이다.

하지만 지유리는 대담하게 웃었다.

"놀랄 만한 게 있어. 이 밑에."

"놀랄 만한 거?"

"하지만 돌아가자마자 벗겨내면 안 돼. 물감이 아직 안 말랐거든. 그렇다고 물감이 다 말랐다고 바로 벗겨내는 것도 좋지 않아. 그건 재미없으니까."

"재미없다고⋯⋯?"

"응."

새하얀 캔버스를 응시해도 아무것도 보이지 않았다. 그 밑에 무엇이 있다는 말이 진실일 수도 거짓일 수도 있다.

하지만 그런 것은 이제 아무래도 좋았다.

지유리가 내 등에 대고 속삭였다.

"그러니까 내가 집에 돌아갈 때까지는 이 그림도 잠들어 있어야 해."

나는 착한 아이처럼 얌전히 고개를 끄덕였다.

그리고 잠들어 있던 본네빌을 깨웠다.

시동이 걸렸다.

하얗게 칠한 잠 저편, 흔한 잠의 끝으로 우리는 달려갔다.

성은 무너지고
남매는 잠들지만
'당신에게 보내는 도전장'은
끝나지 않는다.

책장을 넘겨
'당신에게 보내는 도전장'을
읽어주십시오.

아쓰카와 다쓰미가 보내는 도전장

당신에게 보내는 도전장

나는 당신—샤센도 유키와 겨루기 위해, 불가해한 비장의 수수께끼를 헌상한다.

> 다음 수수께끼를 해결하라.
>
> **범인은 왜 살인을 저지른 후,**
> **그 방에서 잠들었는가?**

질문은 단순하다. 한 줄로 끝난다.

하지만 그 '불가해함'의 골은 깊다.

어쨌거나 나는 10년이나 이 수수께끼를 풀지 못했으니까.

이 수수께끼는 10년 전, 내가 아이디어 노트에 적은 후로 '잠들어' 있던 것이다. 당신에게, 샤센도 유키에게 수수께끼를 넘긴다고 들은 순간, 와이던잇이 열쇠가 될 수수께끼밖에 없다고 직감했다. 정념이 넘치는 스토리를 자아내는 당신에게 딱 어울리지 않는가.

가끔 잠을 청하기가 속절없이 무서워진다. 잠든 사이에는 무방비해진다. 어제의 나와 내일의 내가 단절되는 듯한 기분이 든다. 하물며 살인 현장이라면, 한시라도 빨리 떠나고 싶은 것이 인지상정이리라. 그 방에는 자신이 죽인 사람의 시체도 널브러져 있으니까.

그런데 만약 그 방에 살인범이 잠잔 흔적이 남아 있다면?

이건 더할 나위 없이 으스스한 수수께끼라 할 수 있으리라.

당신에게 요구하는 것은 '왜?'의 해명.

그리고 그 이면에 숨겨진 정념을, 당신만의 스토리로 자아내주었으면 한다.

이야기꾼으로서 이 으스스한 수수께끼를 잘 연출해서 들려주기 바란다.

아쓰카와 다쓰미

샤센도 유키가 보내는 도전장

당신에게 보내는 도전장

나는 당신, 아쓰카와 다쓰미와 겨루기 위해 기발한 비장의 아이디어를 바친다.

다음 관에서 일어난 밀실살인을 해결하라.

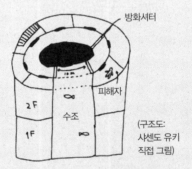

(구조도: 샤센도 유키 직접 그림)

거대한 수조가 있는 건물 '수조성'에서 방화 셔터가 고장나서 닫힌다. 수영을 전혀 못 하는 맥주병인 '피해자'는 갇히게 되고, 방화 셔터를 수리했을 때 '피해자'는 살해당한 후였다. 수조와 방화 셔터로 '피해자'의 방은 밀실 상태. 현장 부근에 젖은 흔적은 발견되지 않았고, 몸이 젖은 사람도 없었다. 범인은 도대체 어떻게 수조를 건너 '피해자'를 죽였을까?

매력적인 수수께끼를 생각해내는 일은 즐겁다. 기발한 발상이 넘치는 성을 만들어내면 기쁘다.

하지만 수조성을 앞에 둔 나는 그저 겁을 먹고 움츠러드는 방관자에 불과했다.

수수께끼는 만들었지만 해결 방법은 떠오르지 않았다.

내가 존경하는 당신이 명탐정이 되기를 바란다.

즉 당신은 사건을 해결한 뒤 매력적인 이야기로 완성해야 한다.

과거 내 꿈은 명탐정의 조수가 되는 것이었지만 돌고 돌아 이 기묘한 성의 주인이 되고 말았다.

이 경쟁을 담은 작품이 무사히 발표될 때 당신이야말로 내가 처음 직접 만난 명탐정이 될 것이다.

샤센도 유키

당신에게 보내는 도전장은

두 작가가

'스스로는 풀 수 없지만 최고로 재미있는 수수께끼'를

준비해,

서로에게 '이 문제를 풀어보라'고 도전하는

진정한 작품 겨루기이다.

○월 ×일

회의하러 만난 자리에서 고기를 굽습니다.

저희는 얼굴을 마주하면 미스터리 이야기를 나눕니다. 이날도 얼마 전에 출간된 해외 신간 미스터리 소설 이야기를 했고, 저로 말할 것 같으면 존 르 카레나 앤서니 버클리 이야기를 줄줄 늘어놓았습니다······. 오늘은 미스터리 잡지 「쟈로」에 실린 단편의 감상까지 말씀해주셔서, 정말로 읽어주시는구나 싶어 감동했습니다. 잡지까지 찾아서 읽는 건 굉장한 일이니까요. 하긴 나도 샤센도 씨의 작품은 그렇게 읽는구나.

작품 겨루기 기획을 해보자고 고단샤 편집자님께서 말씀을 주셨습니다.

그때 제 머릿속에 떠오른 건 파랑새 문고의 『언제나 마

음에 호기심!(いつも心に好奇心!)』이라는 책이었습니다. 당시 〈유메미즈 교시로(夢水清志郎)〉 시리즈를 간행하셨던 하야미네 가오루 선생님과 〈패스워드 탐정단(パスワ-ド探偵団)〉 시리즈를 간행하셨던 마쓰하라 히데유키 선생님이 작품 겨루기로 만들어낸 호화로운 책인데, 또래인 저와 샤센도 씨 둘 다 아주 좋아하는 작품입니다.

하야미네 선생님과 마쓰하라 선생님은 어떤 공통된 키워드를 바탕으로 작품 겨루기를 진행하셨습니다. '퀸', '조커', '비행선', '인공지능' 총 네 가지 키워드입니다. 이것만 나오면 나머지는 자유. 어느 정도 자유도가 보장된 이 기획에서 하야미네 선생님은 괴도와 명탐정의 대결을, 마쓰하라 선생님은 회문*이 넘쳐나는 사건을 그려내셨습니다. 장난기로 가득하고 아이디어가 잔뜩 펼쳐지는 재미있는 작품입니다.

이걸 참고로 '뭔가 꿍꿍이가 있는' 작품 겨루기 미스터리를 쓰자는 이야기로 흘러갔죠. 저희 둘 다 찬성했습니다. 저는 이걸 '본격 미스터리를 사랑하는 사람들을 위한 불꽃놀이'라고 표현했고, 샤센도 씨는 '우리 두 사람이 미스터리 작가로서 살아온 증거'가 될 거라고 말씀하셨습니다. 샤센

---

* 앞에서 읽으나 뒤에서 읽으나 똑같은 말.

도 씨가 "평생 소설을 씁시다" 하고 뜨겁게 격려하시길래, 저도 그만 "쓰지 마사키 선생님과 미나가와 히로코 선생님처럼 꾸준히 써나가죠*" 하고 대답했습니다. 아주 불손하고 부끄러운 말을 한 기분입니다.

회의 결과, '서로에게 출제한 수수께끼를 풀어서 중편을 쓴다'는 기획이 확정됐습니다. 덧붙여 서로에게 낸 수수께끼를 요모조모 궁리해서 풀어내기까지의 과정을 일기로 정리하기로 했습니다. 아주 재미있을 것 같네요.

○월 ×일

오늘은 직장 근처에 있는 해산물 덮밥집인 '요일별 덮밥집'에 눈볼대가 들어와 있었습니다. 그것만으로도 묘하게 기쁘네요. 대학생 시절, 친구와 함께 히로시마로 여름 여행을 가서 이쓰쿠시마 신사와 도쇼구 등지를 돌아다니고 돈이 거덜나도록 이것저것 사 먹었는데……그때 어느 항구 근처에서 먹었던 눈볼대가 얼마나 맛있던지……(어딘지는 전혀 기억나지 않지만). 눈볼대를 먹으면 그 여름이 생각납니다.

---

* 쓰지 마사키와 미나가와 히로코 둘 다 1970년대 초부터 지금까지 소설가로 꾸준히 활동하고 있다.

자, 작은 행복을 잠간 음미한 후, 일을 마치고 집에 돌아오자 샤센도 씨의 수수께끼가 도착했더군요. 이건……(무슨 수수께끼가 도착했는지는 『당신에게 보내는 도전장』을 참조).

확인하고 나자 '~다운' 수수께끼라는 생각이 제일 먼저 들었습니다. 샤센도 씨답기도 하고, 〈저택 사중주〉라는 시리즈*를 시작한 저답게 느껴지기도 합니다.

설정상 크게 두 가지 문제가 떠오르더군요. 하나는 이 저택—성이 존재하는 세계관을 어떻게 설정할 것이냐는 문제. 또 하나는 물론 방화 셔터와 수조로 만들어진 '밀실' 수수께끼의 문제입니다. 일단 수수께끼를 풀어야 하므로 두 번째 문제인 밀실 수수께끼부터 생각하기로 했습니다.

일단 해답이 여덟 개쯤 나올 것 같네요.

① 다리를 놓는다.

—사다리나 로프 등으로 건너는 방법도 괜찮겠고, 좀 더 대담하게 액체질소로 표면만 얼려서 건넌다거나?

---

* 저택을 무대로 한 아쓰카와 다쓰미의 장편 미스터리 소설 시리즈. 현재까지 일본에서 『홍련관의 살인(紅蓮館の殺人)』과 『창해관의 살인(蒼海館の殺人)』이 출간되었다.

② 무슨 방법으로 방화 셔터를 열었다가 되돌린다.

—방화 셔터를 꼭 열지 않더라도, 예를 들면 방화 셔터 표면이 조금 찌그러져서 생긴 틈새로 찔러 죽였다는 식의 방법도 가능하겠죠.

③ 수조 위에 와이어 따위로 길을 만들지만, 사고가 발생한다.

—①과 거의 똑같지만, 오히려 와이어를 사용한 시계추 트릭 같은 이미지가 머릿속에 있습니다.

④ 헤엄쳐서 건넌 후 몸을 말린다.

—이 해답을 근본적으로 배제하기 힘든 것이 이 수수께끼의 어려운 점입니다. 드라이기나 난로를 총동원하면……하지만 그래서는 재미없죠.

⑤ 원거리에서 살해한다.

—근거리에서 죽인 것처럼 위장할 필요가 있겠죠. 예를 들면 화살로 쏴 죽인 후, 칼로 바꿔치기한다든가.

⑥ 피해자는 무슨 이유로 맥주병인 척했다.

⑦ 수조의 물을 뺀 후에 건넜다.

⑧ ⑦의 부수 사항으로, 이러한 트릭을 가능하게 하기 위해 시간이 하루분 사라졌다.

미스터리 소설을 읽다 보면 불가해한 밀실 살인이 발생했을 때, 탐정이 '트릭만이라면 얼마든지 생각이 난다'라고 큰소리를 치는 경우가 있습니다. 직접 해보면 알 수 있듯이 이런 것 아닐까요. 확실히 가능성만이라면 얼마든지 떠오릅니다만, "이거다!" 싶은 해답에는 다다르기가 힘든 법입니다. 덧붙여 저는 탐정이 아니라 실제로 글을 써야 할 작가이므로 '수수께끼를 아름답게 풀어낸다'라는 요청까지 어깨를 짓누릅니다.

그저 '풀어냈다' 정도로는 샤센도 씨도 제게 만족하지 못하시겠죠.

어디까지나 멋지게 풀어낼 필요가 있습니다.

○월 ×일

"평생 소설을 씁시다"라는 말을 샤센도 씨에게 들은 날부터, 아무래도 건강 상태가 걱정돼서 피트니스 센터에 다니고 있습니다. 동영상을 보면서 에어로 바이크를 타는 것부터 시작했어요. 오늘은 밴 다인 원작의 〈케널 살인사건〉을 온라인 구독 서비스로 봤습니다. 아시베 다쿠 선생님의 『살인 희극의 13인(殺人喜劇の13人)』에도 등장하는 중요한 영화라서 언젠가 보기로 마음먹었던 작품인데요. 아기자기하니 재미있었습니다.

오늘은 해결해야 할 또 다른 문제, '왜 이런 성을 지었느냐'에 대해 생각해보겠습니다.

이런 문제를 잘 해결해놓지 않으면 작품의 무대에 설득력이 부족해집니다. 반대로 배경과 에피소드를 철저히 구상하면 거기에 복선을 심거나 의외성을 준비할 수 있겠죠.

포인트는 '1층, 2층에서는 거대 수조로서 감상할 수 있다는 것'이려나요. 예를 들면 원래는 그 부분을 위쪽까지 뻥뚫린 구조로 만들려고 했는데 아내가 3층에서 거기로 떨어져서 사망했고, 수족관을 좋아했던 아내를 위해 묘비 삼아 거기에 수조를 만들었다든가. 하지만 너무 비극적인 내용을 넣으면 분위기가 무거워지려나.

○월 ×일

통근 전철에서는 책장이 잘 넘어갑니다. 통근 전철은 독서를 하기 위해 존재한다고 해도 과언이 아닙니다. 오늘은 영감을 얻기 위해 '성'에 관련된 작품 중에서 엄선한 세 권을 지참(전부 재독)했습니다. 기타야마 다케쿠니 선생님의 작품 가운데 제가 편애하는 『기요틴 성 살인사건(『ギロチン城』殺人事件)』과 아리스가와 아리스 선생님의 알찬 명

단편집 『절규성 살인사건』, 그리고 한때 푹 빠졌던 가가미 마사유키 선생님의 『쌍월성의 참극(双月城の惨劇)』. 컨디션이 좋은 날은 왕복하면서 세 권 다 읽을 수 있습니다만, 아무래도 『쌍월성의 참극』은 다 읽지 못하고 다음 날로 넘기기로.

영감을 얻은 보람이 있는지 통근 전철을 타고 돌아오는 길에 번쩍 떠오른 점을 스마트폰 메모장에 적어두었습니다.

어쩌면 이 설정에서 제일 득을 보는 사람은 맥주병인 피해자 아닐까요?

확실히 피해자는 밀실에 갇혀 있습니다만, 이건 그에게만 성립하는 '역밀실'이라고도 할 수 있습니다. 가령 그가 아니라 밀실 밖에 있는 그의 아내가 살해당하면 어떨까요. 이 남자는 알리바이를 확보하는 셈 아닐까요.

그렇다면 피해자가 누군가를 죽이려다 반격당해 목숨을 잃었다는 구성이 가능해집니다.

이럴 때 범인=피해자인 그로서는 '자신이 맥주병'이라는 인상을 주변에 단단히 심어두는 것이 중요합니다. 이러한 사실은 예컨대 밀실에 갇힌 후나 경찰에게 조사를 받을 때 느닷없이 꺼내서는 안 됩니다. 사건이 발생하기 전에 말하거나 보여주지 않으면 효과를 발휘할 수 없겠죠. 사건이 일어난 후에는 거짓말을 할 가능성이 농후해지니까요. 그렇다고 앞부분을 너무 길게 끌고 싶지는 않은데. 으음.

○월 ×일

온라인으로 삼자 회의를 열었습니다. 술을 못 마시는 샤센도 씨는 "저는 신경 쓰지 말고 드세요" 하고 말씀해주십니다. 죄송하기는 했지만, 산토리에서 발매한 진 '스이'에 탄산수를 타서 계속 마셨습니다. 이게 없으면 집필도 잘 안 돼요. 무슨 쇼와*시대 작가도 아니고.

원고지 매수와 마감 날짜가 정해져서 드디어 이마에 땀이 삐질삐질 흐르는 사태가. 편집자님이 '수조성' 자체는 실감 나게 설명하기보다 '그런 건물이 있다'라는 식으로 넘어가는 편이 낫겠다는 말씀을 주셨습니다.

음, 하지만 저는 아무래도 거기에 미련이 남거든요. 어째선지 여기에 이야기를 완성으로 이끌 광맥이 있다는 직감이 들어서……

---

* 1926년에서 1989년까지 일본에서 사용된 연호.

○월 ×일

압니다. 머리로는 알아요. 〈용과 같이〉 시리즈*에서 하이 스코어를 노리는 미니 게임이나 마작만 하게 되면 이제 게임을 그만둘 때라는 걸……. 엔드 콘텐츠**니까요……, 〈용과 같이 7〉의 시나리오가 정말 좋아서 내친김에 〈용과 같이 극〉, 〈용과 같이 극2〉로 거슬러 올라갔습니다만……. 겸업 작가에게 귀중한 주말에 엔드 콘텐츠를 붙잡고 있는 이유는……마감이 다가오는데도 아무 생각이 나지 않기 때문입니다.

오늘은 온종일 정체 상태입니다. 그렇다면 차라리 큰맘 먹고 인풋에 전념하는 것도 방책이겠죠. 쓰즈키 미치오 선생님의 『노란 방은 어떻게 개장됐는가?(黄色い部屋はいかに改装されたか?)』***를 재독하겠습니다(벌써 몇 번째인지? 제게는 성경과도 같은 책입니다). 살펴볼 부분은 증보판에 수록된 '시체를 무사히 없애기까지'입니다. 쓰즈키 선생님의 〈나메쿠지 나

---

* 일본의 게임 회사 세가에서 발매한 게임 시리즈. 일본의 야쿠자를 중심으로 스토리를 펼쳐나간다.
** 게임 내에서 통상적인 스토리 라인이나 레벨업이 끝난 후에도 계속 즐길 수 있는 콘텐츠를 가리킨다.
*** 추리소설 문단에서 폭넓게 활약한 쓰즈키 미치오의 평론집.

가야 체포 소동(なめくじ長屋捕物さわぎ)〉이라는 단편집 시리즈 중, 「텐구 깨우기(天狗起し)」와 「고우메후지(小梅富士)」는 쓰즈키 선생님의 사촌 동생이 출제한 수수께끼에 쓰즈키 선생님이 해답을 내놓은 작품으로 유명합니다. '시체를 무사히 없애기까지'라는 에세이는 관 속의 시체가 기묘하게 소실된 사건을 둘러싼 「텐구 깨우기」를 어떻게 풀어나갔는지에 관한 이야기입니다. 그야말로 지금 저희처럼 '남이 출제한 수수께끼에 도전하는' 상황이므로 영감을 얻으려는 겁니다.

마감이 가까워져도 해결책을 떠올리지 못하는 모습이 지금의 저와 묘하게 겹쳐서 스릴이 넘칩니다. 그리고 '어떤 일'을 연구하는 지인이 해결의 계기를 마련해주었다고 적혀 있었습니다. 「텐구 깨우기」의 스포일러가 되므로 자세한 내용은 적지 않겠습니다만…….

쓰즈키 선생님쯤 되면 해결의 열쇠가 저편에서 굴러오는 법이로군요……. 인생 자체가 추리소설가 아닌가…….

지인이여 오라!

O월 ×일

기다려도 기다려도 지인은 오지 않습니다. 제 친구가 얼마나 적은데요. 얕보시면 안 됩니다. 그런 의미에서 샤센도 씨는 정말로 귀중한 작가 친구입니다. 이 수수께끼를 잘 해결하지 못해서 거리가 멀어지는 건 싫은데……디저트나 초밥을 먹으러 가서 또 미스터리 이야기를 하고 싶습니다.

해결책은 떠오르지 않지만, 하고 싶은 일은 하나 떠올랐습니다. 이 거대 수조의 물을 빼고 싶어요. 연못의 물 전부 뺀다*처럼요.

물을 뺐을 때 비밀이 밝혀지는 구성도 재미있지 않을까요. 텅 빈 한복판 부분에 실은 방이 있고, 스쿠버 다이버처럼 잠수해서 드나든다. 저택에 사는 사람들은 그 방의 존재를 알므로, 실은 진상을 눈치챘지만 말을 못 한다든가. 저택의 비밀을 밝혀내고 물을 빼보자, 비밀 방에서 시체가 한 구더 발견되는 전개가 제일 흥미진진할 것 같습니다.

그러다 "아야, 수수께끼를 더 복잡하게 만들어서 어쩌자는 거야" 하고 스스로 일침을 날렸습니다. 시체 한 구도 감당을 못하는 주제에 알아서 더 늘리려고 하지 마!

---

* '긴급 SOS 연못의 물 전부 뺀다 대작전'. 토사나 쓰레기가 축적된 전국 각지의 연못 물을 빼서 청소하고 어떤 생물이 사는지 검증하는 버라이어티 방송.

○월 ×일

처음으로 회의를 했던 날, 존 르 카레 이야기를 했던 게 생각납니다. 좀 깁니다만, 함께해주시기 바랍니다.

존 르 카레의 작품 제1장은 아주 별나다는 이야기를 했습니다. 실은 존 르 카레의 작품에 '입문'하기 힘든 건 이야기를 끌고 나가는 방법 때문이라고 생각하거든요. 단적으로 말하자면 '줄거리에서 본 이야기가 전혀 시작되지 않는다'는 거죠.

하지만 나중에 다시 읽어보면 존 르 카레의 제1장만큼 완벽한 제1장은 없습니다. 본론에서 반 발짝 떨어진 위치에서 시작한 이야기가 어느덧 메인 플롯으로 이어지죠. 제1장에서 공들여 찬찬히 그려낸 인물상이, 그 후의 전개에 깊이를 더하고요. 〈팅커, 테일러, 솔저, 스파이〉를 예로 들어볼까요. 영화판의 시작은 단순합니다. 1973년 부다페스트, 어떤 인물에게 제안되는 망명 이야기. 거리의 카페에서 만나는 사람들, 주변에서 느껴지는 위화감. 다음 순간 총격전이 시작됩니다. 망명 이야기는 KGB의 함정이었던 거죠. 이 장면을 컷백으로 보여주며 흥미를 끌다가 바로 런던 장면으로 넘어가서 본론에 들어갑니다.

한편 소설은 어떨까요? 초등학교 교정의 트레일러 하우

스에서 생활하는 수수께끼의 교사. 그에게 흥미를 품은 학생과 대화를 나누다가 교사가 말합니다. "하지만 넌 뛰어난 관찰자잖아. 올드 보이, 난 그걸 단숨에 알아보았지. 우리 독신자는 늘 그래." 크으으, 끝내줍니다.

이미 읽어보신 분은 영화와 소설의 도입부가 실은 완전히 같은 이야기임을 알아차리시겠죠. 네, 존 르 카레는 사실 제1장부터 본론에 들어갑니다. 하지만 처음에는 그렇게 느껴지지 않죠. 영화 쪽이 재미있고 눈에 잘 들어올 수는 있겠으나, 저는 첫발을 떼기 힘들지만 소설을 쓰는 사람으로서 자신감이 넘쳐나는 존 르 카레의 제1장이 좋습니다. 물론 영화도 정말 좋아하고요.

그런 생각을 곱씹다가 문득 떠오른 장면이 있습니다. 해변에서 노는 세 남녀와 그 모습을 고독하게 바라보는 한 남자. 그리고 이 네 사람은 두 쌍의 부부입니다. 문득 떠오른 그 정경을 어쩐지 써보고 싶어졌습니다. 게다가 그 장면은 범인=피해자가 맥주병이라는 사실을 사건 이전에 슬쩍 밝힌다는 이 작품의 핵심 부분이기도 합니다. 장면이 하나 결정됐습니다.

○월 ×일

친구와 온라인으로 술자리를 가졌습니다. 대학생 때부터 친하게 지냈고, 미스터리 이야기부터 직장 관련 불평까지 뭐든지 이야기할 수 있는 사이입니다. 그 친구와 대화를 나누다가 아이디어가 번쩍 떠올랐습니다. 계기는 게스트하우스 이야기였는데요. 코로나의 영향으로 게스트하우스를 빌리는 서비스가 유행 중인데, 그게 범죄의 온상이 되는 것 아니냐는 내용이었죠.

그 이야기를 하다가 하늘의 계시를 받은 겁니다. 쓰즈키 선생님에게 영감을 얻은 보람이 있었다!

나한테도 친구가 있어!

게스트하우스! 그거다!

'뜻밖에 기묘한 저택을 상속받았는데, '사진발이 좋다'는 이유로 게스트하우스를 시작했다'라는 스토리를 이 수조의 성에 접목할 수 있지 않을까. 부자였던 예전 소유주가 완전히 심심풀이로 열대어라도 기르려고 건물을 지었다는 건 똑같지만, 그 이후의 흐름은 달라집니다. 이거라면 이 성을 어느 정도 현실에 반영할 수 있고, 이 형태라면 형사 콤비를 주인공으로 삼아 사건을 수사할 수도 있을 듯합니다. 사건이 일어난 순간부터 시작해, 수사를 척척 진행한다. 이거라면 무리 없이 중편을 완성할 수 있을 것 같습니다.

그럼 '물을 빼면 나타나는 비밀 방'에 게스트하우스 주인의 아들을 배치해볼까. 그렇게 생각한 순간 상상력이 단숨에 부풀어 올랐습니다. 제일 중요한 수조 너머 밀실에 드나드는 트릭은······진부하게나마 다리를 놓아서 수조를 건너는 방법을 고려했습니다만, 수조의 폭과 길이가 똑같은 사다리가 있으면 애당초 수수께끼가 수수께끼로서 기능하지 않을 텐데.

○월 ×일

노리즈키 린타로 선생님의 『백사장에서 시계 찾기(しらみつぶしの時計)』를 재독하다 '란돌트 고리는 수조성을 위에서 본 그림과 비슷하구나' 하고 생각한 순간, 아이디어가 떠올랐습니다. 감사합니다, 노리즈키 선생님.

시력 검사표의 란돌트 고리는 구멍 부분이 조금씩 좁아지는 것처럼 보입니다. 그렇듯이 실은 수조가 조금씩 작아지는 구조라면? 밑에서 올려다보면 마치 하늘을 향해 펼쳐져 나가는 것처럼 보이지 않을까. 적어도 디자이너가 그렇게 생각하고 설계할 이유는 되겠죠. 요컨대 3층에서는 수조의 폭이 10미터지만, 2층에서는 수조의 폭이 7미터라고

칩시다. 그럼 3층에서 2층으로 비스듬히 다리를 걸치면 사다리 길이는 10미터가 아니더라도 괜찮으니, 사전에 길이를 검증해도 수수께끼가 발생하는 셈입니다. 오히려 이 실험 장면에서 실패해 형사가 수조에 풍덩 빠지면, 히가시가와 도쿠야 선생님이 그러시듯이 웃기는 장면에 복선을 심을 수 있지 않을까요?

이 트릭으로 밀실에서 탈출해 사람을 죽이고, 트릭을 사용한 흔적을 지우려면 역시 물을 뺐다가 다시 채우는 시간을 정확해야 알아야 할 필요가 있습니다. 그러니 학교의 25미터 수영장에 물을 뺐다가 채우는 데 걸리는 시간을 조사해야겠습니다. 아시자와 요 선생님의 「벌충」(『더러운 손을 거기 닦지 마』 수록)은 그야말로 학교 수영장에 관련된 이야기이므로 참고할 수 있을 듯합니다.

이 시점에서 저는 샤센도 씨에게 백기를 들어야겠습니다. 샤센도 씨가 처음 제시하신 도면에서 수조의 형태를 변경했으니까요. 그렇지만 재미있는 이야기를 쓰면 용서해주시지 않을까 싶습니다. 마감도 다가온 지금, 망설일 시간은 없습니다.

○월 ×일

마감날까지 2주도 남지 않았습니다. 지금까지 자신 있게 써왔건만, 불안감이 단숨에 밀려옵니다. 전부 저기압 탓이야…….

제 작품은 원래 트릭 한 방으로 승부하는 분위기가 아닙니다. 갖은 노력과 이런저런 테크닉, 연출로 어떻게든 승부하는 느낌이랄까요. 그런데 이번에는 어떨까요. 아무리 생각해도 트릭을 빼면 볼 만한 점이 없을 것 같습니다. 이것만으로는 불충분하지 않을까요. 뭔가 외적인 부분에서, 이 사건이 좀 더 현대적이고, 세련되게 다가올 만한 방법이 필요합니다. 가벼운 퍼즐러의 분위기를 풍기며 독자를 그대로 '이야기'에 푹 빠트릴(제 문장력으로는 역부족일지도 모르지만). 무심코 눈길을 끌 만한…….

앗, 그렇지. 쓰즈키 선생님이다. 『일흔다섯 마리 까마귀(七十五羽の烏)』야.

그걸 써먹어야겠습니다.

각 장의 첫머리에 앞으로 펼쳐질 전개의 요점을 써두거나, 단서가 하나 있다는 식으로 독자에게 귀띔하는 것이 『일흔다섯 마리 까마귀』라는 작품의 취향이었습니다(구라치 준 선생님의 명작 『별 내리는 산장의 살인』도 한층 발전된 형태로 이 취향을 이어받았습니다). 지시문을 넣으면 물론 범인 맞히기에도 도움이 되지만, 무엇보다 제가 좋아하는 건 전부 다 알면서 어쩐지 시치미 뚝 떼는 듯한 그 분위기입니다.

저는 분위기를 자아내기 위해 그 취향을 사용해보기로 했습니다. 그런 형태로 힌트를 뿌리는 한편, 이번에 지향하는 '가벼운 퍼즐러'의 분위기를 조성하는 도구로도 이용해보는 거죠.

지금까지 쓴 8천 자를 전부 버렸습니다. 원고를 버릴 때면 겁쟁이가 되기 십상입니다만, 원고를 버리는 것도 결국은 작품을 쓰기 위한 하나의 스텝이었다고 볼 수 있으므로, 요즘은 버리기로 결단하기가 무섭지 않습니다.

프롤로그를 다시 씁니다. 아아, 어쩐지 잘 풀릴 것 같습니다. 궁색맞고 답답해도 드디어 제 소설이 된 것 같습니다. 드디어 손맛 같은 것이 느껴져서 손이 절로 움직입니다.

○월 ×일

마감 때문에 목이 졸리는 듯한 나날입니다.

마감에 쪼들릴 때 사용하는 최종 수단으로서, 통근 전철을 타고 가는 시간을 집필에 할당합니다. 스마트폰으로 쓴 원고를 밤에 컴퓨터의 원고에 덧붙이면서 조금씩 수정해나가는 작업이죠. 다행히 스마트폰으로도 한 시간에 다섯 장 정도는 쓸 수 있으므로 이 방법은 크게 도움이 됩니다. 낮에 직장에서 원활하게 일하기 위해 수면 시간은 쪼갤 수 없으니, 마감까지 남은 2주일간 통근 전철에서 책을 못 읽는 건 괴롭지만 어쩔 수 없죠.

누구보다도 존경하는 샤센도 씨에게 이 해결책을 전해야 하니까요.

○월 ×일

마감 당일. 편집자님께 「수조성의 살인」 원고와 손으로 그린 도면 데이터를 보냈습니다.

아무쪼록 이 해결책이 샤센도 씨의 마음에 들기를 바랍니다.

지금은 그것만을 바라며 잠깐 눈을 붙이도록 하겠습니다.

발단

어느 날, 아쓰카와 다쓰미 작가와 내가 미스터리 소설 순
위에 올랐다며 담당 편집자가 우리 둘을 데리고 고깃집에
간 적이 있다. 담당 작가가 모두 좋은 성과를 냈으니 그럴
만도 했다. 축제처럼 분위기가 흥겹게 달아오른 것이다. 나
와 아쓰카와 작가의 담당 편집자가 같아서 잘됐다고 생각
했다.

그렇게 우리는 불고기를 먹게 됐다. 나는 「지알로*」에 실
린 아쓰카와 작가의 단편 '위험한 도박—사립 탐정 와카쓰
키 하루미'의 감상을 직접 말할 수 있어서 기뻤다. 또 '이형

---

* 'GIALLO'. 2000년 9월에 창간된 일본의 미스터리 소설 전문지.

컬렉션*'에 실린 내 작품 '책의 등뼈가 마지막에 남는다'를 아쓰카와 작가가 칭찬해서 한층 더 기뻤던 기억이 난다.

그리고 드라마로 만든다면 범인역은 전부 DJ 마쓰나가로, 트릭은 랩 가사로 이어지는 도서 미스터리** 랩 앤솔로지로 만들자는 이야기도 했다. 시답지 않은 이야기를 안주 삼아 먹는 고기만큼 맛있는 것도 없다. 선물로 커다란 문진 한 쌍도 받았다.

'이런 맞춤형 선물을 받으면 꼭 이걸 흉기로 사용하는 살인사건이 일어나는데……'

그런 생각이 들 만큼 투박한 물건이었다. 범인에 따라서는 내 문진과 아쓰카와 작가의 문진을 바꿔치기할 수도 있을 텐데. 그런데 그 바꿔치기 때문에 계획에 틈이 생기는 거지. 이 얼마나 재미있는 상상인가.

그때 적당히 배를 채운 편집자가 운명적인 제안을 했다.

"아쓰카와 작가님과 작품으로 겨뤄 보지 않으실래요?"

작품으로 겨룬다. 작품 겨루기라면 하야미네 가오루 선

---

* 작가 이노우에 마사히코가 감수하는 호러 앤솔로지 시리즈.
** 도서(倒叙) 미스터리. 범인의 시점으로 진행되는 미스터리 장르로 '형사 콜롬보'가 대표적이다.

생님과 마쓰바라 히데유키 선생님의 '언제나 마음에 미스터리! 명탐정 유메미즈 기요시로 VS 컴퓨터 통신 탐정단'이 있다. 이 책은 내게도 특별한 작품이다. 정말 좋아하는 두 소설가가 만나 한 책을 만들다니 대단했다. 게다가 내용도 찬란하게 빛나는 마스터피스다. 그런 작업을 아쓰카와 작가가 한다니 매우 좋았다.

하지만 고기를 구우며 생각했다.

아쓰카와 다쓰미라는 천재와 함께하는 작업은 솔직히 그만큼 압박감이 크다. 고민해야 할 점도 많을 테고 힘든 작업이리라. 만약 만족할 만한 작품을 내놓지 못한다면 다시는 아쓰카와 작가와 팬케이크나 불고기를 먹으러 다닐 수 없을 것이다. 그렇게 되는 것은 싫다. 나는 앤서니 호로비츠의 호손 시리즈 신간이 출간될 때마다 이번에도 호손의 성격은 최악이라는 이야기를 아쓰카와 작가와 나눈다.

무엇보다 나와 아쓰카와 작가는 작풍도 강점도 완전히 다르다. 바다에서 나는 것과 산에서 나는 것을 함께 사용해 깊은 맛을 낼 수 있는 분야는 요리의 세계 정도다. 애초에 경쟁이 좋은 형태로 완성될지도 짐작할 수 없다.

하지만 한 번 사는 인생이고, 나는 내가 언제까지 소설가를 할 수 있을지 날마다 자문할 정도로 소설가 인생을 낙관적으로 보지 않는다. 언제까지 소설을 쓸 수 있을지 모른다. 그렇다면 샤센도 유키의 이름에 가치가 있는 지금, 내가 동경하는 소설가와 작품으로 겨루는 책을 내고 싶었다.

"좋아요."

고기를 가위로 자르며 대답했고 그렇게 이 작품이 실현됐다. 어떤 의미로는 일생일대의 추억 만들기이기도 했다. 나는 이 제안도 또 다른 포상이라고 생각했다.

그리고 이왕 하는 김에 특별한 작품을 만들고 싶었다. 같은 세대에 태어나 같은 시기에 소설가가 된 우리를 이 책으로 기억해줬으면 한다. 추억 만들기이기는 하나, 그 추억이 나만의 것으로 끝나지 않고 세상에 남을 수 있다면 더할 나위 없겠다.

나는 한껏 흥이 올라 "평생 소설을 씁시다"라고 몇 번이나 말했다. 아쓰카와 작가는 "샤센도 유키 작가와 내가 미나가와 히로코* 선생님과 XX 선생님처럼 되면 좋겠네요"라고 말했는데 유감스럽게도 XX가 누구인지 잊고 말았다.

작가님, 누구였나요?

---

* 일본의 미스터리 소설 작가.

사전회의

고기가 눈앞에 없으니 멀쩡한 상태로 회의에 참석했다. 비대면 회의인 데다 밤이라서 술을 마셔도 괜찮았지만 나는 술이 약하다. 그래서 물을 마셨다.

일이 커졌다고는 생각했지만 작품 겨루기 제안을 받아들인 일만은 후회하지 않았다. 아쓰카와 작가가 어떤 식으로 사전회의를 할까 궁금하기도 했다. 사전회의는 기본적으로 담당 편집자와 주고받는 외로운 캐치볼인데 이 자리에 좋아하는 소설가가 함께한다는 사실에 즐거웠다.

그렇게 어떤 식으로 작품을 겨룰지 이야기하는 자리가 됐다. 나는 '언제나 마음에 미스터리!'처럼 키워드 몇 개를 내고 자유롭게 만담하듯이 이야기를 확장해 가는 방식을 생각했는데 어렴도 없었다. 담당 편집자가 훨씬 재미있는 작품을 만들자는 분위기를 형성하자 나는 '재미있는 작품 겨루기란 무엇일까……. 그게 무엇인지 떠올리지 못하면 아쓰카와 작가에게 피해를 주는 것 아닐까……'라는 생각에 내심 식은땀이 났다. 그 사이에도 아쓰카와 작가가 동서고금의 미스터리 이야기를 잡담처럼 해줬는데 그것이 또 재미있어서 이 이야기를 계속 듣는 모임으로 해도 좋지 않을까 생각했다.

그러는 사이에 어쩌다 보니 각자 사건의 일부를 생각하고 그 해결 방법을 상대에게 맡기면 어떨까 하는 안이 나왔다. 언뜻 떠오른 아이디어였지만 의외로 편집자와 아쓰카와 작가의 반응이 나쁘지 않았다.

나는 예전부터 재미있는 수수께끼를 생각해냈지만 해결 방법이 전혀 떠오르지 않을 때 친구에게 퀴즈 형태로 문제를 내고는 "자, 범인은 어떻게 했을까요?"라고 물어서 트릭을 생각하게 하는 빌어먹을 브레인스토밍을 하고는 했다. 친구가 묘안을 떠올리지 않을까 생각해서였다. 하지만 친구들은 '그런 동물이 있었다', '이런저런 마법 아니었을까' 같은 해결 방법밖에 떠올리지 못했다. 현실은 비정했다.

그러나 지금 내 앞에는 천재라고 생각하는 미스터리 작가가 있다.

'사랑하는 친구들은 답을 주지 못했지만 아쓰카와 다쓰미라면 어떻게든 해결하지 않을까? 출제자조차 해결 방법을 모르는 문제를 훌륭하게 해결하지 않을까……'

그런 생각이 들었다.

이 제안이 흥미로웠는지 작품 테마로 결정되었다. 나도 재미있는 테마라고 느꼈고 방향성이 정해지자 한시름 놓였다. 이때만 해도 이런 방식이라면 나도 아쓰카와 작가가 내는 수수께끼를 풀어야 한다는 생각은 머릿속에 없었다. 어리석었다.

수조성

어떤 수수께끼를 출제할지는 금방 정해졌다. 트릭과 로직을 고려하지 않은 채 수수께끼의 재미만을 생각하면 되는 작업은 즐거웠다. 내가 미스터리에서 가장 좋아하는 작업이었다.

내가 생각한 것은 복도가 수조로 만들어진 관, '수조성'이었다. 헤엄쳐야만 건너편 복도로 건널 수 있는 관은 본 적이 없으니 재미있으리라 생각했다. 이런 관에 살고 싶어 하는 사람은 당연히 없겠지. 왜 이런 관을 만들 생각을 했을까?

이 문제는 실제로 친구들에게 출제한 적 있는데 한 사람도 논리에 맞는 답을 떠올리지 못했다.

다른 사람에게 무책임하게 어려운 문제를 던지는 것도 즐겁다. 그림 형제의 '공주님의 수수께끼'에 나온 콧대 센 공주의 기분을 잘 알 것 같았다. 그 문제는 정답이 있었나? 마지막에 곰과 싸우도록 한 것은 답이 있는 수수께끼였던가?

나는 수조성의 간략한 구조도를 그려 플롯과 함께 보냈

다. 그날은 정말로 뿌듯했다.

수수께끼 교환

그리고 아쓰카와 작가도 수수께끼를 보내왔다. 수조성처럼 엉뚱한 건물이 실려 있으면 어쩌나 싶었는데 그 수수께끼를 보자마자 다른 의미로 경악했다.

그렇구나, 이런 식으로 진행되는구나.

확실히 내가 집필하기에는 이 방향이 맞다. 해법의 폭이 넓은 만큼 어떻게든 요리를 완성할 수 있는 재료였다. 나는 퍼즐 미스터리를 쓰는 작가가 아니고 발상의 전환으로 이야기로 만들어 가는 사람이다. 아쓰카와 작가가 내게 알맞은 수수께끼를 낸 셈인데 이 또한 그의 높은 기량을 엿볼 수 있는 점이었다. 아이디어를 적재적소에 활용할 수 있는 사람이었다.

한편 아쓰카와 작가는 그 엉뚱한 수수께끼와 구조도를 보기만 하고도 소설로 만들 수 있겠다고 확신한 데다 '해결 방법이 여덟 가지 정도 떠오른다'라고 말했다. 정말 대단하다. 명탐정을 앞에 둔 조수란 이런 기분일까? 나도 그 말을 하고 싶었다. 혼자서도 여러 가지 방법으로 추리할 수 있는 사람이구나, 하고.

그와 동시에 수조성은 그만한 해결 방법을 만들어낼 수 있을 만큼 싹수가 있는 수수께끼였다는 사실도 기뻤다. 이로써 과거의 나도 만족하리라.

집필 전

그렇게 아쓰카와 작가가 매력적인 수수께끼를 보내줬는데 내 머릿속에는 한동안 아무것도 떠오르지 않았다.

정말로 아무 생각도 나지 않았다. 애초에 나는 소설 쓰기를 좋아하는 사람이지 미스터리 트릭을 마구마구 만들고 싶은 사람은 아니다. 그런데 어쩌다가 미스터리를…… 쓰게 되어서 이렇게 머리를 싸매게 됐다. 시간은 없고 마감 기한은 점점 다가왔다. 모래시계에서 떨어지는 모래가 너무 고왔다. 가루가 되어 유리에 달라붙었다.

어째서 이런 트릭을 궁리해야만 하는가. 내가 존경하는 사람은 스콧 피츠제럴드고, 쓰고 싶은 작품은 '굴드의 물고기 책*'이며, 언젠가는 '오토 삼촌의 트릭**'을 쓰고야 말겠다고 생각했는데 왜 미스터리를?

---

* 리처드 플래너건의 장편소설.
** 스티븐 킹의 단편소설.

이게 다 아쓰카와 다쓰미의 작품을 읽고 재밌다고 생각했기 때문이다. '동경'이라는 말을 잘못 사용했는지 적절했는지는 모르지만 그 뒤를 따르자고 결정했으니 길을 잃지 않을 정도의 힘은 내야 했다.

자신의 분야에서 분발하자며 다짐하고 집필한 작품이 『낙원은 탐정의 부재』이니 그때처럼 노력해야 한다. 내 특기와 미스터리를 보기 좋게 엮어 보자. 버무리는 것이다. 라틴아메리카 문학과 미스터리는 궁합이 좋다. 여기서 일단 환상문학 쪽으로 방향을 틀었는데 수수께끼의 해결 방법으로는 어떨지 고민스러워서 그만뒀다.

그러고 보니 아쓰카와 작가는 형제나 자매에 약하다고 들은 듯한데 그 부분을 파고들면 어떨까?

그렇게 우선 트위터의 지난 글을 검색했더니 확실히 그런 감이 오는 트윗이 있었다. '혈연'을 주제로 삼자. 이때 마음을 정했다.

작품으로 겨루는 형식이어서 이번에는 독자보다 앞서 아쓰카와 다쓰미가 존재했다.

그렇다면 끝까지 그 사실을 의식하고 작업하자고 생각했다. 이 작업에서만 할 수 있는 일은 서로를 첫걸음에 두는 것이다.

내가 좋아하는 사토 유야 작가의 작품 중 『1,000의 소설과 백베이드』라는 소설이 있다. 이 소설에는 독자가 아닌 특정 의뢰인을 위해 맞춤 소설을 만드는 '편설가'라는 직업이 등장한다. 어떻게 보면 이번 작품 겨루기에 내놓는 작품은 아쓰카와 다쓰미에게 보내는 편설 같다고 생각했다.

다른 것은 딱히 정하지 않았다. 아니지, 아쓰카와 작가는 일인칭 시점을 즐겨 쓰니 나도 이번에는 일인칭 시점으로 쓰기로 정했다.

여동생의 이름은 지유리. 내게 여동생이 있다면 지어주고 싶은 이름을 붙였다. 세 가지가 정해졌다.

그 외에는 아무것도 정하지 않았다.

일상

쓰고 싶은 이야기가 산더미처럼 많아서 휴식이 익숙하지 않다.

나는 지금 전업 작가이므로 하는 일이라고는 쓰는 것과 읽는 것뿐이다. 그런데 왜 이렇게 바쁠까 생각했다. 정신 차리고 보면 해가 떴다 지고 있었다. 하루하루가 같은 패턴이라서 일단 수첩에 일기를 쓴다. 하루 동안 있던 일을 세 개로 나누어 쓰기만 하면 되는 간단한 일이다. 읽은 책의 제목도 함께 적어 두거나 친구와 나눈 재미있는 이야기, 보고 싶은 영화, 그날 쓴 작품의 글자 수도 메모해둔다. 사전회의에서 나눈 대화도 일기나 마찬가지인 수첩에 적어뒀다.

수첩을 볼 때마다 왜인지 바쁘지 않아 보인다는 생각이 든다. 마치 이 공백 한 쪽을 채우기 위해 매일 아등바등 살아가는 듯하다. 나는 깜빡깜빡 잘 잊어버리는 사람이라서 이 수첩은 내가 살아간다는 사실을 증명할 수 있는 유일한 존재다. 아쓰카와 작가에게 보내는 도전장에도 비슷한 글을 쓴 적 있는 것 같다.

내가 좋아하는 영화 중 〈퍼펙트 월드〉가 있다. 틈날 때마다 돌려보는 영화다. 교도소를 탈출한 탈옥수 버치가 여덟 살짜리 남자아이 필립을 인질 삼아 알래스카로 도피하는 여정을 그린 로드 무비다. 버치는 사람을 살해한 악당이지만 아이에게는 다정했고, 필립은 마음을 열고 그를 사랑하게 된다. 두 사람이 향하는 알래스카는 버치의 이상향이며 퍼펙트 월드였다.

버치는 필립에게 두 사람이 탄 차는 사실 타임머신이라고 말한다.

"우리 앞에는 '미래'가 있어. 뒤에는 '과거'가 있고. 조금이라도 빨리 미래로 가고 싶다면 액셀을 밟아야 해. 여기는

'현재'거든. '현재'를 즐기자."

이렇게 말하며 필립을 한때의 비일상으로 이끈다.

아무리 좋게 생각해도 행복한 결말을 맞을 수 없을 듯한 파멸적인 여행이지만 두 사람의 출발은 한없이 쾌활하고 밝다. 로드 무비에는 그러한 마력이 있어서 어디론가 떠나고 싶은 마음은 어떤 이야기도 낙관적으로 보이게 만든다. 은행강도 커플의 한시적인 도피극을 그린 〈우리에게 내일은 없다〉조차 영문을 알 수 없는 쾌활한 분위기가 흐른다. 이 세상에서는 우리의 몸조차 타임머신이어서 한 발짝만 움직여도 모든 것이 미래로 나아간다.

당시에는 문득 로드 무비가 쓰고 싶다는 생각이 들었다. '왜 잠들었을까'라는 수수께끼를 생각하면서 동적인 욕망에 지배되었던 것이다. 어떻게 보면 현실도피였을지도 모른다. 그때 메모한, 시신을 실은 캠핑카를 몰고 세상 끝까지 향하는 이야기가 수첩에 남아 있다. 독자에게는 오랫동안 밝혀지지 않겠지만 사실 화자가 시신과 함께 잠들었던 장소가 캠핑카였다는 줄거리를 생각했다. 비교적 서정적인 아이디어였다 싶지만 남매의 관계성을 다루기에는 다소 무리가 있다고 판단해 접었다.

하지만 로드 무비를 쓰고 싶은 이 마음이 「흔한 잠」의 결

말에 영향을 미쳤다. 결말을 묘사하지 않고 그렇게 끝낼 마음은 아니었지만, 이대로 가즈히사와 지유리가 새하얀 캔버스를 들고 끝없이 도망쳤을 가능성도 없지는 않다고 생각한다. 그렇다면 그 새하얀 캔버스를 벗겨내지 않고 그 위에 새로운 그림을 그릴 수도 있지 않을까.

이 이상 무언가를 쓰는 것보다 재미있는 영화 제목을 쓰는 편이 좋을 듯해서 머릿속에 떠오른 재미있는 영화 제목을 순서대로 적어 본다. 〈블러드 심플〉, 〈피아니스트의 전설〉, 〈리틀 도릿〉, 〈브림스톤〉, 〈아이 씨 유〉, 〈슬리퍼스〉, 〈실종〉, 〈아이덴&티티〉, 〈라스트 베르메르〉, 〈소름〉, 〈오토헤드〉, 〈녹터널 애니멀스〉, 〈리멤버 타이탄〉.

집필(1)

나는 플롯을 짜는 시점에 여러 가지로 궁리하거나 이야기를 이리저리 매만지기보다 실제로 손을 움직여 써야 스토리가 떠오르는 부류이므로 일단 글을 쓰기 시작했다.

그 무렵 나는 하루에 1만 3천 자에서 1만 4천 자 정도의 페이스로 소설을 썼다. 빠른 집필 속도라는 말을 듣지만 의뢰받은 단편 A와 단편 B도 동시에 써야 하므로 「흔한 잠」에 할애하는 글자 수는 하루에 2천 자에서 4천 자 정도였다(기본적으로 나는 글자 수로 집필 계획을 관리하며 하루에 쓸 수 있는 글자 수를 배분해 작품을 완성한다. 글자 수는 일정 시간 자고 나면 회복된다. 시간이 아무리 지나도 완성하지 못하는 원고는 다양한 사정으로 배분 글자 수가 매일 0자인 셈이다).

위태로운 글자 수 배분이 끝나면 스톱워치로 15분을 지정하는데 이 15분 동안 쓸 수 있는 1천 2백 자에서 1천 4백 자로 이야기를 정리한다. 거기에 조금 덧붙여 2천 자짜리 이야기로 만든다. 나는 이 15분+α 때 쓰는 이야기 덩어리를 한 블록으로 간주한다. 대체로 이 블록이 25개 정도면 중편이 하나 완성된다. 앞서 말한 단편 A와 단편 B는 하루에 2블록씩 쓴 것 같다. 수첩의 기록에 그렇게 적혀 있다.

그렇게 2천 자(1블록) 페이스로 처음 쓴 부분은 시신이 침대에서 발견되는 장면이었다. '어려운 문제는 분할하라'라는 격언에 따라 내가 바꿀 수 없는 부분부터 쓰는 것이 가장 손쉽고 빠른 집필 방법이다. 애초에 고민스러운 부분부터 쓰려면 15분에 1천 2백 자를 쓸 수 없다. 어디서부터 써야 할지 막막할 때는 1천 2백 자를 쉬지 않고 쓸 수 있는 부분을 찾아 쓴다. 아쓰카와 작가에게 받은 '살인을 저지른 뒤 시신 옆에서 잠든 범인'은 바꿀 수 없는 부분이므로 이 파트에 해당하는 블록은 반쯤 자동으로 쓸 수 있었다.

다음으로 정해져 있는 부분은 지유리라는 캐릭터였다. 지유리라는 인물이 등장하는 장면은 변하지 않는 부분이므로 재빨리 끝냈다. 제한시간을 15분으로 정해 놓으면 고민할 여유가 없어서 무의식중에 아이디어가 잘 떠오르는 것 같다. '가즈히사'의 이름도 이때 등장했다. 이 이름을 지은 이유는 작품에서 가즈히사 본인이 직접 밝힌다. 지유리의 천분의 1밖에 되지 않기 때문이다.

집필(2)

쓰기 쉬운 부분의 블록을 채워놓으면 대체로 10~12블록, 글자 수로는 2만 4천 자 정도 완성된다. 이 단계가 되면 생각해야만 하는 사실이 있다. 바로 '범인이 왜 잠을 잤는가'다. 쓰기 쉬운 부분을 채웠다고 해도 퍼즐의 빈칸에 이 커다란 수수께끼가 계속 남아 있다.

앞서 말했듯 나는 손을 움직여야만 아이디어가 떠오르는 사람이므로 수수께끼에 대해 생각할 때는 그 해결 방법을 몇 블록 써 본다. 마음에 쏙 드는 장면이 나타날 때까지 여러 블록을 쓰고서 그중 진주 하나를 찾아내면 나머지는 지운다. 그런 식으로 집필한다. 나도 나름대로 혼자서 여러 해결 방법을 찾아내는 사람인 셈이다.

그렇게 남은 해결 방법이 본편의 해답이었다.

이때 내 강점을 고려했다.

나는 이른바 미스터리 전문가는 아니다. 원래 즐겨 읽는 작품도 환상문학이나 순문학이 대다수고 내 특기는 사람의 감정을 그리거나 기발한 생각을 만들어내는 것이다. 그런데 이번 작품에서는 기발한 아이디어는 다룰 수 없다. 그렇다면 감정 쪽으로 승부를 봐야 한다. 아쓰카와 다쓰미와 같은 분야에서 겨룰 필요는 없다. 소설은 무엇을 써도 괜찮기 때문이다.

그래서 '서로 이해하지 못하는 관계'를 소재로 삼았다. 피를 나눴지만 서로를 전혀 이해하지 못하는 오빠와 여동생을 등장시키고 초반에 던진 복선을 회수하면서 독자를 서술 트릭에 빠뜨리려고 했다. 지유리가 바라보던 그림도, 가즈히사가 바라보던 재능도, 독자가 바라보던 캔버스도 사실을 모두 존재하지 않았다. 이렇게 미스터리는 사람의 마음이 어떻게 움직이는지 표현하는 데 매우 적절한 장르다. 그러한 점은 어딘가 마술적 사실주의와도 닮았다. 등장인물의 감정이 이야기의 형태를 갖추고 관계성이 구조를 만든다. 미스터리에서 사건이란 등장인물의 심리를 나타내는 커다란 비유인 셈이다.

참고로 이 단계에서 가제는 '더 스몰 슬립'이었다. 당연히 레이먼드 챈들러의 『빅 슬립(The Big Sleep)』에서 영감을 받은 제목이었다. 살인을 저지른 지유리의 짧고 얕은 잠이라는 의미에 가즈히사가 생각하는 것보다 훨씬 어린 지유리라는 의미도 포함한 '스몰'이었다.

집필(3)

뼈대가 대략 완성되면 각 블록에서 보완해야 할 부분을 채운다. 이때 글자 수는 기록하지만 15분이라는 시간을 정해 놓지는 않는다. 필요한 내용을 필요한 만큼 더 쓰거나 필요 없는 플롯을 통째로 수정하는 작업이다.

80퍼센트가 완성되었는데 완성고가 나오지 않는 작품은 이 작업이 원활하게 진행되지 않았을 때가 많다. 어딘가 필요한 블록이 빠져 있는 기분이 들어 손을 움직일 수 없거나 글을 매끄럽게 연결할 수 없거나 같은 블록을 몇 번이나, 몇 십 번이나 수정해서 궁지에 몰렸거나. 이런 상황에 빠졌을 때가 많다. 특히 마지막 경우는 최악의 상황인데 처음부터 다시 쓰게 돼서 평생 빛을 보지 못하는 글도 있다.

다행히 이 소설은 그렇게까지 궁지에 몰리지 않고 무사히 완성했다. 글이 잘 써지지 않는다고 느낄 때는 대체로 손가락이 무거운데 이번에는 비교적 가볍게 움직였다.

이 시기에 제목을 '흔한 잠'으로 변경했다.

이유는 지유리의 범행 동기와 존재가 그리 작지 않다고 생각했기 때문이다. 지유리와 가즈히사 사이도 작은 엇갈림보다는 흔한 감정이다. 어디에나 있는 관계다. 주변에 있을 법한 관계이므로 흔하다고 할 수 있다.

이 제목이 수수께끼의 답과도 더 잘 어울리는 것 같았다. 살인을 저지른 사람이라도 잠이 든 이유는 평범하다. 사람은 자야만 살 수 있으니 잤다. 다음 날 중요한 시험이 있어서 잤다. 섬뜩한 수수께끼가 풀리는 느낌이 들어 이 제목이 더 적합하다고 생각했다.

제목을 바꾸면서 떠오른 작품은 윌리엄 켄트 크루거의 『철로 된 강물처럼(Ordinary Grace)』*이었다. 이 소설도 가족 간의 의문과 감정을 풀어가는 잔잔하고 아름다운 미스터리물이다. '흔한 잠'도 그런 감상을 주는 작품이었으면 좋겠다는 마음으로 마지막 문장을 덧붙인다.

---

* 일본에서 『흔한 기도』라는 제목으로 출간됐다.

Q 이번 작품 겨루기는 많이 힘드셨나요?

샤센도: 집필하는 내내 생전장*이라는 이미지가 머릿속을 떠나지 않더군요. 마지막으로 인생을 돌이켜볼 때 기점이 될 만한 일이라서요. 스스로 인정할 수 있을 만한 작품을 쓰지 못하면 10년은 미련이 남을지도 모른다는 압박감과 싸웠습니다.

아쓰카와: 정말 힘들었습니다. 처음으로 해보는 시도이기도 해서 어떻게 맞서야 할지 모르겠다는 게 솔직한 심정이었어요. 쓰즈키 미치오 선생님의 작품에서 영감을 받은 덕분에 살았습니다. 정말 감사할 따름입니다.

---

* 살아 있는 동안에 치르는 장례식.

Q 본인이 제시한 수수께끼의 해답을 보고 무슨 생각이 드셨나요?

샤센도: 명탐정이 오셨구나 싶은 느낌이었죠. 수조의 사용법을 보고 "아, 그쪽?!" 하고 놀라서 재미있었답니다. 애당초 수조성이라는 기묘한 건축물을 어떻게 성립시키느냐도 수수께끼였다는 걸 문제를 내고 나서야 절실히 느꼈죠.

아쓰카와: 저라면 좀 더 꼬인 해답을 내놓았을 수수께끼를, 샤센도 씨는 심플하게 풀어내서 남매의 드라마를 연출하셨죠. 주문한 것 이상의 완성도라 제 완패입니다.

Q 『당신에게 보내는 도전장』은 「독자에게 보내는 도전장」에서 아이디어를 얻은 기획이었는데요. 「독자에게 보내는 도전장」이 포함된 작품 가운데 좋아하시는 작품이 있다면?

샤센도: 후카미 레이치로의 『에콜 드 파리 살인사건』이요. 도전장에 가슴이 두근거렸던 건 물론이고, 그 무렵의 미스터리 소설에서 풍겼던 현학적인 분위기와 수수께끼 풀이가 아름답게 융합돼서 지금도 가슴속에 남아 있는 작품입니다.

아쓰카와: 아리스가와 아리스의 『여왕국의 성』입니다. 처음으로 도전장에 응해 해답을 전부 추리해냈던 미스터리

소설이었거든요. 대학생 때 사인회에서 그렇게 말씀드렸더니, 아리스가와 아리스 선생님이 씩 웃으시며 "그렇겠지. 풀수 있도록 썼으니까" 하고 말씀하신 모습이 잊히질 않네요.

Q 서로의 작품 중에 좋아하는 작품은 뭔가요?

샤센도: 「2021년도 입시라는 제목의 추리소설(二〇二一年度入試という題の推理小説)」(『이레코 세공의 밤(入れ子細工の夜)』수록)이요. 저 자신이 미스터리를 여러모로 조합해 새로운 맛을 내는 작풍을 추구하는지라, 그 극치라고 할 수 있는 이 작품을 읽고 "아쓰카와 다쓰미, 이쪽으로 오지 마!" 하고 비명을 질렀습니다.

아쓰카와: 『내가 정말 좋아하는 소설가를 죽이기까지』입니다. 어쨌거나 첫머리가 엄청나요. 또래 작가 중에 이렇게 가슴을 에는 듯한 문장을 쓰는 작가가 있구나 싶어서 충격을 받았습니다. 이번에 재미있는 작품을 쓰지 못하면 죽어 버리라고 생각하실지도 모른다는 압박감을 느꼈습니다.

원 플러스 원의 재미,
합작 미스터리 『당신에게 보내는 도전장』

일본 미스터리 소설을 읽다 보면 여러 작가가 힘을 합쳐서 만드는 합작 작품을 접하곤 한다. 다양한 작가의 작품을 한데 모아놓은 앤솔러지도 일종의 합작이라고 할 수 있겠지만, 그것과는 느낌이 좀 다르다. 합작 작품은 어떠한 기획 아래, 그 기획을 달성하기 위해 작가들이 부단히 노력하는 인상을 준다.

예를 들어 『눈보라 치는 산장(吹雪の山荘)』은 가사이 기요시, 와카타케 나나미, 기타무라 가오루, 노리즈키 린타로 등이 참여해, 내용을 이어서 써나간 릴레이 미스터리 소설이다. 형식은 조금 다르지만 『9개의 문(9の扉)』이나 『궁십락동궁(宮辻薬東宮)』처럼 작가들이 배턴을 넘겨주는 릴레이 소설은 은근히 눈에 띈다.

『기분은 명탐정(気分は名探偵)』은 여섯 편의 단편 모두 문

제편과 해답편으로 나누어져 있는 범인 맞히기 단편집이다. 신문 연재 당시 문제편을 읽고 응모한 독자들의 정답률도 실려 있는 이벤트성이 강한 작품이다.

이번에 국내에 소개되는 이 작품 『당신에게 보내는 도전장』도 아쓰카와 다쓰미와 샤센도 유키가 어떤 기획을 달성하기 위해 창작열을 불태운 작품이다(어떤 기획인지는 본문을 읽고 확인하시라). 수록작은 「수조성의 살인」과 「흔한 잠」 총 두 편. 원래는 일 욕심이 많은 김은모가 혼자 번역하려고 했지만, 블루홀식스의 대표님과 상의한 결과 책의 의도에 맞춰 두 번역가가 중편을 한 편씩 번역하기로 했다. 합작 작품에 걸맞은 더블 번역인 셈이다. 그 중 김은모가 맡은 작품은 아쓰카와 다쓰미의 「수조성의 살인」이다.

아쓰카와 다쓰미는 1994년에 태어나 2017년에 데뷔한 젊은 작가이자 아직 신인에 속하는 작가라 할 수 있겠다. 그렇지만 길러온 내공은 심상치 않다.

『홍련관의 살인(紅蓮館の殺人)』, 『투명인간은 밀실에 숨는다』, 『창해관의 살인(蒼海館の殺人)』으로 2020년부터 3년 연속 〈본격 미스터리 대상〉 소설 부문에 후보로 올랐고, 2023년에는 『아쓰카와 다쓰미 독서 일기(阿津川辰海読書日

記)』로 〈본격 미스터리 대상〉 평론 연구 부문을 수상하는 기염을 토한다. 『아쓰카와 다쓰미 독서 일기』는 1,018작품을 언급하는 미스터리 가이드라고 하니까 미스터리를 사랑하는 그의 마음이 얼마나 큰지 미루어 짐작할 수 있을 것이다.

본격 미스터리 정신을 이어나가는 본격 미스터리 키드이자, 대표작은 '저택'이 등장하는 미스터리. 그렇다면 역시 특이한 저택이 등장하는 「수조성의 살인」이 기대되지 않을 수 없다. 한쪽 벽면에 거대한 수조가 설치된 게스트하우스, 일명 수조의 성에서 살인사건이 발생한다. 사건 현장은 수조와 방화 셔터로 막힌 '밀실'. 과연 누가 어떻게 밀실에 침입해 사건을 저질렀을까.

중편이라 등장인물도 적고 수수께끼도 심플하지만 알맹이는 실하다. 복선을 깔고 트릭과 사건의 진상을 연출하는 능력이 탁월하다. 이러한 작가가 90년대생이라니 일본 미스터리 문단의 미래는 참으로 밝다고 할 수 있겠다.

『당신에게 보내는 도전장』에는 소설 외에도 한 가지 재미가 더 딸려 있다. 바로 '집필 일기'다. 집필 일기에는 겸업 작가인 아쓰카와 다쓰미가 고뇌하며 「수조성의 살인」을 써낸 과정이 고스란히 녹아 있다(또래 작가인 샤센도 유키를 존경하는 마음도). 여담이지만 직장에 다니면서 꾸준히 작품을 쓰고 책까지 그렇게 많이 읽다니, 전업 번역가로서 많이 반성했다. 좋은 작가들의 작품을 더 읽고 더 많이 번역하기 위해 노력해야겠다는 생각이 들었다.

내게는 두통의 근원인 역자 후기이지만, 역자 후기가 없으면 섭섭하다는 독자도 계신다고 한다. 이번에는 역자 후기도 두 편이니까, 독자로서는 번역가의 역자 후기 스타일이 어떤지 비교해볼 좋을 기회일지도 모르겠다. 내 졸문이 문지원 번역가님의 역자 후기보다 너무 뒤떨어지지 않기를 바랄 뿐이다.

2023년 가을
김은모

이 도전,
시즌제 도입이 시급하다

'추리소설' 하면 빼놓을 수 없는 나라 일본에는 매년 다양한 작품과 실력 있는 작가들이 쏟아져 나옵니다. 그중 활발한 작품활동과 참신한 작품으로 주목받는 작가가 몇 명이 있는데, 아쓰카와 다쓰미와 샤센도 유키도 바로 그런 작가들입니다. 아쓰카와 다쓰미는『투명인간은 밀실에 숨는다』로, 샤센도 유키는『낙원은 탐정의 부재』로 우리 독자에게 처음 소개됐습니다. 현재 일본에서 주목하는 젊은 두 작가 이번에는 작품으로 겨룬다는 흥미로운 도전장을 들고 나타났습니다.

『당신에게 보내는 도전장』에는 아쓰카와 다쓰미의 '수조성의 살인'과 샤센도 유키의 '흔한 잠'이 실려 있습니다.
거대한 수조가 있는 '수조성'에서 벌어진 밀실살인을 파헤치는 '수조성의 살인'과 범인이 자신이 살해한 시신 옆에서 잠을 자고 사라진 살인사건을 파헤치는 '흔한 잠'.

그중에서도 '단나이 남매 이야기'를 그린 샤센도 유키의 '흔한 잠'에 대해 조금 더 이야기해 보고 싶습니다.

평범한 단나이 가즈히사에게는 외모도 뛰어나고 미술 재능도 타고났으며 심지어 무슨 일을 벌이든 주목받고 사랑받는 여동생 단나이 지유리가 있습니다. 그런 동생에게 열등감과 질투를 느낀 단나이 가즈히사는 어느 순간부터 점점 여동생을 피하게 됩니다. 그러던 어느 날, 동생이 데이토 예대 입학시험을 치른다며 도쿄에 오고, 단나이 가즈히사의 집에 머뭅니다. 그리고 그날, 단나이 가즈히사가 근무하는 호텔에서 살인사건이 벌어지고, 범인이 살인 현장에서 잠을 자고 갔다는 사실을 알게 됩니다. 단나이 가즈히사는 사건을 추리하면서 '범인은 누구이며, 왜 살인 현장에서 잠을 잤을까?'를 밝히려고 합니다.

「흔한 잠」은 사건을 둘러싸고 주인공의 심리에 따라 남매 사이가 변해가는 과정이 눈에 띄는 작품입니다. 재능 넘치는 라이벌인 여동생의 그늘에 가려 그를 사랑하면서도 미워하는 오빠의 복잡한 심경을 샤센도 유키만의 필치로 섬세하게 담았습니다. 흔히 형제자매를 생애 최초의 라이벌이라고 합니다. 그 라이벌이 영원한 동지로 변해가는 과정을 잘 나타낸 작품이 아닌가 생각합니다.

한편 두 중편소설을 전부 읽고 나서 다음 페이지를 넘긴 독자라면 이 책의 진정한 반전을 접하고 깜짝 놀랐으리라 생각합니다. 두 작가가 '작품으로 겨룬다'라는 말과 '도전장'의 진짜 의미가 무엇인지 깨달았을 때, 그 기분 좋은 반전에 저는 잠시 어안이 벙벙하기도 했습니다.

이번에는 책의 콘셉트에 따라 책에 실린 두 작품을 각각 다른 번역가가 번역하게 되었습니다. 이런 독특한 번역은 저로서도 처음이라 흥미로웠습니다. 두 작가의 치열한 두뇌 싸움을 현장에서 지켜본 증인이 된 기분도 들어 즐거웠습니다.

여담이지만 이 작품에 대한 이야기가 처음 나왔을 때 아쓰카와 다쓰미 작가와 샤센도 유키 작가가 고기를 먹고 있었다고 했죠. 『당신에게 보내는 도전장』을 번역하기 전에 김은모 번역가님과 출판사 관계자분들과 고기를 구워 먹었던 기억이 새록새록 떠오릅니다.

추리소설 작가다운 방식으로 깊은 우정을 나누는 두 작가의 재미있는 도전이 앞으로도 이어질 수 있기를 바라고 계속 응원하고 싶습니다.

2023년 가을
문지원

당신에게 보내는 도전장
수조성의 살인 × 흔한 잠

1판 1쇄 인쇄 2023년 10월 25일
1판 1쇄 발행 2023년 11월 2일

지은이 아쓰카와 다쓰미·샤센도 유키   **옮긴이** 김은모·문지원

책임편집 민현주   **디자인** 박진범   **제작** 송승욱   **마케터** 유인철   **발행인** 송호준

발행처 블루홀식스   **출판등록** 2016년 4월 5일 제2016-000100호
주소 경기도 파주시 회동길 483-1   **전화** (031)955-9777   **팩스** (031)955-9779
이메일 blueholesix@naver.com

ISBN 979-11-93149-05-8 (03830)   **정가** 16,800원